幸せ地蔵尊
不動明王
不動明王
幸せ地蔵尊
幸せ地蔵尊

ニーチェが京都にやってきて17歳の私に哲学のこと教えてくれた。

原田まりる

ダイヤモンド社

目次

カバー・本文イラスト：杉基イクラ
地図イラスト：溝川なつ美
装　丁：谷口博俊
(next door design)

プロローグ

「〝ゆく川の流れは絶えずして、しかももとの水にあらず〟と方丈記《ほうじょうき》にもありますが、これは古代ギリシャの哲学者、ヘラクレイトスの思想に通ずるところがあります……」

そう言うと先生は背を向け、黒板に字を書き始めた。静まり返った教室にはカッカッとチョークの音が響く。暖かな春風はカーテンをそよがせながら眠気を誘う。

六時間目の倫理《りんり》の授業は、ただひたすらに退屈であった。私はうつむき、真剣に教科書を読むふりをしながら、机の下でスマホを手に取る。

今日はなんのやる気も出ない。

正直、ものすごく落ちこんでいる。

昨日、あの現場を見てしまってからずっとこうだ。

私には好きな人がいる。たまたま学園祭に遊びに来ていた、立命館《りつめいかん》大学の大学生だ。

けれど、昨日その彼が、綺麗《きれい》な女性と仲良さげに腕を組んで歩いているところを目撃してしまった。

そして彼と腕を組んで歩いていた彼女は、陸上部で一緒だった由美子先輩であったのだ。

私と、その彼とは仲良くなって半年ほどだったのだけれど、一ヶ月ほど前から連絡が途絶えていた。

「付き合おう」と正式な交際宣言があったわけではないけれど、放課後に待ち合わせて二人でご飯を食べに行ったり、休日には二人きりでデートを楽しむ仲であった。

しかし、一ヶ月ほど前に「家に遊びにおいでよ」という誘いを断りつづけたあたりから、彼の態度は変わってしまった。

連絡しても「忙しい」を連発されるようになり、「忙しい」は徐々に既読スルーへと変わり、最終的に私から連絡することも、はばかられるようになった。

返ってこないと覚悟しながら、一方的にメッセージを送りつづけるというのは、莫大《ばくだい》なエネルギーを消耗する行動だ。

連絡が返ってこなくなってすぐの頃は、「きっと、いま忙しいんだ」と無理やり自分を納得させる理由をつくりだし、前向きに考えてみたり、何かの話題にかこつけて、彼が返しやすいような疑問形のメッセージを送るなど、奮闘《ふんとう》してみたものの、あっさり無視される現実を目の前に、ついに私の気力は使い果たされてしまった。

ようするに「こいつ遊べそう」と思われていただけだったのだ。

他人事《ひとごと》ならば「それ、遊ばれてるんだよ」と辛辣《しんらつ》なジャッジを頭の中で下すことが出来るのだろうが、いざ自分が遊ばれている立場になると、認めたくないものである。

けれども昨日、街中で見かけたあまりにお似合いな二人を見て、自分の入る隙《すき》がないという悲しい現実に心は打ちのめされてしまったのだ。

自分が身を引いて、由美子先輩を祝福すべきだという気持ちと、心のどこかでは二人がうまくいかなければいいのにとも思ってしまう自分。

そんな余裕のない、卑しい自分にも嫌悪感《けんおかん》を覚える。

うまく処理できないドロドロした気持ちが胸に渦巻《うずま》きつづけているのだ。

今日はなんのやる気も出ないから、授業を聞く気にもなれない。

そう思って机の中に隠したスマホでTwitterを眺めていると、あるひと言が、目に飛びこんできた。


『祝福できないならば呪うことを学べ　――ニーチェ――』

呟《つぶや》いているのは、よく見かける「恋を励ます名言集★」というBOTであった。

共感する人が多いのか、そのひと言は、１０００RT《リツイート》もされていた。

ニーチェ？　たしか、有名な哲学者かなんかだったような。どんな人かは詳しく覚えていないけれど、倫理の授業でも名前を聞いたことがあるような気がする。


それにしても「祝福できないならば呪うことを学べ」って、ずいぶんストレートな言葉だな、もし周りにこういうことをズバッと言ってくれる友達がいたら、こんなに落ちこまずに済むのかな、と思いながらも、私は心に突き刺さったその言葉を、お気に入りに登録した。

私は、悲しい現実を突きつけられ、傷心していたものの、友達にこのことを話す気にはなれなかった。

高校入学を機に家族と離れて暮らすことを決めた時から、「自分のことは自分でなんとかしなくちゃいけない」と覚悟していたことも関係しているだろうが、それ以前に、女同士の友情が少し苦手だったのだ。女同士の友情はパフォーマンスが九割だ。

「かわいそう、元気だしなよ」と励ましてくれてはいるものの、どこか表面的な同情でしかないと、思っていたからだ。

辛い時、ただ話を聞いて欲しいと思うこともあるが、上っ面の同情で慰められることは、どうも苦手であった。

同情されて何か状況が変わるわけではない。悲しいことがあっても結局は自分で引き受けなくてはならない。他人から同情を受けることによって自分が抱えた真摯《しんし》な悲しみが安っぽくなってしまうのはみじめ以外の何ものでもない。それならば誰にも語らず一人で抱える方がいい。

私はそんな風にいつも悲しみと付き合っていた。安っぽい同情を受けるくらいなら、直球で多少厳しいことを言われても、本音で付き合えるような友達がいたらいいな、そんな友達がいてくれたら少しは心強いのかもしれない。と思うこともあったが、自分からあまり心を開かないせいか、そういった駆け引きのない友達が出来たことはなかった。

しかし、ふいに目に飛びこんできたニーチェの言葉は、私が望んでいた直球のメッセージそのものであった。倫理の授業でも、難しい横文字ばかりではなく、励ましてくれるような言葉を紹介してくれたらいいのに。そうすれば、私はもっと倫理の授業や授業に出てくる歴史上の偉い人たちを好きになるのに。

私はクラスメイトたちの背中が見渡せる、窓際の後ろの席から黒板を眺め、せわしなく桜を散らす春の風を感じながらそんなことばかり考えていた。

『祝福できないならば呪うことを学べ』。ストレートすぎる気もするけれども、あっけらかんとしていて、なんだか自分の失恋が小さなことのようにも思えてくる、不思議な言葉だ。

私は、ニーチェのその言葉を心の中で何度か唱えているうちに、あることを思いついた。

そうだ、前々から気になっていたあの場所へ行ってみるのもいいかもしれない。そうすれば、先輩への未練も綺麗さっぱり断ち切れるかもしれない。

好奇心は一旦《いったん》芽生え始めると、急速に膨らんでいく。ふとした思いつきも好奇心によって、すぐに決意へと姿を変える。終鈴のチャイムが鳴る頃には、私は思いついたばかりの放課後の予定のことで頭がいっぱいだった。

放課後に、少し楽しみな予定があると、終鈴が待ち遠しくなるものだ。窓の外は春。別れと出会いが織り混ざったこの季節は、人に何かを期待させる。


学校から歩いて十五分ほどの場所にある〝縁切《えんき》り神社〟と呼ばれるパワースポットは、いかにも訳あり風な女たちで賑《にぎ》わっており、春風そよぐ快晴であったものの、この一角だけは、どこかどんよりした灰色の空気が渦巻いていた。

神社のいたるところに飾られた絵馬には「主人があの女と別れますように」「上司が左遷《させん》されますように」と昼ドラにありそうなドロドロした愛憎劇《あいぞうげき》をイメージさせる言葉で埋め尽くされていた。

ここは、京都の祇園《ぎおん》近くにある「安井金比羅宮《やすいこんぴらぐう》」通称、縁切り神社。

小さな神社だけれど、最近ではこの神社が、雑誌やテレビのパワースポット特集で取り上げられているらしく、女性の観光客でごったがえしている。

パワースポットというと、「恋愛運アップ」「金運アップ」といったありがたい恩恵《おんけい》を受けるための場所であるが、この縁切り神社は他と少し違っていた。

名前のとおり「悪縁《あくえん》を切り、良縁《りょうえん》を結ぶ」ためのパワースポットとして人気があったのだ。

そして、恋愛だけではなく、「いままでの自分を捨てて、新しい自分と出会う」という心機一転のキッカケをつくってくれるパワースポットでもあるようで、「新しい自分と出会う」ためのお守りも大々的に売り出されていた。

オカルトや迷信は、普段あまり信じないのだが、『祝福できないならば呪うことを学べ』というニーチェの言葉を心の中で繰り返しているうちに、この縁切り神社のことをハッと思い出したのだ。直感、というやつかもしれない。私は、自分の気持ちが吹っ切れるきっかけになればいいなと、早速お願いしてみることにしたのだ。

縁切り神社でのお願いの仕方は変わっている。願い事を心の中で唱えながら、大きな穴が空いた岩の中をくぐるという不思議なしきたりである。

私は手順に従い、心の中でお願いを唱えながら、岩に空いた大きな穴をくぐる。

(どうか気持ちが吹っ切れて、新しい良縁に結ばれますように！　そして、心機一転、新しい自分になれますように！)


穴をくぐり、立ち上がると制服のスカートが、湿った砂で汚れていることに気がついた。

「うわっ、いまからバイトなのに……というか、もうこんな時間じゃん！」

私は砂をはらい、急いでバス停へと向かった。バイト先まではバスで約二十分。

バイト先は哲学の道のそばにある、お漬物や、八つ橋などを取り扱う老舗《しにせ》のお土産物屋さんである。

私はバイトに遅れないよう、近くのバス停まで走った。スカートの汚れと、バイトの時間と、少し痛む膝《ひざ》を気にしながら急いでバス停へと向かった。

この時私は、これから自分の身に不思議なことが起ころうとは、みじんも想像せず、観光客で賑わう細い歩道を、肩がぶつからないようすり抜けながら、ただ息を切らせて走った。

祝福できないならば呪うことを学べ

「私はニーチェだ。お前に会いに来てやった」

目の前に立ちはだかった男は、たしかにそう言った。


時刻は二十一時。バイトを終え、哲学の道を通り、バス停まで向かう途中、一人の男が突然ベンチから立ち上がったかと思いきや、私の目の前に立ちはだかったのだ。

男は、パーマなのかくせ毛なのかわからない、無造作《むぞうさ》な黒髪。長めの前髪は、分厚い黒縁メガネをした両目にかかっている。日本人のわりには彫りが深めの顔立ちをしている。

身長は百七十センチ程度だろうか。

緑色のネルシャツの裾《すそ》をデニムにしまいこみ、サスペンダーでデニムを留め、背中にはリュックを背負い、ずいぶんくたびれた茶色い革靴《かわぐつ》を履いていた。

そしてそのオタクっぽい服装の不審な男は、バイトを終え、バス停に向かう私の前にいきなり立ちはだかり「ニーチェだ」と声をかけてきたのだ。

「えっと、すいません、人違いじゃないですか？」

「いや、人違いではない、お前は新しい自分になりたい、私に会いたいと願っただろう、だからこうして会いに来た」

「え？　なんのことですか？　知りません……」

「今日、縁切り神社で新しい自分になれますように！　と願っていたではないか。だからその手伝いに来た。私は哲学者のニーチェだ」

このオタク風の男、まさか縁切り神社からあとをつけてきたのか？　と思ったものの、たしかに今日、ニーチェのことについて考えていたこともあり、私は警戒心を解かないままに、少しだけ男の話を聞くことにした。

「あの、どういうことでしょう？」

「ふう。手助けに来てやったのに、変質者扱いとはずいぶん失礼だな。何度も言うようだが、私はニーチェだ。お前が縁切り神社で願ったことを、手助けしに現世《げんせ》にやって来たのだ」

男はそう言って右手をこちらに差し出した。

私は腕を引っ張られないよう警戒しながら、おそるおそる指先だけで握手をする。

「あの、私オカルトとか都市伝説とか苦手というか、フリーメイソンくらいしか信じられないので、あなたの言っていることが完全には信じられないのですが……」

「そうか」

男はうつむくと、その長い前髪を、人差し指にくるくると絡《から》めた。

考え事をしているのか、目つきは険しい。男はしばらく人差し指をくるくると回したのち、指から前髪を離し、何かひらめいたように、こう言った。

「ならば完全に信じることはない。私はただ、お前が新しい自分になりたいと望んだ手助けをしに、目の前に現れたまでだ」

「望んだとおりというのは……」

「今日、縁切り神社で、お願いしただろう？　悪縁を切り、良縁を結びたい。これまでの古い自分から、新しい自分に変わりたい、と。

私はお前を〝超人《ちょうじん》〟にするために、こうしてやって来た」

「えっと、どういうことでしょうか？」

哲学の道の脇に並んだしだれ桜が、夜風に吹かれざわざわとさんざめく。時折、鳴る足元のじゃりとしだれ桜のさんざめく音以外は、あたりに気配がなく、まるで時間が止まったかのように、静寂《せいじゃく》を保っていた。

男はこちらを見て、そんな静寂を壊すように大きく咳払《せきばら》いをすると、こう言った。

「まあ、つまりだ。たまにお前のような他力本願《たりきほんがん》な人間に教えてやっているのだ。絶対的なものがないこの世の中で〝超人〟として、強く生きて行くということをな！　まあボランティアだ」

「ごめんなさい、えーと状況が飲みこめてないので一つひとつ質問させてください。まず超人？　超人ってなんですか？」

「超人とは、どんな辛い状況や苦悩をも受け入れ強く生きる、人間を超えた存在のことだ」

「うーん、わかったようなわからないような……超人にするためにやって来たっておっしゃいましたけど、あの神社とはどういう関係が？　なぜ私？　神社でお願いしている人はたくさんいたと思うのですが……」

「さっき言っただろう。お前が心のどこかで、私に会いたいと願っただろう？　私は、私に会いたいと願ったやつの元にしか訪れることはない。まあいままで会った、私に会いたいと願うやつはたいがい偏屈《へんくつ》なやつだが、お前は偏屈というより、無知という感じだな。ハハハハハ！」

男はそう言うと高らかに笑い声をあげた。

男の言っていることは非科学的で嘘くささ極まりないが、話はうっすらとではあるが一本の線で繋がっているように感じた。というよりも、もしも縁切り神社が本当のパワースポットだったら……という神秘的な出来事を信じたい自分がいたのかもしれない。

何かを期待させる、春という季節のせいなのか。それとも、失恋によって心が少し疲れていたからだろうか。信じがたい不思議な出来事を目の前に好奇心が加速していたのか、どうしてかはわからないが、この時私は心のどこかで「もしも」に期待していたのかもしれない。

「まあ座りたまえ」

男は近くにあるベンチを指さした。哲学の道にはベンチがいくつも置かれている。

哲学の道は長細い一本のじゃり道で、じゃり道の脇には疎水《そすい》と呼ばれる静かな水路が流れており、疎水とじゃり道の両側にはしだれ桜がアーチをつくっていた。

そして、今日のような桜の季節が終わる頃は、落ちた桜の花びら一枚一枚が疎水一面に広がりピンク色のじゅうたんのように見えるのだ。

じゃり道にも桜の花は散らばり、まるで春が吹き抜けたようであった。

私とニーチェはベンチに落ちた花びらをはらい、腰掛けた。話を受け入れる気になったものの、まだ警戒している私は、ニーチェと少し離れて座った。

「なんか飲むか？」

ニーチェはポケットから小銭を取り出し、こちらに差し出した。

「そこに自販機があるだろう、私は温かいココアを頼む。お前のぶんも好きなもの買っていいぞ」

どうやら、買ってこいということのようだ。

「なんで私が」と言いかけたのだが、変に話がこじれるのも嫌だったので、私はしぶしぶベンチの後ろにある自販機でミルクティーとココアを買うことにした。素手で持つにはやや熱いココアの缶をニーチェに手渡すと、ニーチェは「いやぁ〜ココアはいつ飲んでも美味いわ」と独り言を呟きながら、一気に飲み干した。私は、ミルクティーの入った缶のぬくもりを両手で感じながら、再びベンチに腰掛ける。

「そういえば、まだお前の名前を聞いていなかったな」

口の周りにうっすらココアをつけながらニーチェは私にそう尋ねる。

「あ、私の名前？」

「そうだ」

「私は、アリサ。児嶋《こじま》アリサ」

「コッ、コージマ？」

「う、うん（コージマって電気屋？）。児嶋だよ、どうしたの？」

「いや、ちょっと知り合いに似たような名前の人物がいてな」

「その人は女の人？」

「まっまあ、女だな」

ニーチェはあからさまに目が泳ぎ、超速《ちょうそく》でまばたきをした。明らかに様子がおかしい、というか怪しい。

「あの、もしかしてそのコージマって人と昔付き合っていたとか？」

「いっいや、付き合っていたかどうかというと、び、微妙というか、そこまでハッキリした関係ではなかったけど、いろいろあったといえばあったというか……」

ニーチェは、明言を避けたので、私もこれ以上聞くことはやめておいたが、恋愛経験に乏《とぼ》しい男子中学生が好きな人について尋ねられた時のような、動揺っぷりであった。

多分付き合ってはいなかったけれども、コージマという名前の好きな人がいたのだろうな、ということはなんとなく伝わってきた。私が彼に対して抱いていた気持ちのようなものか。

「まあ、私の話はおいておいてアリサの話を聞こうではないか。何かに悩んでいるのだろう？」

ニーチェは咳払いをすると、話題を変えた。

「ああ、私ね。悩んでいるというか……ありきたりな話なんだけれども、失恋したっぽくて」

「恋人に捨てられたのか？」

「いや、捨てられたというかもともと付き合ってはないんだけど、好きな人が、彼女と歩いているのを見てしまって」

「ほう」

「その好きな人と彼女を、応援しなきゃって思うけれど……」

そこまで話すと、口に出してはいけないような、ネガティブでドロドロした醜《みにく》い気持ちがこみ上げてきた。

こみ上げてきた気持ちを、ぐっと飲みこむ。

「応援したいけれど、けど悲しいというか。応援したいけれど、心の中では複雑というか」

「ほう、応援したいけど、応援しきれないということか？」

「そうだね、そういう感じかな」

「どうも妙な話だな。ではひとつ聞くが、アリサはなぜ〝応援したい〟のだ？」

「それは、やっぱり人として、人を恨んでばかりじゃだめだなって思うの。何事もポジティブにとらえて応援しなきゃって」

「応援しなきゃというのは、自分の欲求か？」

「自分自身の欲求かと聞かれると、正直わからないけど、そうしなきゃ！　とは思うの」

考えれば考えるほど、深刻な気持ちになっていく。

陸上部にいた頃、怪我《けが》で秋季大会のリレー競技に出場出来なくなった私を責めることなく「春は一緒に走ろう」と励ましてくれたのは由美子先輩であった。そんな由美子先輩のことを応援していたいんだけれども、私は心の底から、二人を応援しきれるかと聞かれると、自信がない。恩義を感じている由美子先輩に対してこんな風に思うなんて自分でも、なんて不思議な人間なんだ、と情けなくなる。

口には出せないでいるが、自分の中に、妬《ねた》みや憎しみがぐちゃぐちゃと混ざった醜い気持ちが、顔を出すのだ。頭ではわかっていても、理性的になれずに、いまにも暴れだしそうな気持ちを必死に抑えつけようとしている自分がいることに気づいている。

するとニーチェは、あろうことか「ハハハハハハ、あーおかしい、あーおかしい」と言い、私の背中をバンバン叩きながら笑いだしたのだ。

「痛っ！　何するの！」

「いや……ごめん、ハハハハハ！」

ニーチェはしばらく「いや、ちょっとタンマ、ちょっとタンマ（笑）」「いまのツボったわ、ジワる」と言いながらしばらくヒーヒーと笑いつづけた。なんなのだろうこの男。失礼を通り越して、無礼すぎやしないか！

「どういうこと？　人が真剣に話しているのに」

「ハハハ……いやアリサ、それは、道徳に支配されているだけじゃないか」

「道徳に支配されている？　何それ」

「つまりお前は、道徳に縛られているのだ！　ププッ」

「どういうこと？」

ニーチェはまだ笑いを引きずっており、必死にこらえながら話をつづける。

「お前は、二人のことを応援できないという〝自己中な自分〟と二人のことを応援しなきゃという〝非利己的《ひりこてき》な自分〟のうち〝非利己的な自分〟の方を神聖化《しんせいか》しているというまでだ」

「ちょっとよくわからないんだけど、非利己的な自分を神聖化しているってどういうこと？」

「つまり、お前は自己中な人間ってことだ。

しかし、自己中ではいけないとも思っている。いや、思っているというよりも思いこんでいるのだ。つまり〝自己中ではいけない〟という道徳に縛られているのだ」

「ちょっと待ってよ、そりゃ自己中なところもあるよ、けれど、それだけじゃやっていけないじゃない、人のことを考えることも大切でしょ」

「そうだ、私はなにも人のことを考えるなと言っているわけではない。

しかしお前は、非利己的な自分を肯定して、自己中な自分を否定している。それはなぜだ？」

「なぜって、それは、自己中な考え方はよくないというか、人のことを考えられる方が素敵でしょ」

「それはお前の意見なのか？　それとも道徳を鵜呑《うの》みにしただけなのか、どちらだ？」

「一口には言えないよ、道徳としても習ったけれど、自分でも、たしかにそのとおりだなあと思うし」

「ではなぜ、他人のことを考え、道徳を守ることが大切なのだ？」

「それは、だってそうしないと人とうまくやっていけないでしょ？　しかも、自分のことだけを考えるような自分勝手な人になりたくないし」

「つまり、すべてはお前のため。ということだな」

「私のため？　違うよ、人のためでもあるよ」

「いや、自分勝手な人になりたくない。というお前のエゴのためではないか。

自分勝手な行動を避けることによって、他人とうまくやっていくためでもあるし、自分の自尊心《じそんしん》を高めるためでもある、ということだろう。

つまりお前は、自分のエゴによって〝自己中でない自分でいる方がいい！〟と思っているにすぎないのだ。なのになぜ〝自己中な自分〟を否定する？」

なんてことを言うのだ、この男は！　会って数分の人間に「自己中なのを認めろ」「エゴにすぎない」とさんざん罵倒《ばとう》された経験は、さすがに初めてである。

長い付き合いの友達にも、言われることはなかなかないであろう失礼極まりないセリフを、この男はなんの悪びれた様子もなくばんばん浴びせてくる。

仮に、長い付き合いの友達に「自己中なところがある」と言われたなら「そっか、これから気をつけるね」と自分にも非があったな、と反省するだろう。

しかしさっき出会ったばかりの怪しい男に「お前は自己中だ」と罵《のの》られると、なんというかこう、ただただ怒りゲージの値がグングンと上昇していくだけである。私はこみ上げてくる怒りを抑えようと、ひとまず深呼吸し、気持ちをととのえた。

「うーん、自己中なところもたしかにあるよ。けど、自己中なだけじゃいけないとも思っているよ」

「安心しろ、アリサ。私はなにも自己中な人間がよくないとは言っていない。

アリサに限らず、人間とは利己的で、自己中な生きものなのだ。

むしろ〝自己中じゃない自分の方がいい！〟とする風潮《ふうちょう》に疑問を持つべきだとすら思っている」

「それはどういうこと？」

「人間は誰でも、主観でものごとを見ているだろう。誰だってより良く生きたいし、自分がより快適に生きるために、蹴落《けお》とし合いが生まれることはごく自然なことなのだ。恥じることでもなんでもなく、ごくごく普通の摂理《せつり》なのだ。しかし、それにもかかわらず〝自己中なことは良くない〟という風潮がある。私は、この風潮に不自然さを覚えるのだ」

「不自然さを覚えるってどういうこと？」

「そうだな、つまりだな〝自己中ではいけないと思っている人が、多い方が都合がいい〟と考えた人たちによって、つくられた〝よい〟かもしれないということだ」

「それって、本当は自己中なことが悪いことではないのに、悪いとされていて、〝自己中なことは良くない〟っていう風潮は、つくられたものってこと？」

「そうだ、何が良くて、何が悪いかという基準は、あるようでないからな。奴隷《どれい》を持つことが良いとされていた時代もあれば、戦争でより多くの人を殺《あや》めることが正しいとされていた時代もある。善悪《ぜんあく》の基準は普遍的《ふへんてき》ではないのだ。

みんながいいと言っているものがよく思えてくるという経験はアリサにもあるのではないか？」

私は、夜空を見上げ、これまで経験で当てはまるようなことがあったかを考えていた。群《ぐん》青《じょう》色の夜空に、うっすら白い桜色が映えている。

「うーん、そうだね、いままでにあるかも。

　みんながいいと言ってるものは、それだけ賛同者が多いから、それがいいんだろうなって思うことはあったかな」

「なるほど。具体的にどんなことがあった？　例えば、会議で多数決を採ったとして、どちらがよいと思うかに手を挙げる場合、どっちがいいかわからなくても、手を挙げる人が多そうな意見に、思わず手を挙げてしまったような経験とかはあるか？」

「うん、そうだね。学園祭の出し物を決める時とか、そうだったかも。

　学園祭でメイド喫茶をしたんだけど、多数決を採る時に、周りの人の様子を見て、賛同者《さんどうしゃ》が多そうなメイド喫茶に手を挙げたの、思い出した」

「そうか。こだわりがないのに〝みんなが手を挙げてるからこれがいいものなのかも〟と錯覚してしまう、ということはよくあることなんだ。

　そのケースでいくと、心の底から〝メイド喫茶がいい！〟と思っている人間がどれだけいたと思う？」

「どうだろ、ちょっと興奮気味の男子は何人かいた気がするけど……」

「なるほど。大多数の意見の中でも〝メイド喫茶がいい！〟と心底思っている人間と、〝みんなが手を挙げている案がいい〟と思っている人間に分かれているのだ。

つまり〝みんなが手を挙げている案がいい〟と思っている人間は、賛同者が多いのであれば、別にメイド喫茶でなくてもいいのだ。

女装喫茶でも、お化け屋敷でも、賛同者が多い意見がいいのだ。例外はあるだろうがな、例えばスクール水着喫茶は嫌だとか……」

「それは嫌だよ！　ていうか取り締まられるよ、それ！」

「まあ、冗談はおいておいて、このように多数の賛同を得ている意見が〝よい〟と反射的に思ってしまうケースは珍しいことではないのだ。

私はそれを〝畜群道徳《ちくぐんどうとく》〟と呼んでいる」

「畜群道徳……？　なんか社畜《しゃちく》っぽい響きだね」

「社畜の中にもいると思うぞ。

〝みんなが、受け入れている条件だから、おかしくないんだ〟と、みんなと同じこと＝よいことだと思いこむと、間違ったものであっても、よいと思いこんでしまうことはあるだろう。

ブラック企業にいながらも、その会社の条件や勤務状態に疑問を持たずに逆にやる気を出す人もいるだろう。それこそが、まさしく畜群道徳の骨頂《こっちょう》だろう」

「そっか、みんなと同じだから大丈夫、と思いすぎると危険なこともあるのか」

「そうだ。習慣的に周囲に合わせていると、自分で考える能力を徐々に衰《おとろ》えさせてしまうことにも繋《つな》がるのだ。『すべての習慣は、我々の手先を器用にし、我々の才知を不器用にする』これ、メモしてもいいぞ」

ニーチェはそういうと、うんうんと頷《うなず》きながらこちらをチラチラと見てきた。どうやら私が、ちゃんとメモをするかを確認しているようだった。

「わかったよ、たしかにいい言葉だし、ちゃんとメモするよ」

私は、鞄《かばん》から倫理のノートを取り出し、後ろの方にあるメモ欄に名言をメモした。

その様子を確認すると、ニーチェは、にやっと口元をゆるませながら、また語り出した。

「あとな、人は合理化するからな、アリサにも経験はあるか？」

「合理化？　合理化って具体的にどういうこと？」

「つまりだ。欲しいものが自分に手に入りそうにもない場合、〝そんなものよりもっと大切なよいものがある〟と、欲しかったものの価値を低く見たり、悪いもののように扱う経験だ。童話の『すっぱいブドウ』にもあるだろう」

「すっぱいブドウ？　ちょっと知らないなあ」

「アリサよ、すっぱいブドウも知らんとは、お前は普段何を読んでいるのだ？　携帯小説か？

西野カナの歌詞か？」

「いや、別に読んでないけど……そのすっぱいブドウってどんな話なの？」

「すっぱいブドウはあれだ。キツネが高い木に実ったブドウを取ろうと、何回もジャンプするのだ。しかし、結局ジャンプしてもブドウには届かない。そこで、キツネは諦めることにしたのだが、悔しさまじりに言うのだ〝あのブドウはどうせ酸《す》っぱくて、味もマズイ。全然食べたくない！〟とな」

「うわっ、ちょっとそれキツネ、あからさまな、負け惜しみじゃん……」

「まあ、そうなんだが、あからさまな負け惜しみでなくても、欲しかったものが手に入らなかった時、手に入りそうにない時、〝あーやっぱ全然欲しくないわ〟と自分に言い聞かせることを、合理化というのだ」

「なるほどね、バイト先にもそういう後輩いるよ。男の子なんだけど、〝俺、三次元に興味ないっすからｗ〟ってよく言ってるの。

　その子は、アニメに出てくるような二次元の美少女が好きらしいんだけど、頑《かたく》なに〝現実の女はマジ興味ないっすｗ〟って言うの。けど、可愛いお客さんに話しかけられると、いつも耳を真っ赤にしてるの」

「そうか、まあフェティシズムの話になると、一口には断定できないが、その男子も合理化、つまりやせ我慢している可能性は大いにあるな。

手に入れたくても出来ないものを、欲しくないと言いはったり、欲しかったものの価値を、低く見たりするものだ、あえてな」

「欲しかったものの価値を低く見るっていうのはどういうこと？」

「例えば、権威やお金だとわかりやすいぞ。権威やお金が欲しい。けれども、手に入りそうにない。

そういう場合に人はどうすると思う？　〝お金よりももっと価値のあるものがあるから、お金ばかり追い求めている人は愚かだ、お金を追い求めすぎない生き方がよいのだ〟と金持ちを見下しにかかるのだ」

「たしかに……」

「そうだ。お金を追い求めている人は〝利己的な人〟だから、お金よりももっとよいものを追い求める〝非利己的な人〟を〝よい〟とすることにより、自分を慰めているのだ。

自分自身の人生が価値のないものだと、思いたくない。しかし、現実で価値があるとされているお金も権威もない。

だからこそ、自分の手の届くものに価値を見出し、よいとしているのだ」

「そっか、うーん言いたいことはわかるけど、お金や権威じゃなくて、例えば家族の絆《きずな》とか、夢に向かって生きるとか、純粋なものに価値を見出している人もいるでしょ？　それもよくないことなの？」

「よくないことではない。私が言っているのは、手に入りそうにないものを見下し、斜に構える姿勢をとる〝ルサンチマン〟的視点から〝自己中ではない自分〟を神聖化する道徳が生まれることがあると言っているのだ」

ニーチェは勢いづいてきたようで、知らない単語をばんばん出してきた。

「えーとちょっと待って、ルサンチマン的な視点って何？」

「ルサンチマンは、強者に対して妬みを持つ弱者だ。お金がない者でも、モテない者でもなんでもいい。

T.M.Revolutionの歌でもあるだろう？　〝チカラもナイ、お金もナイ、ナイナイばっかでキリがない〟と。力やお金がなくて、斜に構えた感じのやつをイメージすればいい。

ルサンチマンは「お金ばかり追い求めるのはよくない」と自分に言い聞かせながらも、本心ではお金を欲している。〝別に出世できなくても、ある程度楽に仕事できればいいや〟と言いながらも、上司から認められることが、本当は嬉《うれ》しかったりする。

しかし、苛酷《かこく》な現実に押しつぶされないために、傷つかないために、自分に〝これでよい、お金が手に入らなくても、出世できなくても、これでいいんだ〟と言い聞かせているのだ。

〝これがいい！〟ではなく〝これでいいんだ〟と自分に言い聞かせているようなものだな。いわば、禁欲的《きんよくてき》な生き方でもあるな」

「つまり、達観《たっかん》している感じの人？　さとり世代的な？」

「達観しているというよりも、欲がありながらも、無欲であることの方が〝よい〟として我慢しながら、生きている人をイメージするといいだろう。

〝お金や成功を追い求める気持ち〟は汚れている、よくないと、思いこんで自分の欲望を押し殺し、〝お金や成功が手に入らなくても頑張っている自分〟に満足しようとする。一般的によいとされていることが当たり前だと思いこみ、疑問を持たずに、大衆に流される。

〝お金や成功を追い求めること、強いこと、利己的なこと〟が悪いとされ、〝お金に執着しないこと、弱いこと、自己中ではないこと〟をよいこととするのがルサンチマン的発想だ」

「弱いことがいいこと、っていうのはどういうことなの？」

「そうだな、ではその説明をしよう、しばし待たれよ」

そう言うと、ニーチェは背負っていたリュックをごそごそとさぐりだし、一冊のノートを出した。

「弱いことがよいこと、というのはどういうことか、ここに一覧にしてあるから参考にするといいぞ」

ニーチェから渡されたノートのページには単語がいくつか並んでいた。

なになに……

『臆病な卑劣さ→謙虚』
『仕返ししない無力さ→善い』
『弱者のことなかれ主義→忍耐』

なるほど、言葉のあやみたいなものか。というか結婚式のスピーチにあるような便利な言い回し、ということのようだ。

「新郎は死ぬほどネガティブな暗い性格で、学生時代から友達もネット上にしかおらず……」なんて言えないもんな。

「新郎は、思慮深く、いつも冷静で、自立した性格の持ち主で」といったような言いかえに近いのか。私はノートを返し、

「これって結婚式の言い回しみたいなことだよね」

と尋ねた。

「まあ、そうだな、この場合は〝弱者であること〟が美化されているのだ。ガツガツと欲望をむき出しにしない弱者であることは、善いこと、素晴らしいことだと、巧みに言いかえら

れているのだ」

「うーん、けれども、これの一体どこが悪いの？」

「考えてもみろ、アリサ。人間が、生きることに執着し、より強者であろうとすることが、悪いこと、かっこわるいことで、弱者であること、非利己的であることがよいこととされている風潮は〝奴隷道徳〟なのだ」

「奴隷道徳？」

「そうだ、例えばだ。人間は利己的な生き物だ。しかし、利己的な自分を悪いものだと否定しつづけると、どうなるだろう？」

「うーん、あんまりガツガツしちゃいけないというか、ガツガツしている自分をかっこわるいとも思ってしまうかな」

「ああ。生きることに執着する気持ち、自分自身の欲求を否定することになる。

〝こういう風に利己的に考える自分はだめだな〟とか〝欲張っちゃいけないいな〟とか。人が利己的になるのは自然なことだ。

〝生存したい！〟という欲求は、生まれながら生物に備わっているものだ。教えられなくても、呼吸をしたり、ミルクを飲むことを我々は生まれながらにして知っているのだ。道徳に振り回されて、生きることや自分を否定する必要はないのだ」

たしかにニーチェの言うとおり、自分では特別意識はしていなかったが、自分本位に考えることは、恥ずかしい。

人のことを考えないとだめだ、と思っていたけれど、それは私の意見でもなんでもなく、ただ与えられた道徳を鵜呑みにしていただけだったのかもしれない。

そう思うと、自分の考えは、意外と他人からインストールしたものばかりのようにも思えてきた。

「そっか、非利己的な考えが出来ない〝自己中な自分〟を、頭ごなしに悪いと思いこんでいることが、すでに道徳に振り回されていることになるってことかな」

「そうだ。〝自己中な自分〟を否定したくなるという気持ちの根底《こんてい》には〝自己中でいるのは悪いことだ〟という先入観があるのだ。少々過激な言い方をすると、他人から植え付けられた道徳に洗脳されているともいえるだろう。道徳は正しい！　という前提すら疑ってみるのだ。

ただおとなしく従うのではなく、自分自身で考えてみる。疑い、時にあらがってみる。道徳に支配されて、生きる意欲を失速させてしまっては、意味がないからな。

むやみやたらに道徳に反抗しろ、犯罪に走れと言っているわけではないが、他人から言われたことを鵜呑みにするのではなく、一度疑うことで自分なりに考え直してみることが重要だ」

そう言うと、ニーチェは満足げに、夜空を見上げ「思ってたよりアホじゃなくて、よかった。いや～会った時はやばいやつだったらまじでどうしようかと思った」とまた失礼極まりない独り言をぶつぶつと呟いていた。あたりはすっかり冷えこみ、ふとももに触れたベンチからもひんやりした冷たさが伝わってきた。

知らない間に、自分の中で「当たり前」となっていた道徳心。他人から教わった道徳心のはずなのに、いつのまにか自分の意見のように思いこんでいた。

そう考えると、どこまでが他人の考えで、どこからが私の意見なんだろう。そんなことを思いながら、私は残り少ない冷めて甘さの増したミルクティーを飲み干した。

ニーチェは私の隣で、何か考え事をしているのか、また人差し指に前髪をくるくると絡め、一気にほどく。

「そうだアリサ、最後に……明るい教えをひとつ教えてやろう。『祝福できないならば呪うことを学べ』」

「の、呪う!?」

「そうだ。祝福できないならば、祝福できない自分を恥じて、自分の気持ちを否定することはない。徹底的に呪うのだ。時にはダース・ベイダーのようにフォースをダークサイドに堕《お》としたとしても、そうやって自分の本心を誤魔化《ごまか》すことなく、生きるのだ」

ニーチェはまっすぐな目をしてそう言った。

この言葉は、私が今日Twitterで見かけて励まされた言葉、そのものであった。

呪う……とまでいくと大げさだが、ニーチェの過激であっけらかんとした言葉に、私の心は軽くなっていた。こんな言葉に心が軽くなってしまう私は最低かもしれないが、道徳を鵜呑みにすることしか頭になかった私には、ニーチェの教えが明るい言葉のように思えた。

そしてベンチの端に座っていたはずが、いつのまにか位置がだいぶずれていた。知らないうちにニーチェの話に夢中になっていたのだろうか、姿勢も矢吹丈のように、ずいぶん前かがみになっていたのだ。

「アリサ、夜も更けてきたから、人通りもないぞ。どうだ、あの木は。あの木に釘を打ち付けてみてはどうだ!?」

「えっ、呪えって本気で言っているの?」

「そうだ、釘が嫌ならば、〝鉄輪《かなわ》の井戸〟というのが五条にあるらしいぞ。なんでもその井戸の水を汲《く》んで飲ませると、そいつと縁がぷっつり切れるそうだ。

まあ、いまはペットボトルの水を持参して、祈祷《きとう》したものを飲ませるらしいのだが」

「ちょっと怖っ！　そんなことしないよ」

本気なのか冗談なのかわからないが、ニーチェはやたらと呪うことをすすめてきた。なぜそんなに呪うことばかりすすめるのかと問いただすと「自分を偽ってまでお前は何になりたいんだ？」とあっけらかんとして答えたのだった。

「では、そろそろ帰るとするか。また会おうアリサ！　無知なお前が強く生きていけるように超人になれるように、また哲学を教えてやろう！」

しばらく話しこんだあと、ニーチェは突然立ち上がると、そう言った。

「え？　帰るって、ニーチェはどこに帰るの？　また神社に戻るの？」

「何を言っている。山に戻る、とでも言いたいところだが、こうして現世にいる間は家に住んでいる。この道をずっと先に行ったところにある」

そう言うと、ニーチェは哲学の道の奥の方を指差した。

「そうなんだ、なんだかよくわからないことが多くてまだ混乱してるけど、ニーチェも普通に京都で生活してるんだね」

「まあ、現世にいる間の、仮住まいだけどな」

「仮住まいってことは、またいつかいなくなるってこと？」

「まあいつかはいなくなるが、それはまたいつかの話であって、いまではない。心配するな、それまでにお前に〝超人〟になる術を叩きこむ」

そう言うと、ニーチェはこちらに右手を差し出してきた。一瞬戸惑ったものの、私も右手を差し出し、ニーチェと握手を交わす。

「正直、ちょっとまだ不思議な感じだけど今日はありがとう。ところでさっきから言っている、その〝超人にしてやる〟ってまだよくわからないんだけど、なんだっけ？」

「そうだな、詳しく話すと長くなるので、また次に会った時に詳しく話そう。

まあ、簡単にいうならば、どんな不条理にも負けない、強い精神に鍛え上げてやるということだ。絶対なんて幻だ。絶対的なものがない世の中で、アリサが強く生きていけるよう鍛え上げてやろう。ではな、アリサ。また近々、こちらから伺うことにしよう」

「え、近いうちっていつ？　ニーチェの連絡先も何も知らないよ？」

「まあ、そう心配するな。必ず私から伺うと約束しよう。これだけは、絶対だ。じゃあな」

ニーチェはそう言い残すと、こちらに背を向け、哲学の道の奥の方へと去っていった。

あっという間の出来事に圧倒されながらも、私は、ニーチェの背中をその場で呆然《ぼうぜん》と見送った。外灯《がいとう》がぼんやりとした灯《あか》りを落とし、夜風は雲を勢いよく吹き流す。

今日起こった出来事は、まだにわかに信じがたい、というか夢を見ているようなふわふわした不思議な心地に私は包まれていた。

しかし、ニーチェに出会う前よりも、心は少し軽くなっていた。

哲学は、頭が重くなるものではなくて、心が軽くなるものなのだろうか？

そんなことを考えながら、私は今日起こった出来事を、ゆっくりと思い出しながらバス停へと歩く。

澄み切った空気の中、ローファーで踏みしめたじゃりの音だけが、静かに響いていた。まるで、私に歩んでいることを気づかせるかのように、一歩一歩しっかりと足元で響いていた。

祝福できないならば
呪うことを学べ
——ニーチェ

人生を危険にさらすのだ！

観光シーズンは一段落したものの、今日もバイト先のお土産物屋さんは賑わいをみせていた。

女将《おかみ》さんによると、アメリカの大手旅行雑誌「TRAVEL+LEISURE《トラベルアンドレジャー》」の訪れたい世界の都市ランキングで、京都が一位になったらしく、その効果もあるのか、バックパックを背負った外国人観光客の姿が目立つ。

英語が話せない私は、商品の説明を求められるといつも困ってしまうのだが、「ディス・イズ・ジャパニーズ・ピクルス（お漬物）」「ディス・イズ・ニンジャズ・ウェポン（手裏剣《しゅりけん》のおもちゃ）」と、中学生レベルの英語を駆使《くし》して、どうにかやりきっている。あくまで自己判断だが。

きちんと伝わっているのかはわからないが、説明をすると「COOL!!」「amazing!!」というリアクションは返ってくるので、いまのところぎりぎり大丈夫といった感じである。

今日も、外国人観光客や修学旅行生を相手に、お漬物の説明をしたり、生八つ橋の試食を勧めたり、賑わうお店の中を行ったり来たりしていた。

私は三日前に起こったあの不思議な出会いについて、あれからよく思い返していた。ニーチェと初めて会った日、帰ってすぐにニーチェについてパソコンで調べてみた。

ニーチェは十九世紀のドイツで生まれた哲学者のようであった。裕福な家庭で牧師《ぼくし》の父のもとに生まれたようだが、ニーチェが幼い頃に他界してしまい、そこからは、母、妹、伯母と女性ばかりに囲まれて育ったようだ。

ニーチェは若くして大学教授になるなど、才能を大きく買われていたようだが、晩年《ばんねん》は気が狂ってしまったかのように奇行を繰り返し、生を終えたようであった。

私の目の前に現れたニーチェと、インターネット上にあったニーチェの写真は別人であったが、どことなく面影があるようにも感じられた。目の前に現れたニーチェは、日本人にしては彫りの深い顔立ちをしていたので、そう感じただけかもしれないが。

そんなことを考えながら私はキャッキャキャキャッキャとはしゃぎながらお漬物を試食する外国人観光客の顔を眺めていた。

すると、入り口の方から私のことを呼ぶ声が聞こえた。

「児嶋さ〜ん、お客さん来てはるえ〜」

どうやら女将さんが私を呼んでいるようだ。

「はーい！　ちょっと待ってください、いま行きます」

私はバイト着である浴衣《ゆかた》の袖をまくり直し、入り口へと向かった。

「児嶋さん、お友達来てはるわ、ほなよろしくね〜」

そう言うと女将さんは、ニヤニヤと笑いながら、肘で私をつつき、お店の奥へとひっこんでいった。一体どうしたんだ、誰が来てるんだ？　と入り口へ出ると、そこにはニーチェが立っていた。

「えっ!?　どうしたの!?　というか、どうしてここに!?」

私は驚きのあまり大きな声をあげた。ニーチェは驚いた様子もなく「アリサ、そこに回っているものはなんだ？」と店前にある、お茶がくるくると、かき混ぜられている透明なケースを指さした。

「ああ、これは抹茶だよ。こうやって回ることによって、沈殿《ちんでん》しないようになってるんだよ。というか、どうしてここに？」

「マッチャ……？　美味いのかそれは？　一杯いただけるかな？」

「うん、いいけど二百五十円になりますよ」

「金を取るのか⁉　お前の奢《おご》りではないのか⁉」

いきなりやって来て、私の質問にも答えず、なんなんだこいつは、と思ったが女将さんがニヤニヤと奥からこちらを見ており、痴話喧嘩《ちわげんか》かと思われるのも嫌なので、私はしぶしぶニーチェに抹茶を奢ることにした。

「いいけど……今回だけだからね」

私はカップに抹茶をついで、ニーチェに渡した。

「で、いきなりどうしたの？　びっくりしたよ」

「この間、また必ず伺うと約束しただろう。その約束を果たしに今日来たのだ。あと、今日はお前を連れて行きたいところもあってな。超人についてレクチャーするのにうってつけの場所があるのだ」

「へえ……（わかったようなわからないような）ちなみにそれってどこ？」

「まあそう慌《あわ》てるな。仕事は何時までだ？」

「あと、一時間くらいで終わるけど」

「わかった、ではそれまでこのベンチで待つとしよう」

ニーチェは店前のベンチに腰掛けると、ストローで抹茶をズズズッと音を立てて飲んだ。

「おおお！　うんまあああああ！　こ、これはなかなか美味いな！　ココアと競り合うくらいの美味さだ！　いや、ココア越えかもしれん……こんな美味い飲み物があるのか！」

「そんなに美味しい？　ならよかった、奢ったかいがあるよ。けど、ここ店前だから、待っててくれるならどっか他のとこで待っててよ」

「そうか、店前だと都合が悪いのか？」

「いや、都合が悪いことはないけど、ちょっと……」

「そうか、ならば終わったら連絡してくれ。これが番号だ」

そう言うとニーチェは電話番号が書かれた紙切れを差し出した。「スマホ持ってるんだ……」と言いかけたが、また話が長くなりそうなので「うん、わかった」と言って、私は店内に戻った。

私は、一時間後ニーチェを、初めて出会ったベンチまで迎えに行った。店で待ち合わせてもよかったのだが、女将さんがあれから「いいわね、若いって〜」とひやかしてきたので、これ以上誤解を招くのもなんなので、迎えに行くことにした。

ニーチェはお店からすぐのところにあるベンチにおとなしく腰掛けていた。

「ごめん、お待たせ」

「おお、待ちくたびれたぞ、では早速向かうとするか。それにしてもさっき飲んだマッチャ？とやらは美味かった。また飲みに伺おう」

「よっぽど気に入ったんだね。じゃあ今度粉末タイプの抹茶、買って持っとくよ」

「おお、それは頼もしい！　では遠慮なくいただこう。重くてもかまわんから大量に頼む。じゃあ、いまから鴨川に向かうぞ。さあアリサ急ぐのだ」

そう言うとニーチェは立ち上がり、すたすたと歩き出した。鴨川？　一体そこに何があるのかわからなかったが、とりあえずニーチェのあとをついて行くことにした。

お土産物屋さんから鴨川までは歩いて三十分ほどかかる距離である。このあたりには国立大学や芸術大学など、大きな大学が建ち並んでおり、鴨川へ向かう大通りは、多くの大学生が自転車で行き来している。

「ねえ、ニーチェ、ニーチェって普段何してるの？」

「そうだな、スマホゲームをよくしている」

「え？　それは趣味の話でしょ、仕事だよ」

「仕事は、思いついた時にしている」

「なんの仕事しているの？」

「スマホゲームをつくっている」

「え？　そうだったの！　スマホゲームは趣味だけじゃなかったんだ」

「いや、趣味でもある。アリサはスマホゲームは好きか？」

「まあ、たまに暇つぶしにちょっとやる程度かな。ニーチェは、どんなゲームをつくっているの？」

「代表作は、〝The Twilight of the Idols～アイドルの夜明け～〟だ。これはいまでもガンガン課金されている。そのうちアニメ化しそうな勢いだ」

「アイドルの夜明け？　一体どんなゲームなの？」

「恋愛禁止という掟《おきて》の中で、恋愛禁止という掟を破り、週刊文春に撮られまくるという道徳に縛られないアイドルを育成していくゲームだ」

「へ、へえ……そうなんだ（それって面白いのかな？）」

「逆に、アリサは普段何しているのだ？」

「私？　私は見てのとおり高校に行ってるよ。あとは、バイトかな。まあ、うちちょっと特殊でさ、家のことも自分でやらなきゃいけないからいろいろ慌ただしいけど……」

「特殊、とは何が特殊なんだ？」

「ああ、私、高校入学と同時に市内にきて一人暮らししてるんだ」

「ほう、そうなのか。それはまた珍しい環境だな。お前の両親はいま実家にいるのか？」

「お母さんは、おばあちゃんと実家に住んでるけど、お父さんはベトナムにいるんだ」

「お前は寂しくないのか？」

「うーん、どうだろう。お母さんは〝たまには実家に顔を見せなさい〟って言うんだけど、あんまり家族に深入りしたくないというか、苦手というか実家に帰りたいとは思わないんだよね。部活やめて寮を出ることになった時も実家に帰るって発想にはならなかったんだよね、なぜか」

両親の話をする時、私はいつも不思議な心地に襲われる。両親のことを話しているあいだは、心が硬直《こうちょく》しているような、自分が自分から切り離されているような不思議な感覚だ。そしてこの感覚が、私は苦手だった。けれども、それ以上踏みこんでも仕方ないと自分の中で区切りをつけてもいた。

友達に家族の話をすると、いつも「寂しくないの？」とドライな人間のように思われるが、寂しいかどうかを考えたところで現状が変わるわけではない。

「まあ、私の話はおいておいて、こないだニーチェのことをネットでちょっと調べてみたんだけど、写真と見た目が違うよね？　顔立ちはハッキリしてるけど、外国人感はないじゃん。いまは誰かにのりうつっていたりするの？」

私は、弾《はず》みをつけるように、肩に掛けた学校の指定バッグを、掛け直した。

「のりうつってる……か。まあ、そのようなものだ、期間限定ではあるがな」

「期間限定なの？　それって、いつまで？」

「それをいま話してしまうのはルール違反だ。なぜなら、人生もそうだろう？　いつかは終わってしまうが、いつ終わってしまうかは明らかではない。いつ終わるかが明かされてしまっては、また人生の意味が変わってきてしまう。

そういう不透明な時間を私たちは生きているのだから」

「そっか、まあそれもそうなのかもしれないね……。けどさ、誰かにのりうつってるなら、どうやってのりうつる人を決めているの？」

そう伝えると、ニーチェは人差し指に前髪をくるくると絡めだした。この間もそのようなポーズをとっていたけど、考え事をする時の癖なのだろうか。


「逆に、アリサがもし誰かにのりうつれるとして、どんな人物にのりうつる？　自分ならどういう人にのりうつりたい？」

「えー考えたこともない問題だな。そうだなあ、絶世の美女とか、すっごいイケメンとか、あとは、お金持ちとかかな！」

「そういうことだ。自分のセンスで〝まあ、こいつならのりうつってもいいかな〟と思える人間をこっちで選んでいるのだ」

「そうなんだ、超上から目線じゃん……」

「まあその結果、生活に不自由なく、見た目も自分にある程度似ていて申し分ない美男子を選んだというわけだ」

「……美男子、ですか」

ニーチェと私はどうやら美的感覚にかなりズレがあるようだ。

私はニーチェの顔をまじまじと見た。不細工というわけではないが、誰もが目を見張る美男子というわけではない。あくまで個人的な趣味の問題かもしれないが。ニーチェはよほど自信があるのか、見つめられるとぼさぼさの頭を掻《か》きながら、ニタァーっと不気味な照れ笑いを浮かべていた。口の中はうっすら抹茶色に染まっていた。


夕方十七時を過ぎた鴨川は、夕日に照らされた水面《みなも》がきらきらと眩《まぶ》しくかがやき、涼しい風が吹いていた。

ところどころで大学生が、ブルーシートの上にせっせとお酒を並べ、新歓《しんかん》コンパの準備をしていた。ブルーシートの上に置かれた小さなスピーカーからは、エレキギターが慌ただしい、激しいブリティッシュロックが流れていた。

ニーチェは鴨川に着くと、川原に落ちている石をいくつか拾い上げ、私に手渡した。

「アリサ、ここで水切りをしよう」

「えっ、水切りって石を投げるやつ？」

「そうだ、何回石が跳ねるかを競うのだ」

そう言うとニーチェは川に向かって、水面をバウンドするように石を投げた。

チャッ、チャッ、チャッ、ポチャ。石は三回バウンドすると、水の中へと落ちた。

「ニーチェうまいじゃん、じゃあ私もやってみる！」

意気込んで石を投げる。

チャッ、ポチャ。一回だけバウンドして石は落ちてしまった。なかなか難しい。

「ハハッ、アリサまだまだではないか、続けていくぞ」

チャッ、チャッ、チャッ、チャッ、ポチャ。今度は四回だ。

「くそー！　悔しい！」

私は負けじと、よさそうな石を拾っては投げつづけた。ニーチェと私は、いつのまにか水切りに夢中になり、気がつくと夕日は落ち、あたりはうっすら暗くなっていた。

「アリサ、我々は何度、石を投げたと思う？」

「えーわからないけど、百回くらいかな。明日、右手筋肉痛になってるかもね」

「ではこのまま石を千回、いや一万回投げたとして、同じルートをたどって水に落ちる石はあると思うか？」

ニーチェはいきなり、変な質問をしてきた。

「どうだろう、まあ一、二回くらいはあるんじゃない？　一万回も投げるんでしょ」

「そうだ。さらに言うと無限に投げ続けていると、同じルートをたどって、水に落ちる石はいくつかあるだろうか？」

「そうだね、あるかもね。けど、それがどうしたの？」

「つまり、何事も繰り返されるということだ。私はその事実をアリサに伝えに来た」

ニーチェは石を投げる手を休め、こちらを向いた。私にはニーチェが何を言いたいのかが、よくわからなかった。

「言っていることがよくわからないんだけど、どういうこと？」

「そうだな、この話は広大な空を見ながらした方がよさそうだ。さあそのへんに適当に座るのだ」

そう言うとニーチェは鴨川の川辺に腰掛けた。私も手に持った石を置き、近くに座った。

ニーチェは座ったまま、うっすらと浮かんできた星を指さした。

「アリサ、あの星を見よ」

「うん、見えてるよ、あの黄色っぽいやつだよね。金星かな」

「そうだ、宇宙がいつ出来たか、知っているか？」

「いや、よく知らない」

「宇宙は百五十億年ほど前に出来たと言われている」

「百五十億年前……」

「それからいままで一瞬も休むことなく、時間は流れているのだ」

「そう考えると、スケールが大きすぎてよくわからなくなるね」

「そうだ。そして時間が無限にあるとしたならば、いつかまたビッグバンは起こり、また同じような人生がどこかで繰り返されると私は考えるのだ」

「それってどういうこと？」

そう聞くと、ニーチェは近くに転がっている石を五つほど拾いあげ、バラバラと落とした。


「アリサ、これを見るといい」

「このバラバラに散らばっている石のこと？」

「ああ。いまこの石が散らばった布陣《ふじん》があるだろう。この石を拾い上げ、またバラバラと落としたとしよう。同じ布陣になることはあると思うか？」

「んーそうだね、十回じゃ無理かもしれないけど、何万回もやれば、同じ布陣になることはあるかもね」

「私はそういうことが言いたい」

「つまり、確率論的《かくりつろん》なこと？」

「そうだ。時間が無限にあるのならば、いま私たちが経験したことと同じケースが再び起こりえる、繰り返される可能性がある。ということだ」

「えーとちょっと待って、たしかに時間が無限にあるなら、同じことが起こりえるかもしれないけど、私たちの人生は時間が無限にあるわけじゃないよね？」

「そうだ。〝自分が生まれてから死ぬまで〟の間だけではなく、もっと大きなスケールで、原子的に考えるのだ」

「原子的？」

「そうだ、万物は原子で出来ている。いわば原子の組み合わせだ。私たちが死んでも、私たちを構成する原子は残る。なのでまたいつか、原子の組み合わせによっては、自分が生まれるということだ」

「原子の組み合わせ？」

「そうだ、パターンだ。例えば、スロットを想像してくれ。

スロットで777が並べばアリサが誕生するとしよう。スロットには無数の組み合わせのパターンがあるよな？　ベルだったり、フルーツ柄だったり、リプレイマークだったり。ベルとフルーツと7とバラバラの絵柄の組み合わせもあれば、ベル二つとフルーツ一つという組み合わせもあるだろう。パターンは無数にあるのだ。

その中で777が揃う確率は低いかもしれないが、無限にスロットを回していたら、777が揃うこともあるだろう。

そのように、原子の組み合わせで万物が誕生するのであれば、いつかまたアリサが誕生する確率があるということだ」

「そっか、自分が生きている間だけじゃなくて、宇宙の誕生とか大きいスケールで考えると、いつかまた自分と同じ人間が生まれる可能性があるってこと？　けどそれって話がぶっとびすぎてない？　非科学的というか」

するとニーチェは得意の高笑いで、「科学がまだ証明できていないだけだ、宇宙のことすらな。ハハハハ」と悪態《あくたい》をついた。

ニーチェはプライドが高いのか、変人なのか、笑いのツボが人と少し違うようだ。私はニーチェがひとしきり笑いおさまるのを待った。

「まあ、何が言いたいかというと〝永劫回帰《えいごうかいき》〟を受け入れられるか、受け入れられないかで大きく人は変わるということだ」

「エイゴウカイキ？　一体何それ？」

「アリサ、この話はとてつもなく辛いぞ〜。アリサに聞く勇気があるか？　ちなみに私はこの考えにたどり着いた時、辛すぎて七日間も引きこもったぞ〜」

「えっ七日間も引きずるほど辛いの？」

「そうだ、七日間引きこもるとなると、ずっとスマホをいじることくらいしか娯楽がなくなるぞ、スマホをいじりすぎて、すぐ低速制限になって辛いぞ〜」

「そこまで言われると、知りたくないんだけど……ほら、知らぬが仏っていうし」

私がそう言うと、ニーチェはいきなり血相《けっそう》を変え、目をカッと開いて、黙りこんだ。

なぜかわからないが、拳《こぶし》を握り締めワナワナと震えている。

いまにも「てめえらに今日を生きる資格はねえ！」と北斗神拳《ほくとしんけん》を繰り出しそうなほどの殺気をかもしだしている。

「ごっ、ごめん、ニーチェ何か気に障《さわ》った？」

「アリサ、いま仏と言ったか……神は、神は死んだのだああ！」

ニーチェは拳を握り締めたまま、「神は死んだのだあああ！」と大声を張り上げた。

周りにいる新歓コンパ中であろう大学生が「なんかあいつヤバい、ヤバくない？」「ちょっ、あんま見るなって」とひそひそ話しながら、こちらを見ている。

「どうしたの、いきなりそんなに荒ぶって」

「知らぬが仏、といま言ったな。知らないことを探求しなければ、神の存在も否定されなかっただろう。

しかし、真実と誠実に向き合った場合に、神の存在というものは、否定されてもおかしくない。という結論に行き着くのだ」

「どういうこと？」

「カラスが白いか黒いか、みたいなもんだ。

真実と向き合わなければ〝カラスは白いのです〟という神の教えがあったとしたら〝カラスは黒く見えているだけで、本当は白いんだ〟と思いこめたかもしれない。

しかし真実と向き合う誠実さを持つと、神がカラスを白いと言おうとも〝カラスはどう見ても黒いじゃん〟と思ってしまうだろう。

真実に誠実に向き合っていくと、神という存在自体、うさんくさくなってくる。だから神は死んだのだ。死んだ、というか、もともと存在していたかどうかすら怪しいだろう。そしていまはそういう時代に突入しているのだ」

「そういう時代っていうのは？」

「自由思想家の時代だ」

「自由思想家の時代？」

「そうだ、世の中にはいろんな価値観が溢《あふ》れている。

言い方を変えると、いろんな視点でものを見ることが出来るようになった。

いろんな価値観、いろんな視点があるということは、逆に絶対的な〝正解〟がないということだ。つまり、絶対的な〝幸福〟という答えやゴールが現代においてはないのだ」

「絶対的な答えがない？」

「そうだ。人生の指針にすべき答えや、目指すべきゴールというものが、定まっておらずぼんやりとした状態だ。

仮にゴールがあったのならば〝こういう風に生きれば、絶対的な幸せを掴《つか》めるんだ〟という目標に向かって一心に立ち向かって行くことが出来る。RPGのように、ラスボスを倒し、姫を助け出す！　といった明確なゴールがあれば、そこに向かってダンジョンを突き進めばいいからな。

しかし、絶対的なゴールがない場合はどうだろう。ようするに、ボスがいない状態のゲームだ。ボスがいないゲームでもある程度、楽しむことが出来る。仲間と一緒にモンスターを討伐したり、草原でハチミツを採取したり……ゲームを楽しむことは出来るが、どこに向かえばいいか、何を目標にすればいいかはぼんやりしてしまうのだ。

絶対的なものはなく、自分が納得出来ることを信じる〝自由思想家〟の時代に突入したが、これは絶対的な〝正解〟がない時代とも言えるのだ。まあ過去に幸福のゴールとされていたものも、まやかしにすぎなかったとも考えられるがな」

「なるほど、ゲームに置き換えるとたしかにそうだね。ゴールがなくて、暇つぶしのためのゲームも多いもんね」

「暇つぶしは楽しくはあるが、喜びではないのだ」

そう言われてみるとたしかに、明確な目標を持ったことは陸上の大会の時くらいだったかもしれない。目標に向かって全力で突き進むことの素晴らしさは知っているつもりだったが、叶えられなかった目標が自分の中でくすぶっているうちになんだか面倒くさくなってくるものだ。

いまの私は毎日を楽しく生きたいけれど、なるべく苦労はしたくないというのが本音であった。

それは、いつのまにか、楽に生きることが目的になっているのであって、より喜びを感じる生き方というのとは違うということは、私も薄々わかっていた。

「いまの話、なんとなくだけどわかったよ。私にも思い当たるし。

それで、ニーチェがさっき言っていた、エイコウ……なんとかっていうやつは、あれはなんだったの？」

「ああ、エイコウ、ではなく永劫回帰のことだな、聞く覚悟が出来たのだな」

私は何も言わずに頷いた。

「永劫回帰は、さっきも言ったとおり、時間が無限にあるのならば、同じことが繰り返されるということだ」

「同じことが繰り返される？」

「そうだ。例えば、アリサには辛い過去や、辛い出来事はあるか？」

辛い過去、その言葉を聞いて私は怪我をして陸上部をやめた冬の出来事を思い出した。私は高校入学と同時に高校の寮に入った。

小さい頃から抱えていた漠然《ばくぜん》とした寂しさも走ることに夢中になっている間は忘れられたし、家に帰るよりも一人練習に打ちこんでいる方が、私は心がずいぶん楽だった。

虐待《ぎゃくたい》を受けていたとか、両親を憎んでいたわけではないが、両親とは心の奥深くではわかり合えないだろうという諦めが根づいていたからだ。

いまの高校に志願したのも、スポーツ推薦で入れる寮が完備されていたからであって、入学が決まった時に私はこれから起こる辛いことも自分一人で全部受け止めなきゃいけないと、覚悟を決めていた。

悲しい気持ちは自分で清算しなくてはいけない。泣き言を言っても結局傷つくのは自分だからだ。

母親はよく電話で「たまには実家に顔を見せなさい」と言ってくる。

けれども、私はお正月とお盆以外は、実家に帰っていない。帰ってもいいのだけれど、「帰ったところでどうなるの?」という声が頭の片隅に浮かび上がってくるのだ。

実家に顔を見せたところで、家族とわかり合えるわけではない。実家でくつろいだところで、また私は実家を出て一人の生活に戻ることになる。そう思うと、わざわざ片道三時間もかけて実家に帰るのが億劫《おっくう》になってくる。

ため息まじりの切なさと共に、何十回も繰り返した諦めが心を埋め尽くす。

「うん、まああるといえばあるよ。そんな大げさなものでもないし、いまはわりと受け止めているけど」

「その辛い過去を、乗り越えた、ということか？」

「うん、まあいまは、だいぶ慣れたかな」

私は強がりまじりにそう言ってみた。

するとニーチェは右手を挙げて満面の笑みでこう言った。

「アリサ安心しろ、その辛いことは、乗り越えても、乗り越えても、必ずまた繰り返されるから」

そう言うと、ニーチェは夕陽に染まった空を見上げ、高笑いをあげる。

空にはニーチェの笑い声とカラスの鳴き声が響く。

「……！　ちょっといきなり、何そのドS発言！」

「それが永劫回帰だ。

さっきのスロットの話を思い出せ、確率論的に考えると、またいつか回り回って、同じことは繰り返されるのだ。

いまもし、辛いことを乗り越えたとしても、また苦しみや悲しみは襲ってくる。

また同じことの繰り返しだ」

「ちょっとそんな、気が滅入《めい》ること言わないでよ。

せっかく受け止めようと自分の中で見切りをつけているのに……。

しかもまた辛いことが繰り返されるって、絶対とはわかんないじゃん。ニーチェのその考え方が絶対とは限らないでしょ？　さっきも言ったけど、非科学的だし、おとぎ話だよ、そんなの」

「そうだ、この話を絶対的に信じろと言っているのではない。

むしろ私の作ったフィクションだと思ってもらってもかまわない」

「フィクション？　そんなあっさりと……。じゃあ、やっぱり信じる必要はないじゃん」

「それは違うぞ、アリサ。私が言っているのは、たとえ辛い経験がまた襲ってこようとも、永遠に繰り返されようとも、生きることを〝無駄〟だととらえて、無気力になる必要はない。と言っているのだ」

「無気力になる必要はない？　どういうこと？」

「つまりだ、せっかく乗り越えた辛いことや苦しいことが繰り返される可能性があると思うと、どうだろう。

〝どうせ頑張っても無駄。しょうもない〟と斜に構え、無気力になってしまうだろ？

努力して乗り越えても、また何度も同じ辛いことが襲ってくるなら、もうどうでもええわ。とニヒルになるのが普通ではないだろうか？」

「そうだね。何回やっても辛いことが繰り返されて、挫折するなら、途中で心が折れちゃうよね」

「そうだ、何度も挫折を繰り返すと、心が折れたり、はたまた心が腐ったりするものだ。そうしてニヒルに斜に構えてものごとを見るようになってしまう、〝どうせ無駄〟という気持ちに心が蝕《むしば》まれてしまうものだ」

「言っていることはすごくわかるよ。

辛いことから立ち直っても、また何度もそれが繰り返されたり、努力が無駄になったり、裏切られたりしたらどんどん無気力になっていくよね。

部活のことも家族のこともまさにそうだよ」

「部活？」

「うん、私ずっと陸上やっててさ、その推薦で今の高校入ったんだけど去年の秋季大会直前に怪我してみんなに迷惑かけちゃったんだ。ランナーズニーってのになっちゃって。で、完治するよう、頑張ったんだけど、結局前みたいには走れなくてさ。寮に住んでたけど、部活メンバーと会うのもだんだん気まずくなって部活やめて、寮も出たんだよね」

「そうか。それは辛い出来事だったな」

「うん、いまはもうだいぶ立ち直ったけどその時はいろんなことが面倒くさいというか、もうどうでもいいかなっていう風になってたかな、まさにニヒル的だよね」

「そうだな、ニヒルになりすぎると、自分の人生にもかかわらず、自分の人生を軽んじて生きてしまうことになるのだ。

自分が人生の主役だ！　という意識が徐々に薄れ、ただたれ流すような人生だな」

「そこまではっきり言われると辛いものがあるね、まさにそんな風に思ってたし」

「ではアリサどうすればいいと思う？」

「うーん、ちょっとわからないなあ、極力考えないようにするくらいしか出来なかったからなあ」

「そうか、私は最終的に〝永劫回帰を受け入れる〟ことで道は開けるのではないかと考える。そして、この〝永劫回帰を受け入れる〟ことを〝運命愛〟と呼んでいる」

「永劫回帰を受け入れる？」

「そうだ。辛いことがあったり、嫌なことがあっても、〝しかたなくこんな状況に置かれている、自分はかわいそうなやつだ〟と思わないことだ。ニヒルに拍車がかかってしまうからな」

「じゃあ、どうするの？」

「辛いことがあったり、苛酷な状況に置かれても〝これは私が欲したことだ〟と思ってみることだ」

「私が欲したって思うって、自分が好きで怪我したって思えってこと？」

「そうだ、私が望んで欲したと思ってみるのだ」

「うーんそれはさすがに、ちょっと無理じゃない？

だって原因が自分にあるとは思えないよ。事故みたいなもんだもん。いろんな環境によって、辛いことって起こるものでしょ。例えばさ、事故の他にリストラとかもそうだよね。それは自分が欲したからだ。とはさすがに思うのは酷じゃないかな……」

「では、アリサは、自分のせいではない環境に振り回されて、事故やリストラに遭ったら、一生それを悔やんで生きるのか？

〝あの時、あんな目に遭わなければ、いま頃幸せだったのに〟と」

「うん……。現実的に考えたらそうなってしまうと思うよ。怪我さえなければ、私はまだ陸上部にいたし」

「アリサ、たしかにそう思うのが通常な反応だろう。

しかし私が言いたいのは、それでも、〝自分が欲したんだ〟と思ってみるということだ。

例えば、辛いことがあったとしよう。〝あの時こんなことさえ起こらなかったら〟と過去を振り返りつづけるということは一生〝たられば〟に縛られて生きるということだ。

過去に起こった辛いことに縛られ、自分の人生を無気力にやり過ごすことは簡単に出来るが、私はこう思いたい。

辛い経験と共に、感じられる喜びもあり、それこそ〝自分の人生〟そのものだと」

「自分の人生、そのもの……？」

「そうだ。辛いことがあり、仮にそれが何度も繰り返されようとも、それでも『生まれ変わるのならば、また自分でありたい、そっくりそのままリピート再生したい』と思えるような生き方をすることだ。

辛いことがあり、その中に喜びがあるのなら、その喜びを大切に受け止め、たとえ辛いことがあろうとも、喜びも感じることが出来た、自分の人生でよかった。またこのような人生を送りたいな、と誇れる生き方をすることが大切だと私は考えるのだ」

「うん、ニーチェの言っていることはたしかに素晴らしいよ、そう思えたらいいな。と私も思うし。けど、現実的じゃないというか、難しすぎるんじゃないかな。現に私は怪我のせいで陸上をやめたし。ニーチェの考えは理想的ではあるけど、そんな風にはなかなか思えないものだよ」

「アリサよ……」

「ね、難しすぎるでしょ、綺麗事というか」

「……だから私は、〝超人〟を目指すほかないと考えている。そして、アリサにも超人になってもらいたい。そのために私はこの世界にいるのだ」

「超人？　なんかそれ前から言っているよね。どういう意味？　スーパーマンってこと？」

「いわゆる、筋肉ムキムキのスーパーマンとは関係ないので、頭の中に青いスーツに赤いマントで結果にコミットしたムキムキ男が浮かんでいたら、消し去ってくれ。

私が言っている〝超人〟には筋肉量も体脂肪率もライザップも関係ない。炭水化物を食べながらでも超人になることは可能だ」

「うん、わかった。イメージしないで話を聞くよ」

「超人というのは、ひと言でいうと、永劫回帰を受け入れ、新しい価値を創造出来る者だ」

「永劫回帰を受け入れる？」

「そうだ。たとえ同じような苦しみ、辛い出来事が繰り返されるとしても〝それがまるごと自分の人生だ〟と受け入れられること。

永劫回帰をニヒルにとらえ、〝どうせ繰り返されるなら、生きているとか、だるい〟と思わないことが重要になる。予期しない辛いことがあろうとも、自分の運命を愛するのだ。

人生に理想を掲げればきりがない。例えば、大富豪《だいふごう》の家に生まれて、美貌にも才能にも恵まれて、人生が超イージーモードだったら、こんな苦労はせずにすむのに。

なんて妄想や嫉妬《しっと》は誰にでもあるだろう。けれども、そういう恵まれた生き方だけを理想とすることは、自分の運命の否定にも繋がる。お前がいくら〝あの時、怪我さえしなければ〟と嘆いても、現にお前は怪我をして陸上をやめている。

理想的な、恵まれた環境にない、かわいそうな苦労ばかりの自分の人生には価値がない、という否定的な感情に支配されてしまうのだ」

「自分の人生には価値がないと否定してしまう、か」

「そうだ、世の中は公平ではない。不公平だ。スタートラインも能力も人によって違う。これは当たり前のことだ。しかし、その中で〝ゴール地点〟にだけ固執《こしつ》してしまう人間はニヒルに陥る。

例えば、理想的な生活というゴールがあるとする。そのゴールから近いところがスタート地点の人間は得で、ゴールから遠いところがスタート地点の人間は苦労も多く、損している。となし

「ゴールが決まっているなら、スタート地点の場所によって損得があるのは当然なんじゃないの？」

「そうだ、〝ゴールだけに固執した場合〟はそうだ。しかし、ゴールに行くまでの道のりを考えた時にはどうだろう？　ゴールに向かう中で、ゴールから遠い人間にしか見られない景

色もあるだろう。ゴールから遠い人間にしか感じられない、人の声援のありがたさ、というものもあるかもしれない。お前も誰かの声援に励まされたことがあるだろう。

ゴールや、理想だけを追い求めることはない。いま自分がいる場所、そして自分のスタートライン。それらをひっくるめて愛すのだ。それが運命愛だ。運命を持たなければ、損得に縛られ、自分が得をしていないような人生を否定することになってしまう」

「そっか、そうだよね。いまの自分が置かれた環境からしか、見えてこないこともあるかもしれないね。陸上部にいたら、いまここにいないだろうし」

「ああ、そうだ。世間一般的な理想や価値観だけにとらわれず、たとえ失敗しようとも、周りから嘲笑《あざわら》われようとも、自己流の価値をしっかり持って、自分を越えて行くことが生きる上で必要だ。周りからどう言われようとも、媚《こ》びず！　退かず！　省みず！　自己の価値に誇りを持つのだ。

私たちは社会に生きている。社会に生きていると、どうしても他人からの評価、社会的な価値観でものごとを見てしまう。

例えば、自分よりもいい企業で働いて、成功している人が羨《うらや》ましい。同い年で、稼《かせ》いでいるやつを見て、自分の現状が惨《みじ》めになってきたりする。

それはなぜか？

私たちが他人からの評価や社会的な価値観を意識して、生きているからだ。他人からの評価を意識して生きることはごくごく自然なことだ。

けれども他人からの評価にばかりとらわれていたら、評価されなかった時にどう思うだろう。

〝自分はだめなんだ、自分は必要ないんだ〟と惨めな気持ち、妬ましい気持ちが湧いてくる。そうしてそのうち〝努力しても無駄だ〟とどんどんニヒルになってくる。

それは、誰しも身に覚えのある経験だろう。しかし私は、そういう生き方は、ひたすらもったいないと思うのだ。傷ついても、報われなくても、負けてしまっても、辛いことがつづき、たとえそれが繰り返されようとも、力強く、快活《かいかつ》に生きるのだ。

〝人生は無意味だから、どうでもいいや〟ではなく〝人生は無意味だから、自由に生きてやれ！〟とただのニヒルではなく、積極的なニヒリストとして生きていけばいいのだ。それを極めるのが超人になるということだ」

「積極的ニヒリストとして……」

「そうだ。人の目を気にして、子鹿のようにぷるぷると怯《おび》えるのではなく、積極的に自分と戦うのだ！

隠れて生きる必要はなく『人生を危険にさらすのだ！』。怯えるのではなく、自分を否定することなく、何事も挑戦し戦い抜くことで、喜びは掴めるのだ！」

人生は無意味だから、自由に生きてやれというニーチェの言葉に感じたのは真新しさだった。〝人生には、生まれてきたことには必ず意味があるから、大切に生きようね〟というような言葉は耳にしたことがあったが、無意味だからこそ、自由に生きるという発想は、いままでの私にはなかったからだ。

うまく生きよう、失敗することなく上手に生きようと思いすぎると、失敗するんじゃないかと、挑戦すること自体が怖くなってしまう時がある。

これは新しいことをはじめる時でも、人間関係でもあることで、うまくやろうとすると、窮屈《きゅうくつ》になってしまう場合がある。

怯えずに、何事にも挑戦しつづけるということは、〝うまくこなす〟ことへの執着から、自分を解放する覚悟も必要になってくるのではないかな、と私は思った。

理想を挙げればきりがない。私も自分の環境に対して、あの時怪我さえしなければとか、もっと両親とわかりあえたらとか不満を抱くことがある。けれども、理想どおりではないからと、自分の人生を否定してしまっては何も前に進まないのかもしれない。どれだけ周りを羨ましく思おうと、どれだけ不満を抱こうと、私は私の運命を受け入れ、生き抜くしかないのだ。そしてそれは、諦めに負けない、強さなのだろうか。

あたりはすっかり暗くなり、鴨川にかかる橋を走る車の灯りが、せわしなく通りすぎる。鴨川の川辺には何組ものカップルが等間隔《とうかんかく》に川を見つめながら座っていた。流れる車の灯りは、鴨川の水面にうっすらと照らし出され、まるで灯籠《とうろう》を流しているようにも見えた。

新歓コンパ中の、大学生の集団はこれからさらに盛り上がるぞといわんばかりに、コールを繰り返しながら、お酒を飲んでいる。

ブルーシートの上に置かれた小さなスピーカーからは相変わらずエレキギターが高音と低音を行ったり来たり慌ただしい洋楽が鳴り響いている。それぞれの時間が、それぞれの世界をつくりだし、ただその場に在《あ》った。

「アリサ、そろそろ腹が減ったな。何か美味いものはないか?」

ニーチェはひととおり話し終わると、すっくと立ち上がった。

「えーと、この辺ならちょっといけばラーメン屋とかあるかな」

私も立ち上がり、お尻についた砂を手でパンパンと払いのけながら答えた。

「ラーメン? なんだそれは? 言っておくが私はなかなかのグルメだぞ」

「ニーチェって面白いね。スマホゲームは知っていてラーメンは知らないって。あと、イメージしていたよりもずっと普通だよね。哲学者ってもっと堅物《かたぶつ》かと思ってた」

「普通？　凡人ということか？」

「いや、そうじゃなくて、ほらグルメなんでしょ？　イメージとしてはもっとやばい、山にこもってる仙人みたいな感じかと思ってたから。野草しか食べないような」

私の言っていることがいまいちよくわからないのか、ニーチェは指に前髪を絡めながらなにかを考えているようだった。そして、ひらめいた！　と言わんばかりに、するっと指から髪をほどくとこう言った。

「わかったぞ！　ツァラトゥストラのことだな」

「ツァラトゥストラ？　え、何それ」

「知らぬのか！　私の名著『ツァラトゥストラ』を！　まあいい。そのラーメンとやらを食べながらでも話してやろう」

「うん、とりあえず、今日はもう充分教えてもらったから、また今度ゆっくり聞かせて」

私とニーチェは鴨川沿いの歩道を歩いて、ラーメン激戦区へと向かうことにした。

京都の料理というと、薄味を思い浮かべるのが一般的ではあるが、京都のラーメン屋は「天下一品《てんかいっぴん》」にも見られるように、こってりとした味のものが多い。私は、そんな京都のラーメン屋の味付けの説明をしながら、ニーチェの好みはどんな味であるかを探り、どこに連れて行こうかと思い巡らせながら、ニーチェと横に並んで歩いた。

ヘッドライトが忙しく流れる車道を横目に、ラーメン屋が多く立ち並ぶ地域へと向かう。歩道に並ぶ木々たちが葉をこすらせるサラサラとした葉音が、風と共に心地よく道すがらを楽しませてくれていた。

いつも自分自身をいたわることの多いものは、その多いいたわりによって病弱になる

いつもの癖で目が覚めた。枕元にあるスマホを手に取ると、時刻は七時半を回ったところであった。なんだ、まだ七時半か。そう思うと私はもう一度布団にもぐった。

今日は土曜日。つまりアラームをかけなくてもいい日である。

高校入学を機に実家を離れてから二年目。

私は京都出身だが、京都府の北部にある宮津市《みやづし》という場所の出身である。天橋立《あまのはしだて》などの観光名所もあるが、京都市内よりも福井県に行く方が近く、高校がある駅まで出るにはバスと電車で片道三時間近くかかってしまうので、市内の高校入学と同時に一人暮らしをしている。

部活をやめるまでは寮にいたが、部活メンバーと顔を合わせるのが気まずくなって寮を出てからは一人で市内のマンションに住んでいる。高校生の一人暮らしなんて許されたものではないかもしれないが、私にあまり興味のない母は、引き止めることもなく実家から離れて

暮らすことを容認した。

家族は、おばあちゃんと父と母と三歳上のお兄ちゃんが一人の五人家族。家族といっても、テレビでよく見るような温かい家庭というわけではない。

物流会社の役員である父はいわゆる仕事人間で、二年ほど前から一人でベトナムに赴任している。一緒に住んでいた時も、私たちのことはノータッチで帰ってこない日も珍しくなかった。

母は、もともとお嬢様育ちだったこともあってか、いまだにおばあちゃんにべったりで、私のことにあまり興味を示さない。幼い頃から何をやっても私より出来のいい兄のことには興味があるようだが、出来の悪い私のことは評価していなかった。小さい頃からピアノや習字やバレエなど習い事を勧めてくるものの、いざやりだしても私がどれだけ上達したのか、ということには本心では興味がないのだ。

母親の自慢の兄は、東京の有名私大に進学して以来、お正月とお盆くらいしか実家に顔を見せなかった。どうやら東京にいる方が居心地いいらしい。

家族仲が崩壊した複雑な家庭環境とまではいかないが、自分の家庭が一般的な温かい家庭とは違うということは、なんとなく小学生の頃あたりから感じていた。

友達に両親のことを話すと必ず「寂しくないの？」と聞かれるのだが、中学校に上がる頃には、自分が寂しいのかどうかも考えなくなっていた。

小学生の頃は、もっと両親にかまって欲しくて、勉強を頑張ったり、わがままを言ったり、あの手この手で両親の気を引こうとしていたこともあったが、小学校高学年になる頃には「あ あ、うちの家は他の家のようにはなれないんだ」と、限界があることに気づいてしまったのだ。

限界を感じてから、私はそれ以上家族に深入りしようと思わなくなっていた。むしろ家族に期待しないですむよう距離を置いて一人になりたいと思うようになってさえいた。手に入らないものを渇望《かつぼう》して辛い思いをするくらいなら、諦めて忘れてしまった方が傷つかずに済む。

本当は寂しいのかどうかと聞かれれば、本音では寂しいのかもしれないが、自分の気持ちを直視することが、どうしてだか出来なかった。

直視するのが怖いのか、それともしたところで何もならないことをわかっているからか、考えはじめても、途中で頭の中が真っ白になってしまい、それ以上、深掘り出来ないのだ。

そのように思っていたからか、一人暮らしをしていても強烈な寂しさを感じることはそんなになかった。目の前の生活や学校やバイトのことに忙しく、寂しさを感じる間がないのかもしれないが。

けれども、先日、ニーチェと鴨川に行った時、私は気づいてしまった。母から「たまには実家に顔を見せなさい」と言われても意固地になってあまり帰らなかったのは、「諦め」に心が埋めつくされていたからだということに。

実家に帰って母親に甘えたとしても、それは一瞬気を紛らわせていることにすぎない。またすぐに一人暮らしの家に戻って、一人の生活が始まる。

それは何度実家に帰ろうが、同じことだ。何度実家に帰っても、また一人の生活が始まる。つまり、私にとって実家に帰ることは、一種の「無駄」なのだ。

けれど無駄だからといって、ずっと実家を避けつづけていいのだろうか。どうせ帰っても何も変わらないと、ニヒルに構えていいのだろうか。自分の中でふとした疑問が生まれていたのであった。

人生とは、日常のことに忙殺《ぼうさつ》され、気づけば時間が経っているというものかもしれないが、正直いうとニーチェのように人生について深く考えたこともない。

けれども今日は、土曜日。バイトも学校も何もない。急いで起きる必要もなければ、家から出ずに過ごしてもいい。なんなら一日中パジャマで過ごしてもいい。

今日みたいな日は、ニーチェのように深くものごとを考えてみるのもいいかもしれない。実家のことについて、自分の気持ちを少し整理させてみるのもいいかもしれない。そう思い、もう一度眠りにつこうとした時、チャイムが、部屋に響いた。

ピンポーン

誰だろう、宅配便か何かが来たようだ。このあいだ注文したコンタクトだろうか。でもまだ眠いし、部屋にいないことにしよう。あとで不在通知票見て連絡すればいいや。私はそう思い、居留守を決め、再び眠りにつこうとした。すると再びチャイム音が鳴った。

ピンポン！ピンポン！ピンポン！ピンポン！ピンポン！

まるで、こちらの気持ちを見透かすように、チャイムは連打された。その連打の速さは高橋名人のスイカ割りを彷彿《ほうふつ》させるような超速スピードである！　チャイム音は容赦《ようしゃ》なく部屋中に鳴り響く。

「はい！　いま出ます！　いま出るんでチャイム止めてください！」

私は大声でドアの向こう側に話しかけた。声は届いたようでチャイム音は十六回目で鳴りやんだ。ドアのスコープを覗《のぞ》くとそこにはニーチェが立っていた。

「アリサ、来ちゃった」

「ちょっとまたいきなり。〝来ちゃった〟って元カノかよ……どうしたの？　ていうか、どうしてここがわかったの？」

「私を誰だと思っているんだ。お前の位置情報はお見通しだ。お前のバイト先の女将さんに住所を聞いたのだ」

ニーチェは人差し指でこめかみをトントンと叩くとそう言った。

「何それ、個人情報ガバガバじゃん！」

「まあ、安心しろ。悪用はしない。なかなか気前のいい女将さんだな。〝アリサちゃんをよろしくね～〟って抹茶までごちそうになったぞ」

ニーチェはくたびれた革靴のまま部屋に上がりこもうとした。

「いや、靴はここで脱いで！　ここ玄関。で、このスリッパを履いて」

私は下駄箱からスリッパを取り出し、ニーチェの足元に置いた。ニーチェは「そういう仕来たりか……」と呟いて、くたびれた革靴を脱ぎ、部屋に上がり、隅にあるソファに腰掛けた。

「まあアリサ、客人が来たからといって気を使わなくてもいい。そうだな。ではマシュマロをたっぷり浮かべたココアか、抹茶をいただけるかな？」

私は起き抜けのスウェット姿のまま、とりあえずメガネだけ掛け、ニーチェの向かいの床に座った。

「いや、さすがにマシュマロ入りココアも抹茶も常備してないわ。お茶でいいかな」

「そうか、では次回からは常備しておいてくれ。私はココアが好物だが、抹茶もなかなか気に入った。あれはいい飲み物だ。ほんのりした苦味もあり、それでいて後味もくどくない、甘さもある。ああ、また早く抹茶にお目にかかりたい」

「わかった、また用意しておくから。ていうか女将さん勘弁してよ……絶対彼氏だと勘違いされてるわ、はぁ」

「ああ、安心しろ。私はツンデレ妹キャラ萌《も》えなのでお前とどうこうなるつもりはない」

ふんぞり返った姿勢で座りながら、ニーチェはどや顔でうんうん、と頷いた。

「いや、こっちにも選ぶ権利はあるでしょ」

「まぁ、そう気を落とすな。男は星の数ほどいるからな。ハァ。それにしても、この部屋狭いな……」

ニーチェはソファに腰掛けた状態で、ワンルームの部屋をくるりと見渡した。白い壁と、白いフローリング。わずか八畳のこの部屋はたしかに狭いが、南向きのベランダと大きな窓があるので、広さのわりに開放感がある方だろう。

部屋には、青い布団カバーが掛かったシングルベッドと、通販で買った、小さな茶色いソファと、真っ白の低いテーブル。家電がいくつかあるだけで、女子にしては殺風景な部屋なのかもしれない。

「一人暮らしだからこんなもんだよ。暇っていうけどニーチェはいつもどこに住んでるの？」

私は、まだ起き抜けのけだるい体を起こし、冷蔵庫からほうじ茶のペットボトルを出し、グラスに注いでソファの前にあるテーブルに置いた。

「私はシェアハウスに住んでいる。昔も友人と三人で同居していたしな」

ニーチェはそう言うとお茶を手にとった。私は、ニーチェの向かいに座ったのだが、ニーチェのひと言に、お茶を噴きそうになった。

「えっシェアハウス？　それってやたらお洒落《しゃれ》な男女が恋仲に発展するテラスハウス的なこと？」

「いや、男子ばかりだ。知らないか？　いま町家を改築したシェアハウスが流行っているのだぞ。男子ばかりといっても私は別に女慣れしていないわけではない。ずっと聖なる女性たちと住んでいたからな」

「うーん、ニーチェの言っていることはよくわかんないけど……」

そう口に出した時に、私はハッとした。

そういえば私はニーチェのことをまだあまり知らない。

ニーチェがどういう考えを持っているのかは、少しわかってきた気がするが、それ以外はインターネットで検索して出てくるようなこと以外、何も知らないということにいまになって気づいたのだ。

「ニーチェってさ、どういう人生を歩んできたの？」

「私か？　まあざっくり言えば牧師の家庭に生まれたのだが、まだ私が子供の頃に父は亡くなってな。そこからは聖なる女性たちに育てられた」

「聖なる女性たち？」

「おばあさんと、母親、伯母とエリザベトという名の可愛い妹だ。私はずっと女性に囲まれて過ごしてきたのだ」

「なんかそのハーレム感、ライトノベルの主人公みたいだね。タイトルをつけるなら〝俺の妹がこんなに可愛いワケなのだが〟的な」

「ライトノベル？　まあ女性に囲まれて暮らしてきたのだ。私は幼い頃から勉学に励み、二十四歳にして大学教授となった。

いわゆる天才街道まっしぐらだな。まあ勉学に励んだといっても、私はガリ勉というわけではなかった。酒も飲むし、服装もわりとお洒落であった」

「そうなんだ、天才街道ねえ。ニーチェの、その……哲学は自分で思いついたの？」

「自分で思いついたと聞かれれば、自分で思いついたのだが、ある人の影響を受けたとも言える」

「そうなんだ、そのある人って誰？」

「ショーペンハウアーという人物だ」

「ショーペンハウアー？」

「そうだ。私は普段は本を衝動買いしないのがモットーだが、ショーペンハウアーの本だけは衝動買いしてしまったのだ。懐かしいなあ」

「へーそうなんだ、どうして衝動買いしちゃったの？」

「そのくらい彼の思想に、衝撃を受けたのだ。ショーペンハウアーのことを、夢中で話し合った仲のいい友人もいた」

「哲学仲間みたいな感じ？」

「まあそうだな、哲学仲間というより音楽好き仲間という感じだな、ワーグナーという男なんだが」

「ワーグナー？　なんか聞いたことあるような、ないような」

「ワーグナーは音楽家だ。結婚行進曲という曲を聞いたことがあるのではないだろうか」

「曲を聞けばわかるかも。その、ワーグナーって人と仲よかったんだね」

するとニーチェの顔が一瞬曇った。

あまり触れてほしくないのだろうか、ニーチェは一瞬、軽蔑《けいべつ》するような目でこちらを見ると口ごもらせてしまった。

何か嫌なことを言ってしまったのだろうか。

「アリサ、ワーグナーとは仲がよかったのだが、いまはもう……」

「ええ、そうなの？　それはなんでまた？」

「やつが虚栄心に満ちたやつだと、気づいて耐えられなくなってしまったからだ！」

「虚栄心？」

「ああ。私ははじめ、ワーグナーのことを尊敬していた、年も離れていたし、父親のようにも思っていたのだ。

　しかし……やつの振る舞いを見ているうちに〝こいつは芸術家ではなく、俗物《ぞくぶつ》だな〟と感じてしまったのだ！」

「芸術家ではなく俗物ってどういう意味？」

「そうだな、虚栄に満ちた芸術家ということだ。

　自分を素晴らしい人物であると、他人に見せつけることがワーグナーにとって重要なことであり、芸術はその飾りなのだ。例えばワーグナーは口コミ情報を自作自演したり、金持ちに媚びてばかりで、私は途中で愛想をつかしてしまったのだ」

「えーと、ようするに腹黒いってことかな」

「そうだ、アリサの周りにはそういうやつはいないか？」

「そうだね、うーん病弱っぽいふりをして男子の気を引く女の子みたいな感じかな？

それとも寄付やボランティアを訴えながら、中抜きするような人……みたいな感じ？」

「まあ、そうだな、ざっくり言うとそんな感じだ。とにかくワーグナーと私は相性がよくない！」

ニーチェは顔をしかめながら、イライラを落ち着かせるように、お茶を飲み干した。

私は冷蔵庫にペットボトルを取りに行き、テーブルの上にどんと置いた。

「お茶、飲む？」

「そうだな、ありがとう。けれど各自でいれるとしよう。そんなに気をつかうな」

そういうとニーチェは二リットルのペットボトルを片手で持ち、手酌《てじゃく》しようとしたのだが、その瞬間、バッチャーン！という音と共にテーブルの上に中身がぶちまけられた。お茶がトクトクとテーブルの上にこぼれだす。

「ちょっとニーチェ、何やってるの！」

「すまない、少々気が動転《どうてん》していたようだ」

ニーチェは、そう言うと、申し訳なさそうにソファの脇に置かれたティッシュ箱からサッサッサッと大量にティッシュを取り出し、床を拭いた。

「ちょっとティッシュもったいないから、これ使って！」

私はタオルをニーチェに手渡す。

突然の出来事に驚いたが、お茶をぶちまけるほどのニーチェの気の動揺を見て、ニーチェはワーグナーという人物に対して、そうとう思い入れがあったのだな、と思った。

そして私は、ワーグナーの話を聞いて、いつの時代でも、人の性格というものはたいして変化がないものなのかな、とも思った。

時代背景こそ違えども、ニーチェが生きた十九世紀ヨーロッパと現代の日本とでも、同じような性格の人物はいて、似たようなことでみんな悩んでいるのかもしれない。

政治背景や文化は違えど、人が根本的に追求するものは似ているような気がした。

「なんか、いつの時代でも同じような人はいるものなんだね」

「そうだな、私は究極的には、ワーグナーの考え方や価値観が〝悪〟だとは思わない。人が何かを〝悪〟だと思うことは、たいがい妬みや嫉妬からきている。

妬みや嫉妬の対象になるものが〝悪〟で、悪の反対側にあるのが自分であると人は考えるものだからな。人間は自分を正当化したがる生き物だ」

「悪の反対側が自分？」

私はニーチェの言葉に、思わず手を止めた。悪の反対が自分、とはどういうことだろうか。

「羨ましいものや、妬ましいものを〝悪〟だと思うことで、自分のしていることは正しいん

いつも自分をいたわることの多いものは、
その多いいたわりによって病弱になる

だ、善いことをしているんだ！　と自分で自分を納得させるのが人間というものだ。

例えば〝金儲けばっかり考えているやつはだめだ、汚い〟と思う人間は、〝金儲けばかりを考えていない自分の考えは、人として正しい〟という主張の裏返しでもある。

〝ガツガツして人に配慮ないやつはクズだ〟と思う人間は、〝ガツガツせず、人のことも考えられる自分は、人として正しい〟という意見を持っているものだ。

人が何かを悪だと思う時には、悪の反対に、自分を置いている。しかし、その事実にあまり気づいていなかったりする。

悪を決め付けることで、自分を正当化しているのだ。これは日常的に行われていることだ。

例えば音楽の趣味もそうだ。

〝最近流行っているアーティストってダサいよな〟という人は〝流行りに流されない自分は利口でまとも〟だと考えているだろう。

何かを否定するということは、否定するものの反対にある〝自分〟を正しいと主張するひとつの手段でもあるからな。

何かを否定したり、何かを悪と決めつけることは、自尊心《じそんしん》を高める行いでもあるのだ」

そう言うと、ニーチェは水浸しでべちゃべちゃになったタオルとティッシュをまとめて、ゴミ箱に投げ入れた。

私はゴミ箱からタオルを取り出し、洗面所の洗濯カゴの中にいれた。

「それはたしかにわかるかも。クラスでもさ、隅っこの席に集まってカードゲームしている子たちは〝派手なグループしょうもない〟って言っていて、派手なグループの子は逆にオタクっぽい子を〝暗いしダサい〟って陰で否定し合っているんだけど、〝〇〇ダサい〟の反対にあたる、ダサくないものの中に、ちゃっかり自分が入っているってケースだよね」

「これは、ごくごく自然に行われていることなので、あらためて自分自身を振り返ってみると、しょっちゅう言ってしまっている場合が多い。ふぅ、ガス欠だ……」

ニーチェは急に「ガス欠だ」と言うと、拭いたばかりの床にへたりこみ、黙りこんだ。

「どうしたの？　なにガス欠って」

「昨日から何も食べてない……」

「なにそのダイエット中の十代女子特有の台詞……」

「うう、お腹がすいた、アリサ何かないだろうか」

「んーごめん、家には何もないや、ガムと飴くらいしか」

「そうか……」

「じゃあ、近くのコンビニに行くか、それか市役所らへんにあるパン屋さんでも行く？」

「パン？　そのパン屋は美味いのか？」

「うん、まあ口に合うかはわからないけど、美味しいと思うよ」

「そうか、ではアリサいますぐにパン屋に向かうぞ！　さあ急ぐのだ！」

ニーチェは急に元気を取り戻し、玄関の外に飛び出した。朝からなんて慌ただしい人なのだろう。一人でゆっくり過ごすつもりの休日は、ニーチェが訪ねてきたことによって急に慌ただしく、賑やかな朝へと変わったのだった。

そんなニーチェのペースに合わせるべく、私はスウェット姿のまま、家の鍵と財布だけ持ちニーチェのあとを追った。


外へ出ると、まだ青く染まりきっていない、白っぽさの残る空が淡く広がっている。町を囲む遠くの山々には白い霞《かすみ》がぼんやりと漂い、まるで山があくびをしているようにも見える。

鳩の鳴き声と雀のさえずりは朝を知らせ、まだ機能していない町の路地では、石畳《いしだたみ》を濡らす打ち水の音、ひしゃくが桶《おけ》に当たる小さな木の音と、大通りを走る車の静かなエンジン音が、街を徐々に目覚めさせていく。

まだ涼しく、しっとりやわらかい、京都の朝の中を、私とニーチェは歩いた。

私が一人暮らしをするマンションから、市役所へと行く道の途中には、「京都御所《きょうとごしょ》」と呼ばれる広大な名所がある。正式には、京都御所というのは歴代の皇室《こうしつ》の方が住んでいた建物のことで、京都御所を含む広大な敷地は京都御苑《きょうとぎょえん》というらしいのだが、京都の人たちは京都御苑のことを「京都御所」と呼んでいる。

そんな京都御苑は、今出川《いまでがわ》駅と丸太町《まるたまち》駅の間に広がっており、外から見ると、一見森のように見えるのだが、中には池や、綺麗に舗装《ほそう》された開放感溢れる真っ白なじゃり道が広がっており、外側から見た森のイメージとはまったく異なり、整備された空間が広がっている。

私たちは、そんな京都御苑の南側の道を通り、市役所のそばにあるパン屋さんへと向かった。

京都御苑の南側にある丸太町通は、京都御苑に茂る木々が静かに揺れ、誰を気にすることもなく、鳥がそれぞれに自由にさえずっていた。

「アリサ、さきほどの話の続きをしようではないか」

「さっきの話って、悪とか善について？」

「そうだ。悪についてだ、こんな晴れやかな朝には似合わないか？」

「いや、大丈夫だよ。逆に楽な気持ちで聞けるわ」

「そうか、さきほど話していた〝悪〟について、もうひとつ話そう」

ニーチェはそう前置きすると、深呼吸をしてから静かに、語りだした。


「前にも話したが、自然界では弱肉強食が当たり前だろう？

弱い者は朽《く》ちて、強い者が生き残る。

ジュラシック・ワールドの世界のように、草食恐竜がやられ、ラプトルとモササウルスは生き延びるのだ。

自然界では、弱肉強食は当たり前のごくごく自然なことだが、人間界では、強い者が生き残り、弱い者が朽ちることは理不尽だとされることがある。

〝弱い人の気持ちを考えろ〞だとか〝人としてそれはどうなのか〞とか。

弱者にも優しいのが人間界だ。

例えば、人間界では、人を傷つけることは悪いことだ。

しかし、自然界では弱者が強者に食われてしまうなど、日常茶飯事だ。

ではなぜ、人間界では人を傷つけてはいけないのか？

現代的に考えるとおそらく一番の要因は、人間が社会に参加しているからだ。

私たちは生まれた時から社会に参加している。社会に参加しているとは秩序《ちつじょ》やルールを保つことだ。秩序を保つと、メリットがある。秩序やルールによって、安全が確保されるので、自然界のような弱肉強食とは一線を画すのだ。

つまり、弱肉強食の世界にいるよりも、自分の身の安全を保つことが出来るのだ。

逆に言えば、自分の身の安全を保つためには、一人ひとりがルールを守らなければいけないということになる。

しかし、人間も生物である。生物には、〝力への意志〟がある。生物に限らず、自然界にある万物には〝力への意志〟があるのだ」

「力への意志?」

「そうだ。世の中には〝力への意志〟が絶えず拮抗《きっこう》しており、つねにせめぎ合っているのだ。

どういうことかというと、手入れをされていない池を想像してみてくれ。

手入れのされていない池には、藻《も》が繁殖していくよな。藻は、誰に遠慮することもなく、どんどん繁殖していく。

生物は生に向かっていく力を、最大限に発揮するという本能が備わっているのだ。より強い生き物であろうとする意志が備わっているものなのだ。

これが〝力への意志〟だ。自分が持つパワーを最大限に出して生に向かっていくこと、いまよりもっと強くなっていこうとすることが〝力への意志〟である」

「そっか、なんとなくはわかるかな」

「誰しもが、〝いまよりもっと強くなりたい〟という意志を持っているのだ。

そしてこの強さというのは、〝俺は、百獣の王を目指す！〟といった武井壮《たけいそう》的な肉体の強さだけをさすのではない。立場や権力、名誉や金など、自分の権威に関わるものも含まれている」

「自分がより優位になるものみたいな感じかな」

「そうだ。そしてこの話にはまだ続きがある。さきほど〝力への意志〟が絶えずせめぎ合っていると言ったのを覚えているか？

その説明をいまから行おう。

さきほどの手入れされていない池の話を思い出してくれ。藻はパワーをフルに発揮し、池を埋め尽くすほどになったとしよう。そんな池に、藻を食べる魚を投入すると、どうなると思う？」

「うーん、魚に食べられて、藻の量が減るんじゃないかな」

「そうだ。魚が藻を食べ、藻の量が減るだろう。では、藻は全滅すると思うか？」

「魚の数にもよると思うなあ。大量に入れたら全滅するかもしれないけど、そんな大量に入れなければ大丈夫なんじゃないかな」

「そうだな、魚は藻を食べるが、あるところでバランスがとれて落ち着くだろう。これは、藻が持つ〝力への意志〟と魚が持つ〝力への意志〟がせめぎ合った結果、あるところで落ち着くのだ。

これが力への意志がつねにせめぎ合っているということだ」


「それは、権力争いみたいなもの？」

「そうだ。パワーとパワーがぶつかり合った結果、あるところで収束するのだ。この〝力への意志〟は生物に限ったものではない。

例えば、三国志のような国家のせめぎ合い。ウイルスと免疫力の関係などもそうだろう。肝機能《かんきのう》とアルコールなども、力への意志のせめぎ合いがあるといえるだろう。ウイルスと免疫力の関係などもそうだろうな」

「肝機能が持つパワーとアルコールは、肝機能パワーが強ければアルコールに強くて、肝機能パワーが弱ければアルコールパワーに負けてお酒に飲まれちゃうってことかな」

「そうだな。なので肝機能パワーを高めるために、ヘパリーゼやウコンの力をドーピングしているのだな、新橋あたりで飲んだくれているサラリーマンは……。

そして、この〝力への意志〟だが、世界はこのような力への意志のせめぎ合いで満ちているのだ。なにかトラブルが起こったり、なにか大きな変化があったとしても、結局は落ち着くところに落ち着く、といった経験はアリサにもあるのではないだろうか？　何かが起こったり、衝突したとしても、最終的には落ち着くところに落ち着くのは、力への意志によるものなのだ」

　丸太町通を河原町《かわらまち》通の交差点まで歩くと、喫茶店や飲食店がいくつか立ち並び、町並みも賑わいを見せてきた。

　通い慣れた道ではあるが、ここに立ち並ぶお店一つひとつも、さまざまな力への意志の拮《きっ》抗《こう》があった末に、ここにこうして存在しているのだろうか。

　そう考えると、見慣れた町並みさえも、意味深なものに思えてきた。

「そっか、そういう風に考えたことなかったな」

「世界にはさまざまなパワーが渦巻いているのだ。

　これは別にスピリチュアルなことを信仰しろと言っているわけではない。

　例えば月の引力による潮の満ち引きもそうだ。海水は月の引力に引っぱられ、水位を変える。しかし、海水が、地上から根こそぎ月に移動することはない。そして木々が、土から抜けて月に引っぱられることもない。地球の重力と月の引力が拮抗《きっこう》した結果、このような結果になっているのだ。

このように、さまざまな出来事、現象、結果は〝力への意志〟がせめぎ合った末に落ち着いたポイントにすぎないのだ。〝力への意志〟がせめぎ合った結果にすぎないので、自分にとって何か悪い結果が生まれたような時に、〝こうなったのはあいつのせいだ〟とか〝○○が悪かったからこんなことになったんだ〟と他人のせいにするのは、見当違いなのだ」

「それは、嫌なことがあっても力への意志のせいだから、しょうがないって受け入れろってこと？」

「そうだな、前に〝永劫回帰〟の話をしたことを覚えているか？　人生でどんな辛いことが起ころうが、嫌な出来事に打ちのめされず受け入れるほかないだろう。出来ることなら〝自分が欲したんだ〟と思えることだ。

そして、この話のポイントはもうひとつある。それは力をパワーダウンさせるな、恥じるな。ということだ」

ニーチェはガッツポーズをとり、力強く語る。

「力をパワーダウン？　恥じるな？」

「そうだ。さきほど話したように、力への意志とは、もっと強くなりたい！　自分の力をマッ

いつも自分をいたわることの多いものは、
その多いいたわりによって病弱になる

クスパワーで発揮したい！　という意志である。つまり、己を超えて、己の可能性へと無限にチャレンジしたい！　という意志である。

力への意志は、自分の中にある松岡修造《しゅうぞう》、もしくは本田圭佑《けいすけ》のような強いガッツだ」

「松岡修造、本田圭佑？」

「そうだ、アリサ。どんな感じか伝わったかな」

「うーん。二人共メンタルがめちゃくちゃ強いってイメージだけど、そういうこと？」

「まあ、そうだな。人は報われないことがあったり、理不尽な出来事に見舞われると徐々に〝ルサンチマン〟と化してしまうという話をしただろう。〝どうせ頑張っても無駄〟とか〝世の中くだらねえ〟とか、どんどんニヒルな考えになってきてしまう。スター・ウォーズ的にいえばフォースが完全にダークサイドに堕ちてしまうということだな。

ここで注意してもらいたいのだが、私は〝頑張りは必ず報われる！〟とか〝仲間との絆こそ最高の宝物だ〟なんて一切思っていない。はっきり言って〝頑張ればいつか報われる！〟や〝仲間こそ最高の宝物〟なんて意見は、まやかしにしかすぎないし、弱者が自分を正当化しているようにしか思えないからな。

私なりの言葉で言うならば『気持ちのよい意見は真とみなされるのだ』。

私たちは、感動的な意見や、自分の心に響いた意見など、感動の先にあるものが、真実で正しいものだと断定しがちだが、そうだとは限らない。

それは自分にとって都合のよい意見を選んでいるだけにすぎない場合もあるのだから」

「それは、どういうこと？」

「感動したから、よいもの。だとは限らないということだ。例えば素晴らしい理念《りねん》を唱える社長がいるとしよう。そして、アリサがその社長の言葉に感動したとする。

すると、感動したから、この人は素晴らしい人だ！　と思いこむのは見当違いだということ。感動の先にあるものは、〝いいものに違いない！〟と思いがちだが、感動の先にあるものが〝いいもの〟とは限らないのだ。

ただ自分にとって聴き心地のいい言葉を〝これこそが真実なんだ〟と思いこんで感動しているだけというパターンもあるだろう。

感動は美しいものだが、感動の先にあるものも美しいかどうかなんてわからないので、安直に信じすぎるのは危険な行為でもあるのだ。独裁者のスピーチ、ブラック企業の社長の掲げる理念自体は素晴らしいものだったりするだろう」

「そっか。感動するっていうのは、心が震えることだから、すごく素敵なことだと思ってた」

「感動のすべてを否定するわけではないが、人は自分にとって都合のいい、聴き心地のいい言葉に対して感動を覚える。ということもあるということだ。

同時に、自分にとって都合のいい言葉に耳を傾けるだけで、現状と向き合っていないということもあるだろう」

「そっか、一口に感動っていっても、いろんな動機の感動があるんだね」

「そうだ。感動とは、不透明なものでもあるのだ。

しかし、その中で、追い求めるべき感動もある。これはさっき話した、自分のパワーをフルに最大化させていく〝力への意志〟とも通じるのだが、己の可能性が広がった時に感じる感動、これは生きていく上で追求していくべき感動である」

「自分の可能性が広がった時に感じる感動？」

「そうだ。絶えず、己の可能性に挑戦しつづけて、自分の可能性が広がった時にこそ、感動、いや至高の喜びがあると。アリサにも経験があるのではないだろうか？　己の可能性に挑戦しつづけて、自分の可能性が広がった経験。

そう、例えば自転車だ。小さい頃、自転車の練習をしただろう。はじめは補助輪をつけて、次に誰かに後ろを持ってもらって。そして最終的に自分一人で自転車に乗れた時。

その時どう思っただろうか？　心にたくさんの光が舞いこんできたような喜びを感じなかったか？

自分にも出来るんだ！　頑張ってきて本当によかった。私は自転車に乗れるようになれたんだ！　と心の奥がプルプルと震えるような温かな喜びだ。

自分の可能性をどんどん広げていくことは至高の喜びを生むのだ」

「至高の喜びか。たしかに、自分が出来ることが増えたり、新しい自分を発見できた時は、嬉しくなるよね。陸上始めたばっかの時タイムが縮んでいくの嬉しかったもんな。急に周りがきらきらと煌《きら》めいて見えたり、生きていてよかったなと感動しちゃうような時もあったかな」

「そうだ。己を超える、ということは苦しいこともあるが至高の喜びを感じられることでもあるのだ。

ニヒルにかまえ、無欲に徹しているのは楽だ。失敗に対して、傷つかずにいられるし、頑張れない自分を正当化も出来るからな。

自分で〝自分は無欲だから、欲しいものが手に入らなくても別にいいや ー〟と暗示をかけて、挑戦せず、周囲に対して批評的に無気力に生きる。心からそうしたいのなら、それでいいだろう。しかし、そのような生き方で心から満足出来るのだろうか？

私は、思う。たとえ苦しみが繰り返されるとしても、つねに自分自身の殻を破りつづける、挑戦しつづけることでしか、得られない喜びがあるのではないかと。そしてそこで得られる喜びこそ、至高のものである。

楽しさと喜びは、似ているようで別物だ。つまり楽な道と、喜びある道は別物なのだ」

「楽な道と、喜びある道は別……」

「そうだ。何かに迷った時は、自分に問いただせばいい。〝いま自分は、楽な道を選びたくて迷っているのか。それとも、喜びある道を選びたくて迷っているのか〟。そして、喜びある道を選べばいい」

「楽したいだけなのに、それを〝こっちの選択肢の方が正しい道だ〟と自分で自分を騙しちゃうこともあるよね」

「そうだ。道を選ぶのに、言い訳はいらない。自分の人生に真剣になることも、生きることに真面目になることも、かっこ悪いことではない」

「うん、ニーチェの言っていることはわかるよ。けど、なんか熱くなるのってちょっと恥ずかしいよね。熱くなって失敗したら恥ずかしいし、失敗しなくても、なんか熱すぎる人見ていると引いちゃうというか、恥ずかしいというか」

「アリサ、人の目を気にせず、自由に生きればいいだけの話だ。うまくいかないことがあっても、自分を納得させる言い訳を探すことはない。

『深く考えすぎるのは厄介な性格だ』。綺麗事に従う必要もない。欲しいものを隠す必要もない。

もっとシンプルに子供のように、欲しいものを〝欲しい！〟と素直になればいいのだ。

無欲を気取るのは、〝貪欲《どんよく》になるのはよくないことだ〟と決めつけている自分がいるからだ。

そんなこと誰が決めた？　力への意志のとおり、私たちが力や可能性、権力を欲するのは、悪いことではなく、自然なことだ。誰より速く走りたい、金を稼ぎたい、人から褒められたい、モテたい、タワーマンションに住みたい、優越感に浸りたい。そう思ったとして、どこが悪い？　誰に対しての罪悪感だ？　無欲を気取って、人生に対して無気力になるより、貪欲に生きればいいのだ。自己保身から無欲になるのはもったいないことだ。

人生に意味などない。意味がないことを嘆くのではなく、意味がないからこそ、自由に生きるのだ。

『いつも自分自身をいたわることの多いものは、その多いいたわりによって病弱になる。我々を苛酷ならしめるものを讃《たた》えよう』と私は思う。自分をいたわりすぎることで、自分を弱くしてしまうということを肝に銘じ、苛酷なものをも受け入れていくのだ」

ニーチェの話に聞き入っている間に、私たちは目的地であったパン屋さんを通り過ぎていた。正確には、少し前に到着できたのだが、もう少し、この話を聞きたいと思った私は、ニーチェに黙って、本能寺が再建されている寺町通を通り、遠回りしてパン屋に向かうことにした。お腹を空かせているニーチェには悪いと思ったが、ニーチェの話を聞いているうちに、私なりの貪欲さが湧いてきたのかもしれない。

縁切り神社で心機一転、新しい自分と出会いたいと願った時、私はその行為がどこか恥ずかしかった。自分の人生がより好転して欲しいと素直に思う自分と、「願かけをすることで人生が好転するかも」という期待している自分を蔑《さげす》む自分が、心の中に存在していたのだ。自分の人生が良くなるようにと希望を持つことは、誰に対しても悪いことでもないのに、自分で自分を批評するような癖が私にはあったのだ。

なんのために、自分で自分を批評しているのかというと、きっと他人から批評されて傷つく前に、自分で自分を批評することで、ダメージを少しでも和らげようとする、予防線であるのだ。

貪欲になる前に、傷つかないようにと、自分で自分を批評して感情を押し殺す癖。つまり傷つきたくないあまりに、問題を直視せず、避けようとする癖。自信のなさが生んだ、自意識過剰で否定的な癖なのだ。

もしかすると、私が家族を避けて実家に帰らないのも、家族に対して寂しさを認められないのも、自分の気持ちに正直になって素直な欲を認めるのが怖いのかもしれない。

「そうだね、ニーチェの話していることちょっとわかるかも。何かにつまずいた時に、〝自分ってだめだなあ、でもこういう性格だからしかたないなあ〟って自分を納得させたり、落ちこむようなことがあった時に、〝私には向いてないのかも、あまり考えないでおこう〟って思うほど臆病になっていくというか。

傷つくことを怖いと思うあまりに、自分の素直な欲求を閉じこめて、どんどん臆病になってしまったり……わかるよ」

「そうだ。自分で自分をかわいそうがることは、〝私なんてどうせ〟という発想に自分をどんどん陥れることになってくる。〝私なんてどうせ〟という気持ちは厄介だ。言い換えると、私の元には幸せはやって来ない。私なんてどうせ、幸せになる資格がない人間だと、不幸に依存する入り口にもなりうるからな。

結局人間は、自分からは逃れられない。自分で自分を超えて行くほかないのだ。

『打ち勝つための道と方法はあまたある。それはお前が見つけなければならないのだ』

これに尽きる」

自分で見つけなければならない、か。

自分からは逃れられないし、自分しか自分の人生を歩いて行くことは出来ないけど、あまりに当たり前すぎて、特別意識することもなく生きているというのは、なんとも皮肉な話かもしれない。

どんな苛酷な状況に置かれようが、人に言えない寂しさを抱えようが、それがいまの自分の道なのだ。それは、私が自分で歩き、開拓して行くしかないのだ。

「アリサよ……」

「ん？　何？」

「まだ、到着しないのか……気力で保っていたが、空腹が限界だ」

「ああ！　すっかり忘れていた。ごめんごめん。この三条名店街のアーケードを抜けたらすぐだから！」

「そうか、このアーケードを抜ければいいのだな」


ニーチェはよっぽどお腹が減っているのか、遠回りしたことにさえ気づいていないようだった。

私たちは、まだシャッターが閉まっている静かな商店街を抜け、目的のパン屋さんへと到着した。京都は意外なことに、パンの消費量が全国一位らしく、和食のイメージがあるものの、みんなパンが好きなようだ。パン屋さんの数も多く、このパン屋さんも京都では有名なチェーン店である。

店内に入ると、焼きたてのパンとバターの香ばしい香りが、鼻先から食欲を刺激し、私は思わずつばを飲みこむ。

「おお……」

「うん、美味しそうだね」

「この店の、おすすめはどれだ？」

私は、迷うことなく、入り口の近くに置かれたサンドウィッチのパックを手に取り、ニーチェへ差し出した。

「おすすめはこれだよ。ふんわりオムレッサンドと元祖ビーフカツサンドがセットになったこのパック！　ふわっふわの厚焼きたまごのオムレッサンドと、カリカリに揚がったビーフカツサンドがどっちも楽しめる、お得なセット！」

ニーチェは前髪を指に絡めだす。どのパンにするかを悩んでいるようだ。

「どれも美味そうで、迷うなあ。よし、アリサ。このパックと、そしてあそこにあるあんパンも気になるな……」

「さすが、お目が高いね。あのあんパンもかなりおすすめだよ。じゃあさ、いくつか買って一緒に分けようよ」

「おお、それは名案だな。では、そうしよう」

私たちは、香ばしいパンの香りに包まれた店内で、これも美味しそう、あれも美味しそうと朝食を選んだ。誰かと食べる朝食は、久しぶりだ。

お店に掛けられた小さな時計は、朝八時半をさしていた。

今日という日はまだはじまったばかりだ。お店の外に見える町も、少しずつ今日という日を始めようと動き出していた。

情熱をもって生きないと、自分の世界は妬みに支配されてしまう

窓の外は、五月晴れという言葉がぴったりの快晴だった。今日はゴールデンウィークの最終日である。

ゴールデンウィーク中は、お土産物屋さんのアルバイトが大忙しで、慌ただしい毎日を過ごしていた。たまには実家に帰ろうかとも思ったのだが、母から「おばあちゃんと一緒に台湾に旅行に行くのよ」という話を聞いていたので、おとなしく家にいることにした。

そんな充実したゴールデンウィークの最終日、私はスマホでＳＮＳの投稿を眺めていた。

ゴールデンウィークはタイムラインも賑わっていて、大勢で琵琶湖に遊びに行っただの、部活の合宿があった、恋人とデートに行った、と、さまざまな人の充実した休日模様が投稿されていた。

私はこういった他人の投稿を見てたまに思うのだが、こういった充実した投稿内容は、ど

こかに遊びに行ったから、写真を撮ってSNSに投稿するのか。それともSNSに投稿する目的ありきでどこかに遊びに行く予定を立てるのか、たまにどちらかわからなくなる。

もちろん友達にそう尋ねたら「そんなの遊びに行ったから投稿するんじゃん！」と言われてしまうのだろうが、もしかすると自分でも気づかないうちにSNSに投稿したくなるような場所に遊びに行くという意識が水面下で働いているのかもしれない。

ニワトリが先か、卵が先かみたいな水掛け論で、結論は出なさそうだが、たまにそれがひっかかるのだ。


そして、スマホに集中している私の向かいで、ニーチェが一人ソファに腰掛け、スマホゲームに熱中していた。

ニーチェはゴールデンウィーク中、新しいアプリの企画に頭を悩ませていたようだが、アイデアが湧かないようで、何かアイデアが降ってくるまでは遊んで過ごすと決めて、私の家を訪ねてきたのだ。

ニーチェいわく「シェアハウスはＷｉ－Ｆｉの電波が弱い」ようで、私の家に遊びにきているというよりも、Ｗｉ－Ｆｉを使いに来ているといった方が正しいのかもしれない。

そんな中、ニーチェのスマホが部屋に鳴り響く。

「もしもし、おお、なんだ君か。久しぶりだな」

「えっ近くにいるのか？　ではいまから向かおう」

ニーチェに誰かから誘いがあるなんて、珍しいこともあるのだな、と私は口にこそ出さないが、心の中で思っていた。

ニーチェから友達の話を聞いたのは、昔、仲がよかったというワーグナーのことだけだったし、いつも自分の世界に浸っていて他人と積極的に関わろうとするタイプには見えなかったからだ。

そんなニーチェに誰かからお誘いの電話がかかってきたことに、私は内心驚いていた。

ニーチェは電話を切ると、

「アリサいまから四条《しじょう》に行くぞ。支度を急ぐのだ！」

と急《せ》かしてきた。

「え、私も行くの？　ていうかいまの人誰？　友達？」

「知り合いAだ！　さあ、急ぐのだ」

「知り合いAって……。なにその触れてほしくない感じ。私はいいよ、一人で会ってきなよ」

「そういうわけにはいかない。お前を超人にするために、私が知り合いAを派遣《はけん》したのだ。今日、都合をつけて来てくれたのだ」

「え、そうなの？　けど、いまから外に出る用意したら、急いでも一時間はかかるよ」

「時は金なりだ！　急ぐのだ、さあ早く。カウントダウンを始めるぞ！　十〜九〜八〜」

「ちょっと待って、さすがに十秒では無理だけど、急ぐから。お化粧せずに、髪だけ結ぶから五分待って」

そう言って洗面台に向かうと、ニーチェはカウントダウンをやめソファに腰掛け、再びスマホゲームを始めた。

私はドライヤーで軽く髪を整え、髪をうしろで結び「もう出られるよ」とニーチェに声をかけたのだが、ちょうどボス戦に突入だったらしく「ちょっと待つのだ、二分ほど！」と連呼しながら、ゲームをやめる気配もなく、結局十五分ほど待ってから家を出た。

五月に入ったばかりだというのに、すっかり夏のような暑さであった。京都の夏は、蒸し蒸籠《せいろ》に入れられたような蒸し暑さがある。

盆地という土地柄、風がこもり、蒸し暑さが吹きだまるのが京都の夏である。四条までは歩ける距離であったが、この蒸し暑さの中を歩く気にはなれずに、私たちは市バスに乗り、京都一の繁華街《はんかがい》、四条河原町《しじょうかわらまち》へと向かった。

バスに揺られながら私はニーチェに聞いてみた。

「ねえ、いまから一体誰に会うの？」

「キルケゴール君だ」

「誰？　それってもしかして哲学者？　ニーチェ以外にも存在するの!?」

驚きのあまり出た大きな声が、バス内に響く。

ニーチェは人差し指を自分の口元に当てると、「シーッ、静かにしたまえ！」とひそひそ声で注意してきた。

乗客の視線を一斉に浴び、恥ずかしさがこみ上げてきたのだが、それと同時に、人前だとニーチェがやたらと常識人ぶることにたいして、少しイラッともした。

「ごめんごめん。で、その人は哲学者なの？」

とヒソヒソ声でニーチェに聞く。

「そうだ。超人になるためには、彼の話も聞いておいた方がいいと思ってな、私が呼び寄せておいた。彼以外にも何人か現世に派遣してある。まあ、全員に会えるかどうかはアリサ次第だがな」

そう言うと、ニーチェは「とまります」のボタンをすばやく押した。

しかし、次の停留所は降りるバス停よりも、一つ前のバス停であった。しかし、ボタンを押した手前、降りないのも気まずかったので、私たちはひとつ前のバス亭から四条河原町の交差点まで歩くことにした。

四条河原町までは大通り沿いにアーケードがあり、ファーストフード店や洋服屋さんが建ち並んでいる。

そして、ファーストフード店と洋服屋さんの間に、お香屋さんや、甘味処《かんみどころ》、着物屋さんなどもところどころに入り交じって並んでおり、古都の風情《ふぜい》と都会の街並みが混在した京都独特の空気をかもしだしているのだ。

ニーチェは、待ち合わせ場所に着くやいなやスマホを取り出し、電話をかけた。

「もしもしキルケゴール君か？　いまどこにいるのだ？　おお、なるほど。ではここで待っているぞ」

それだけ言うと電話を切った。

「いま、こっちに向かってきているらしい」

「そうなんだ、えっとキルケゴール君だっけ？　どんな人なの？」

「少し癖のある性格だが、いいやつだ。会ったらわかるだろう」

説明するのがめんどくさいのか、ニーチェは適当にはぐらかした。

私はどんな人が現れるのかドキドキしていた。楽しみ、というよりもニーチェが「少し癖のある性格」というくらいだから、相当偏屈《へんくつ》なやばいやつが来るのではないだろうか、という不安で緊張していたのだ。

そして、バスの中でニーチェが言っていた「彼以外にも何人か現世に派遣してある」というひと言も内心気にかかっていた。

縁切り神社でお参りしたことをきっかけに、ニーチェのはからいもあり、いろんな哲学者が現世に存在している？

ニーチェとの出会いからはじまった、不可思議《ふかしぎ》な出来事。私もニーチェに影響されて、少しはものごとを深く考えるようになったと思うが、正直まだ自分で考えるというよりも、ニーチェの考えに影響されているにすぎない。目の前の不思議な現実を受け入れることがやっとという段階だ。

「キルケゴール君が着いたようだ、おーいこっちだ、こっち」

ニーチェは横断歩道を挟んだ向こう側に彼を見つけたようで、大きく手を振った。すると、横断歩道の向こう側に立つ明らかに一人だけ浮いた、異常な格好をした男性がこちらに向かって軽く会釈《えしゃく》をした。

「ちょっと待って、ニーチェ。キルケゴール君ってあの……」

「そうだ、よくわかったな、あいつだ」

「えっ見るからにあの人怪しいよ。夏なのにロングコート着ているし、あんなマジシャンみたいな帽子かぶっている人、ティム・バートンの映画でしか見たことないよ。コスプレ？ハロウィン？」

やはり、ニーチェがちょっと変わっているというだけのことはあった。

気温が二十五度を超える夏日にもかかわらず、真っ黒のロングコート、真っ黒のタートルネック、真っ黒のパンツという全身黒ずくめのファッションに身を包み、マジシャン風の大きなシルクハットをかぶった男性が立っている。

シルクハットを深くかぶっているので顔まではっきり見えないが、かもしだす雰囲気は「変人」そのものである。周囲の人もいかにも怪しいものを見る目つきでチラチラと見ている。

「ニーチェ、あの人やっぱやばそうだよ。周りの人もキョロキョロ見てるし」

「大丈夫だ、慌てる必要はない」

「けどほら、いまあの女子高生の集団に隠し撮りされてたよ」

「彼は人気者だからな……大目に見るのだ」

「もう、適当に答えないでよ」

そうこうしているうちに信号が青に変わり、大きなシルクハットに真っ黒のロングコートを羽織った奇抜な格好の彼がこちらへと駆け足でやって来た。

「おーい、キルケゴール君、久しぶりだな」

「ニーチェさん、ちょっとここではあれなので、裏にある喫茶店に行きましょう。さっ急いで」

「おお、そうだな、早く移動しよう」

二人はそのまま早足で、裏通りへと向かった。

二人が何をそんなに急いでいるのか、意味がわからなかったが、私も早足で二人のあとを追い、男が指定した喫茶店へと向かった。

たどり着いたカフェは、高瀬川《たかせがわ》が静かに流れる木屋町通にポツンと立っていた。昭和感溢れるレトロな木造のドアを引くと、中の様子は外観とうって変わり、海に沈んだ洋館を思わす幻想的な雰囲気であった。

店の照明はブルー色で統一されており、魚こそいないものの、水の中にある洋館のようであった。店内はオルゴール調のＢＧＭがかかっており、コーヒーを沸かす、コポコポという音と交わりメルヘンチックな雰囲気をかもしだしていた。その音は、まるで水中で息をしている音のようで、より幻想的な気分へと私たちを誘った。

絵画やアンティークが、白で統一された壁一面に飾られており、それらを妖しいブルーの光が照らし出している。私たちは細い階段を上がり、二階のファー席に座った。

「へえ、素敵な喫茶店ですね」

「気にいってもらえたならよかった。ここはゼリーも素敵なんですよ」

「ゼリーが美味しいんですか？」

「美味しい、というより格段に美しいのです。ああ、申し遅れました、僕キルケゴールと申します」

男は大きなシルクハットを右手で掴み、胸のあたりまで下げると軽く一礼し、微笑んだ。ムスクのいい香りがふわっと立ちこめる。

なんということだろう。私は思わず息を飲んだ。

シルクハットに隠れていて気がつかなかったが、細く通った鼻筋に無駄な贅肉《ぜいにく》のないスッとこけた頬、憂《うれ》いある切れ長の瞳。キルケゴール、めちゃくちゃイケメンじゃないか！

「……惚れてしまったか」

ニーチェが私を指さしながらクスリと笑った。

「変なこと吹きこむのやめて……」

慌てて否定しながらも、心の中では、適当な格好で来てしまったことを後悔していたのは事実だ。

「フフッ。そうですよ、からかっちゃだめですよ」

キルケゴールは恥ずかしそうに微笑んだ。やはり何度見ても、格段《かくだん》に美しい顔立ちをしている。

「あの、申し遅れました。私はアリサです」

「アリサさんか。God dag《ゴデー》、アリサ」

「アリサ、キルケゴール君はデンマークのお坊ちゃんなのだ。誘惑者と呼ぶにふさわしい端正《たんせい》な顔立ちだろう」

「うん、たしかに綺麗ですね」

「いや、そんなことないです。ニーチェさん、大げさに言わないでください。それより何か、頼みませんか」

彼はそう言うと、店員さんを呼びゼリーを三つ頼んだ。いつもこのゼリーを食べに来るらしい。

しばらくしてテーブルに運ばれてきたゼリーはレモンイエロー、ピンク、エメラルド、水色とまるでカラフルな宝石がちりばめられたような見た目をしていて、ステンドグラスのような美しさがあった。

「わぁ、このゼリー本当に綺麗ですね」

「フフッ。気に入ってもらえて何よりです」

「レモンスカッシュみたいな味だな」

ニーチェはどうやらこのゼリーをかなり気に入ったようで黙々と食べていた。

「キルケゴール君、綺麗なものが好きなのだ」

「そう……ですね、綺麗なものと、あと憂愁《ゆうしゅう》が好きですね」

どうやらニーチェとキルケゴールは全然違うタイプのようだ。

いままで〝哲学者〟と聞くと、真面目で頭が固く、なんとなく暗い人。というイメージを持っていたがいろんなタイプがいるようだ。

皮肉屋で明るいニーチェに対して、キルケゴールはどこか寂しげな哀愁漂う性格のようだ。

「アリサさんは、好きですか？　憂愁」

「憂愁？　えっと憂愁って、哀しみに浸るみたいなことですか」

「そうですね、僕にとって憂愁は恋人みたいなものなんです。どこにいたとしても、憂愁に浸ると、目の前の世界が美しいもののように思えてきます」

「あんまり考えたことなかったな、明るいことやポジティブなことを考える方がいいとなんとなく思っているから」

「なんとなく、ですか」

キルケゴールはそう言うと、手元にあるゼリーに目を向け、しばらく黙ってみせた。そして、しばらくして、静かに語りだした。

「アリサさんは〝主体的真理《しゅたいてきしんり》〟を持っていますか？」

「しゅたいてきしんり……？　どういう意味ですか？」

聞いたことのない言葉を出すキルケゴールに、私は尋ねてみる。

「そうですね、例えば僕は、黒ずくめのファッションが好きで、こういったファッションを追求しています。

しかし、これは自分にとってのお洒落であって、流行とは関係がない。主体的真理とは、〝自分にとっての真実〟みたいなものです」

「自分にとっての真実、ですか？」

「そう。例えば流行りのファッションや髪型があるとしますよね。全身流行りに身をつつんで街中を歩いたとしましょう。

その流行りの髪型やファッションが自分にとって〝ちょっとダサい〟と感じていたとするならば、〝ちょっとダサい〟というのが〝主体的真理〟になります」

「ようは、自分の気持ち、みたいなものですか」

「そうだね、自分の気持ちというか〝自分にとってどうか〟という意見ですね。僕は自分という存在の生きる意味についていつも考えている。例えば――」

キルケゴールは手元のグラスを持ち上げ、こう続けた。

「例えば、このグラス。〝このグラスは何で出来ているの？〟とか〝水は人類にとってどういう存在であるべきか?〟とかの議論は、僕にとってどうでもいい」

私もこの意見には同感であった。授業で習った哲学者が取り上げているテーマは「国家について」や「神について」などであった。国家のあり方や、神の存在について勉強することが、どうも自分とはかけ離れたテーマに思えたので、哲学者は「小難しい議論好きな人」だというイメージを持っていたからだ。なので哲学者であるキルケゴールが「どうでもいい」と言い出したことに驚いた。

「僕は、神がいるかどうかを〝実証《じっしょう》〟することには興味がない。ただ、自分が生きる上で神を信じた方が、生きることに真剣に向き合えると思う。だから僕は神を信じたいし、信じている。何が言いたいかというと、僕は、自分はなんのために、どう生きるかを追求しているんだ」

ゼリーを食べ終わり、暇をもてあましていたニーチェがスマホゲームをしていた手を止め
「さすが実存主義《じつぞんしゅぎ》の先駆者《せんくしゃ》!　デンマークの尾崎豊!」とはやし立てる。

「やめてよ、その呼び方」と恥ずかしそうにしながらも、キルケゴールはまんざらでもなさそうであった。

私は自分が自分でないような、不思議な気分に陥っていた。

このお店の神秘的なブルーの照明によるものなのか、あまりに浮世離《うきよばな》れしたことを話すキ

ルケゴールのせいなのか、なぜかはわからないが、自分の人生がとてもロマンティックなもののように思えてきた。

これまでは、このまま高校を卒業し、大学に進学して、就職して、結婚してと、なんとなく描かれた未来図に沿《そ》うように歩いてきたものの、自分の人生の意味や、何のために生きているのかを真剣に考えたことはなかったからだ。

何のために生きているか。という壮大なテーマを考えるよりも、もっと現実的なことに目を向けつづけてきたからだ。そんな私にとって、キルケゴールの話は上空から、世界を覗いているようでとても神秘的であったのだ。

「それで、アリサさん、先ほど話していた〝主体的真理〟についてですけど」

「はい、つづきがあるんですね」

「はい。さきほど話した〝主体的真理〟がありましたよね。自分自身にとっての真実みたいなものですが、その反対が客観的真理《きゃっかんてきしんり》になります」

「客観的真理？　それはどういうものですか？」

私は、キルケゴールに聞き返した。するとキルケゴールはフッと笑って、さっきよりもいっそう真剣な顔つきとなった。

「客観的真理は一般的な事実ですね。

例えばさっきの例でいうと〝流行のファッション〟みたいなもの。ファッション誌を見れば、いま流行っているファッションというのは、統一されていますよね。

〝いまはナチュラル系ファッションが大人気〟というのが客観的真理で〝ナチュラル系ファッションが流行っているけれど、僕は黒ずくめファッションが好き〟というのが主体的真理です」

「えっと……客観的真理は、自分がどう思うかは関係なく、客観的にある事実ということですか？」

「そうです。そして現代は〝主体的真理〟を追求するのではなく〝客観的真理〟を鵜呑みにしがちだと、僕は思うのです」

「客観的真理を鵜呑みにしがち……」

そう言われると、自分の考えもこの〝客観的真理〟を鵜呑みにしたものだったのかもしれない。

家族のあり方を嘆いているのも、一般的に「家族というのはこうあるべきだ」という〝客観的心理〟を鵜呑みにしているからだろうか、という疑問がふと浮かんだ。

「僕が思うに、現代はそういった客観的真理に大衆《たいしゅう》が流されてしまう〝水平化《すいへいか》の時代〟だと、思うんです」

「水平化の時代、ですか」

「はい、自分の中の意見を追求せず、一般的にいいとされるものに流されてしまう人がほとんどという時代です。そこには感動もなければ、個性もない。

自分の意見をしっかり持って、何かに情熱を注ぐ人がいても大衆とずれていたら、あいつ変だよなって、軽蔑されてしまう時代です」

「大衆からすると、個性を持って、主体的に生きている人は〝妬み〟の対象になるのです。

個性的な人たちの生き方が肯定されれば、自分たちの生き方がちっぽけでつまらないものに感じられたりもしますからね」

「たしかに、熱く生きている人をすごい！　と思う反面、自分の生き方と違いすぎて、バカにしたくなる気持ちも、たしかにわかります」

「バカにする人は、自分の人生ではなく、他人の人生を妬むことに時間を費やしてしまっているのです。つまり『情熱をもって生きないと、自分の世界は妬みに支配されてしまう』と言えるでしょう」

自分の人生ではなく、他人の人生を妬むことに時間を費やしてしまっている。情熱をもって生きないと、自分の人生は妬みに支配されてしまう——。

いままで自分の人生のために、時間をフル活用して生きてきた、とは胸を張って言えない自分がいることに、私は気づいた。人生の時間はいくらでもあるように思えていたが、刻一刻《こくいっこく》と、時間は過ぎていっているのだ。

私にとって、情熱を燃やせる生き方とは何か？　を持たないまま、ただ時は残酷に減っていくばかりである。

「キルケゴールさん、なんかいろいろ教えてくれてありがとうございます」

「いえいえ、ところで、いまアリサさん〝人生って思っているよりも短いんだな〟と黄昏《たそが》れていませんでした？」

「えっ、なんでわかるんですか。たしかに黄昏れていました……」

「フフッ。それが憂愁ですよ。僕はそういう切ない気持ちに浸ることが好きなんです。『青年は希望に幻影を持ち、老人は思い出に幻影を持つ』。何歳になっても人は黄昏れてしまうのかもしれません」

なるほど、これが憂愁か。たしかに憂愁に浸ると、世界が、いま生きているこの瞬間が、美しいもののように思えてくるのも、納得だ。

「あ、そろそろ時間だ。僕次の予定があるから、もう行かなきゃ。すいませーん、お会計お願いします！」

「あ、すいません、いくらでしたか？」

「ああ、大丈夫だよ。ここは僕が支払います」

「えっ、でも……」

財布を出しかけたところでニーチェが、

「問題はない。キルケゴール君は、お坊ちゃんなのだ」

そう言って深く頷いたので、私は「ごちそうさまです」と何度かお辞儀《じぎ》をして店を出た。

店の外に出ると、蒸し暑さはまだ残るものの、昼間の熱気は薄れていた。

キルケゴールは「Farvel《ファヴェル》、ニーチェ、アリサ！」と言ってまた繁華街の方に去っていった。

「どうだ？　なかなかのいい男だろう」

「うん、ニーチェとはタイプが違ったね。哲学者ってもっとこう、真面目だと思っていた」

「タイプ違うって、それは褒め言葉か？」

ニーチェの質問をさらりとかわし、私とニーチェはバスに乗って家へ戻った。

キルケゴールもニーチェ同様、自分がいいなと思った人にのりうつっているのだとしたならば、彼の美感覚と私の美感覚はかなり似ていると感じた。

途中ニーチェが「暑い、暑すぎる！　こう、冷えたアイスクリームがあれば最高なのだが」

と、アイスクリームを買いたそうにしていたので、私たちはコンビニに寄ることにした。

ニーチェはコンビニに入ると、アイス売り場には行かず、立てかけてあるファッション雑誌を読みだした。

「ニーチェ、アイス買うのやめたの?」

「いや、ちょっとこれを見てくれ」

ニーチェが手に持った雑誌を開いて、私に見せてきた。

なんということだ、そこには大きなシルクハットを手に持った、キルケゴールの姿が〝街角スナップ〟にでかでかと載っていたのだ。

「えっ!? これキルケゴールじゃん、どうしたの? なんで?」

「あの男、カリスマ読者モデルというものらしい。ほら、ここにも特集組まれてる。〝憂愁の麗人《れいじん》・キルケゴールによる今月の憂愁コーデ〟って」

「えっ全然知らなかった……」

「待ち合わせの時、女子高生に写真撮られとったのを覚えているか? その界隈《かいわい》では大人気者らしい。というかお前は知らなかったのか? もう少しファッション誌を読んだらどうだ?」

「いや、そればっかりは、ニーチェに言われたくないよ」

まさか、キルケゴールがカリスマ読者モデルだったとは。そうだったのか、やばいやつだと見られていたわけじゃなかったのか。だからあんなに急いで喫茶店に隠れたのか。

そしてもうひとつ、知らず知らずのうちに個性的なものに対して拒否反応をしめす癖が私にもあったんだな、と心の中で反省した。

「この雑誌、記念に買っとこうかな、憂愁コーデって気になるし」

「そうか、すっかりファンになったのか？　まあ、キルケゴールも面白いが、他にも面白いやつはいるし……」

「ちょっと、会うのが楽しみになってきたな」

「まぁ、アリサが成長し、時が来たら……だな！」

ニーチェはそう言うと、アイス売り場へと向かい「ハーゲンダッツ新作か……」「この、しろくまも捨てがたいな」と前髪を指にくるくると絡め、独り言を呟きながらアイスを選んでいた。

次に会う哲学者がどんな人かわからないが、個性的なものを拒否せずに、受け入れてみようと思うと、ひとつ楽しみが増えたように感じた。

誰かに見せるための人生ではなく、自分が情熱を燃やせる人生を、私も生きたいと心から思った。

情熱をもって
生きないと、
自分の世界は妬みに
支配されてしまう
——キルケゴール

たとえ全世界を征服したとしても、自分自身を見失ったならば、何の意味があるというのだろうか

夏のような晴れやかな日が続いたと思いきや、最近はすっかり梅雨らしく、雨音で目が覚める日が多くなった。

雨の日は、気分も沈む。

晴れた日なら、学校帰りやバイト帰りに、どこかへ出かけようという意欲《いよく》も湧いてくるのだが、最近は学校とバイトの往復をする以外は、まっすぐ家に帰っている。

京都市内は、電車の路線が数本通っているが、電車よりも市バスを利用する方が主流だ。もっというと自転車が一番主流ではないだろうか。

遊びに行く時も自転車があると便利だが、駐輪場が少ないため、お店の近くに駐《と》めていると撤去《てっきょ》されてしまうことが、しばしばある。撤去されてしまったら、京都市の端にあるかなり遠い場所まで取りに行かなくてはならないので、自転車移動もそう楽なことばかりではな

い。

　しかし、最近は雨が続いているせいで自転車に乗る機会もなくなり、バス移動になった。そうなると、自転車移動の楽さが身にしみたりもするのだ。


「なんか最近、雨ばっかりで嫌になるね」

「アリサ、天気に振り回されているようでは、超人にはなれんぞ」

　ニーチェはスマホを眺めながら、そう呟いた。ニーチェは嫌なことがあっても、どんよりと落ちこむことがあまりない。

　私の勝手なイメージではあるが、哲学者というと、みんな理屈っぽくて性格が暗い、ネガティブ、自殺しそう、という勝手なイメージを持っていたので、ニーチェのポジティブさにはいつもびっくりする。

　暗い性格の哲学者もいるのだろうけれど、ニーチェのような自信満々な哲学者も意外とたくさんいるのかもしれない。

　そんなことを考えながら、ニーチェを見ていると、ニーチェはいきなり顔をしかめた。

「やばいっ、キルケゴールが鬱《うつ》モードだ」

「えっ、どうしたの？」

「このあいだ会ったキルケゴールいるだろう、このツイートを見てくれ」

そう言ってニーチェはスマホを目の前に差し出してきた。

するとそこには、数分置きに「まじで絶望」「ほんと死にたい」「絶望した」「#絶望してる人RT」と絶望ツイートが大量に投稿されていたのだ。

「えっ、大丈夫なのこれ!?」

「いや、彼には前から、こういうところがあるのだ。センシティブというか、病みやすいというか」

「前会った時は全然、病んでる感じなかったよ」

「俗《ぞく》にいう気分屋というやつだ。まあ大丈夫だろう」

ニーチェは慣れているのかあまり気にかけていなかったものの、少し心配になる。何か悩みがあるのかもしれないし、話を聞いてみた方がいいんじゃないだろうか。

哲学者であるキルケゴールに悩みを聞くというのもおかしな感じがするが、一人では解決できないこともあるだろうし、一度誘ってみよう。

「ねぇ、ニーチェ、キルケゴール誘ってみようよ」

「けれど一人で答えを導き出せるタイプだぞ、彼は」

「まあ、そうかもしれないけど、彼くらいの哲学者が何に悩んでいるか知りたいし」

するとニーチェは前髪を指にくるくると絡め、しばし考えこんだのちに
「まあ、いいだろう。アリサが超人に近づくヒントが何かあるかもしれない」

と、キルケゴールに連絡をしてくれた。

気分が落ちこんでいるので、連絡が返ってこないかと思いきや、すんなり「では行きます」

とのことだったので、私たちは雨の中、烏丸御池《からすまおいけ》にある、老舗の甘味処へと向かった。


町家ののれんをくぐると、そこにはキルケゴールが立っていた。

相変わらず黒ずくめのファッションで、中から鳩やうさぎが飛び出してきそうな大きなシルクハットをかぶっていたが、このあいだとうって変わり、肩をすくめ、猫背で、全身からどんよりほの暗い〝負のオーラ〟を漂わせながら立ち尽くしていた。

「ああ、God dag《ゴデー》、ニーチエ、アリサ……」

いまにも死にそうなか細い声でキルケゴールは呟いた。

「大丈夫？　死神みたいになってるけど」

「ああ大丈夫、だよ……」

キルケゴールはうつむいたまま答えた。

私たちは、町家造りの甘味処の奥にある、中庭の見える席に腰掛けた。

中庭は、うっすらとした苔が庭一面広がっており、その上に植木が根づき、金魚が泳ぐ古びた大きな壺《つぼ》がひとつ置かれている。

雨に濡れた庭から香る土の匂いと、店内で焚《た》かれているお香の匂いとが混ざり合い、どこか懐かしい匂いがお店の中を満たしていた。

店内に静かに流れる和琴《わごん》の絃《げん》を弾く音が、雨音と綺麗に調和している。

私たちは、口の中をつるんとすべる柔らかな寒天が、鮮やかな色のシロップにひたひたに浸《つ》かっている、店の名物の甘味「琥珀流し《こはくながし》」を注文し、キルケゴールに話を聞いた。

「ごめんね、おせっかいかもしれないけれど、一体どうしたの？」

「ああ、大したことではないのですが、雨が続いて憂鬱な気分になっていて苦悩から抜け出せなかったんです。それでついつい Twitter を吐け口に……」

「そっか、雨ばっかりだもんね、最近」

「はい、正確にいうと、苦悩というか〝自由のめまい〟に襲われていました」

「自由のめまい？」

キルケゴールは聞きなれない言葉を口にした。

「自由のめまい？　どことなく曲のタイトルみたいだね」

するとキルケゴールは静かに口を開く。

「そうですね、自由って〝可能性がある〟ってことでもあるじゃないですか、僕は時々〝可能性がある〟ということに不安を感じるんです」

「可能性に不安を感じる？」

「はい、例えばいまから僕が、お店を出て道路に飛び出したとします。すると、車に轢《ひ》かれて事故に遭っちゃいますよね」

「うん、そうだね」

「それが、僕が言っている可能性に不安を感じるということです」

この人は一体何を言っているのだろう、余りにも極論すぎるキルケゴールの意見に私はあっけにとられてしまった。

キルケゴールが何を言わんとしているのかまったく理解できなかった。

「うーん、たしかにいまいきなり道路に出たら、轢かれるかもしれないけど、わざわざそんなことしないよね？」

「はい、しません。僕が言っているのは〝事故に遭うかもしれない確率が0・01パーセントでもあること〟を不安に感じると言っているのではありません」

「じゃあどういうこと?」

「自分の行動によって、自分の人生が変えられることに対する不安です」

「うーんそれって、素晴らしいことじゃないの?」

「では、アリサさん考えてみてください。アリサさんの人生は、今後どうなっていくと思いますか?」

私はしばらく考えこんだ。

しかし、思い浮かんだ未来予想図には突拍子《とっぴょうし》もない展開はなく、なんとなくこのまま時間が流れていった中で、起こりうるであろう、ごくごく平凡な情景が浮かぶだけであった。

「ええっ、どうかな。まあ大学に進学して就職してしばらく働いて、誰かいい人がいれば結婚して子育てが落ち着いたらまた働いたりして、という感じかなあ。

ごめんなさい、正直あまりちゃんと考えたことがないかも」

「それがアリサさんにとって、自分らしい生き方?」

「うーん、自分らしいかどうかと聞かれるとわかりませんが、だいたいこんな感じかなと思っています」

「じゃあ、アリサさんは何のために生きていますか?」

何のために生きているのか。

先日も話題に出たが、考えたようで考えたことのない問題だ。

もし私が生きていることに目的があるとするならば、幸せになるためである。

しかし、自分にとっての幸せは何か？　と聞かれたら毎日楽しく過ごすこと、後悔しないことくらいしか浮かばない。答えが見えていれば、楽なこともあるのだろうけれども、私には明確な目標とよべるものは何もなかった。

「うーん漠然とだけど、幸せになるためとか？　わからないです、流れに身をまかせていままで生きてきたから……」

「アリサさん、僕たちは〝何かをすることも出来るし、何もしないことも出来る〟んです」

「というと？」

「僕たちはつねに自由なんです。自由だからこそ自分で何かをすることが出来る。そして逆をかえせば、自由だからこそ、何もせずにいることも出来るんです」

「自由だからこそ、何もせずにいる？」

「はい、例えば〝何かを選択する〟というと、何かを選んで行動することだと思いがちですが〝何かを選択する〟というのは、何かを選んで選択するだけではなく、何もしないという行動も選択出来るということです」

「何もしないという選択、ですか」

「そうです。例えば〝仕事を辞められない〟と嘆いている男性がいるとしますよね。彼は、辞められないのではなくて〝辞めない〟という選択をしているだけです」

「どうしてですか？　だって実際に辞められないかもしれないじゃん」

「どうして〝辞められない〟のですか？」

「例えば、上司からのプレッシャーとか、経済的な問題とか……」

「それは〝辞められない〟のではなく、上司からのプレッシャーや経済的な問題を無視してまで〝辞めたくない〟という選択をしているのです」

「いやけれど、現実問題、難しいこともあるじゃない」

「じゃあ彼は〝現実的な問題を最優先する〟という選択をしているのです」

「現実的な問題を最優先するという選択……」

「そうです。人は自分で気づいていないかもしれませんが、つねに選択しながら生きているのです。

そして何かを選択するということは、選択しなかった可能性もしくは、選択肢として思いつかなかった選択の可能性が生まれてきます」

「それはどういうこと？」

「例えば、AとBという選択肢の中で迷っている人がいるとしますよね。その人はAという選択肢を選んだとする。

するとBという選択肢を選んだ先にあった可能性を捨てることになる。

もしくはAとBで悩んでいたが、実はCという選択肢もあったとする。

するとその人は、BとCという選択肢の先にある可能性を捨てたことになるんです」

「いわゆる、〝たられば〟というやつですか」

「そうです。何かを選択するということは〝選択しなかった先の可能性〟を生むことになるのです」

「そうすると、選択しなかった可能性に後悔することもある、ということだよね」

「はい。私たちは自由です。自由に生きているということは、何を選択してもいいという状況下にありますし、また〝何も選択しないという選択〟をとることも出来るのです」

キルケゴールはテーブルの脇に置いてあるメニューを広げ、こう言った。

「つまり、僕がこのメニューの中から、かき氷を選ぶとしますよね。すると、冷やしぜんざいや、わらびもちを食べて美味しいと感じる可能性を捨てることになる。

もちろん全部頼むという選択をとればいいのですが、人生においては、すべての選択肢をとれないことがほとんどではないでしょうか……。世知辛《せちがら》いのですが、それが現実です。グスッ……そう考えると……アアアアア！　選ばなかった可能性が、僕を、僕を殺しにくる！」

キルケゴールは思いつめたような表情を浮かべたと思いきや、突如奇声を発し過呼吸に陥った。

「キルケゴール、落ち着くのだ！　アリサ、キルケゴール君に水を！　大丈夫だ、存在しないものに殺されたりなどしない！　よし、深呼吸しよう。はい、ヒーヒーフー、ヒーヒーフー」

「ニーチェ、その呼吸はラマーズ法だよ。出産の時のやつ！　キルケゴール君、落ち着いて、はいゆっくり吸って、吐いて～大丈夫だよ」

「すいません……うう、不甲斐《ふがい》ないです」

キルケゴールは目に涙を浮かべたまま、ゆっくりと息を整えながらそう答えた。

「大丈夫だよ。けど、キルケゴール君の話を聞いていると、そうなる気持ちもわかるよ。選択ってちょっと怖いというか、重いものに感じてきた」

「そうだな、たしかに冷やしぜんざいも、かき氷も美味そうだもんな。そう言われると迷ってくるな、うーむ」

ニーチェは右手で前髪をくるくるといじりながら、メニュー表を手に取りまじまじと見た。たしかにそう言われると、どれも美味しそうに思えてくる。

「これこそが〝自由のめまい〞なんです。可能性という言葉だけを聞くと、ポジティブなイメージを抱きますが、可能性とは、まだ訪れていない未来。

つまりまだ何もない〝無〞なんです。

僕たちは、人生の中でいろんな選択をすることによって、無である未来を切り開いていかなくてはならない。未来は与えられるものではなく、自分の選択によりつくられていくもの。

自由な私たちはどんな選択も出来る、だからこそ自分の選択で未来を放棄することも出来てしまう。自分の選択には不安がともなう。

そうすると、選択することは少し怖いですよね。そして手が届きそうなものが見えている時ほど、不安は浮かび上がってくるのです」

キルケゴールは少しずつ落ち着きをとりもどしながら、そう答えた。手が届きそうなものが見えている時ほど、不安は浮かび上がってくる、とはどういうことか、私はその言葉が胸にひっかかった。

「いま言った、手が届きそうなものが見えている時とはどんな時なの？」

「そうですね、例えばアリサさんが明日いきなり司法試験を受けるとしましょう。どうなると思いますか？　合格できそうですか？」

「えっ、無理無理、絶対無理でしょ。何の勉強もしてないし」

「合否結果に対して、不安になりますか？」

「いや、はなから無理だってわかっているから不安とかいうレベルの話ではないかな……」

「そう、それです。人は、明らかに無理だとわかっている、手の届かないことに対してではなく、自分に手が届きそうなことに対して、不安を抱くのです」

「手が届きそうなことに対して？」

「そうです、では受験に例えて話しましょう。アリサさんは近い将来、自分の第一志望の大学に合格出来ると思いますか？」

「うーん、わかりませんがさっきよりリアルですね」

「じゃあ実際に入試を受けたとして、合格結果に対して、不安になると思いますか？」

「そうですね。それはなる、かな」

「アリサさんの将来がかかっていますもんね。そしてそれと同時に、自分の中でまだ勝算があるから不安になるんですよ。

もちろんいままで行ってきた努力を無駄にしたくないという気持ちも働いて、より結果にこだわってしまうという心理もあると思いますが、手が届きそうな可能性を感じているから不安というものは生まれるんです。

うまくいく可能性を描いているからこそ、うまくいかない可能性があることに不安を感じているのです。不安というのは、なにもよくないことではなく、可能性があるということの表れでもあります」

「なるほど、うまくいく可能性があるから……」

「はい、例えばテレビでいつも見ている憧れの男性アイドルに〝好きです！〟と手紙を送るとしますよね、相手が気持ちに答えてくれるかどうか、不安になったりしませんよね？」

「そこで、期待してたら、私やばいやつですよ」

「では、好きな先輩に〝好きです！〟と手紙を送る場合はどうでしょう」

「それは、気にしてないふりをしても内心バクバクなんじゃないかな」

「可能性は僕たちに夢を見させるぶん、不安にさせる。そして、不安だらけの人生の中で、自由から逃げ出すことなく誠実でいなければならないんですよ。

不安から逃れたいという目的で、道を選んではいけません。不安と誠実に向き合う。不安に左右されて、自分を騙してはいけません」

キルケゴールはそう言うと運ばれてきたお茶をすすった。

私も、お茶を手にとったが、思いのほか熱くて冷めるまで待つことにした。

窓の外からは、ただ静かな雨音が聞こえていた。

「アリサさん、この先不安に襲われることがあっても、自分を捨てちゃいけないよ」

「なんですか、またその尾崎豊みたいなフレーズ……」

「僕は〝非本来的な絶望〟と呼んでいるんだけど、人は、自分が絶望していると気づかずに、絶望していることがあるんです。

自分が絶望していることを自覚しているなら、まだマシだ。けれども、自分が絶望していると自覚せずに、絶望している人はたくさんいるんだ」

私は、キルケゴールのこの言葉に、一瞬胸が詰まる。

「絶望していると自覚せずに絶望している、ですか？」

「はい。本当は自分を見失っているのに、それに気づかず自分を騙している状態ですね。例えば、ポジティブなこと、明るいこと、楽しいことに目を向けよう！という風潮が世間にはありますよね。

けれども、どんな時もポジティブなこと、明るいこと、楽しいことに目を向けて、自分の気持ちに蓋《ふた》をしていると、気づかないうちに、自分を見失ってしまう」

「というのは、どういうことでしょうか？」

「はい、ポジティブでいることはモチベーションも高く維持できていいことでしょう。けれども、ポジティブでいなければいけない！　という気持ちが、強迫観念《きょうはくかんねん》となってしまうと、それはもうポジティブではなくなる。ただ、自分の気持ちを無視しているだけにすぎないですからね。〝ポジティブでいなければならない〟という強迫観念にかられて、自分の気持ちに蓋をしているだけです。

また、自分は幸せだと信じこもうとすることも一緒。自分自身で、心に何かしらのわだかまりや不満を持っていたとしても、外的な要因を揃えて〝自分は幸せなんだ〟って思いこもうとするとかね。

外的な要因っていうのは、例えば、ブランド品で着飾ったり、人に自慢出来るハイクラスな生活をしたりだね。自分は、こんなブランド品が買えるほどお金があるから、人よりエリートだから、周囲より幸せなはずだって、自分に言い聞かせるようなね。

お金を持てば自由に選択出来る幅が増える。好きなところに住めて、好きなものを買う、ということに選択の幅も増える。

けれども、選択肢の幅が増えれば、自分の人生が満たされるかといえば、イコールではない。人間、なんでも買えるとなれば、いままで欲しかったものが急に色褪《あ》せて見えたり、どこにでも行けるとなれば、行くのが面倒くさくなったりするものだ。

そして、なんでも選択出来る豊かな条件が揃ったとしても、自分自身が本心から欲しているものがなければ、それは幸福とは言い難いだろうね」

「そっか、なんでも手に入るから、幸せ。とは限らないんですね」

「そうだね、いうなれば……『たとえ全世界を征服し、獲得したとしても、自分自身を見失ったならば、なんの意味があるというのだろうか』ってことかな」

「なるほど」

「幸せそうに見える人になる必要はない、ただ誠実に自分の人生と向き合うことが大切なんです。そして、自分が絶望していることを自覚せずに、自分を騙しつづける必要はない。そしてもうひとつ」

「もうひとつ？」

「人生に絶対はありませんから、見通しがたってから挑戦する、確実に大丈夫かどうか？なんて気にしすぎる必要はありません。不安には底がありません。底のない不安は、覗きこめば覗きこむほど、考えれば考えるほど、より大きなものに思えてきます。

しかし、そのように不安を深掘りしすぎることは、底なしなのですから終わりがないのです。ようするに、考えすぎても無駄なのです。

『人生は後ろを向くことでしか理解できないが、前にしか進めない』。不安を目の前に臆病になることはもはや自己満足のようなものです。人生は〝leap of faith〟、京都的にいうなれば〝清水の舞台から飛び降りる〟ことが大切なのです」

キルケゴールはそう言うと、置きっぱなしであったこのお店の名物「琥珀流し」を口に運んだ。

私は、ひそかにキルケゴールの言葉に心を打たれながらも、少し焦りを感じていた。

「不安と誠実に向き合う。不安に左右されて、自分を騙してはいけません」

もしかして、私は不安や寂しさを直視せずに絶望しているのかもしれない、と。自分の気持ちに正直になることは、大切だ。けれども、自分の気持ちに正直になることで、自分のいま置かれている状況がみじめに思えてくることもある。家族に対する諦めも同じようなものかもしれない。

きっと、そうだ。それが、絶望のはじまりなんだ。

私は、自分をみじめに思いたくないあまりに、自分の心に蓋をして自分は決して寂しくないと思いこんでいるだけなんじゃないだろうか。

不安は深淵《しんえん》だ。覗きこめば覗きこむほど、その影に引きこまれてしまう。

しかし、その怖さに怖気《おじけ》づくだけではきっとだめで、不安に見切りをつけて、行動を起こすことが大切なこともある。

〝leap of faith〟〝清水の舞台から飛び降りる〟。いまの私には、覚悟を決めて、行動に移すことが何より欠けているということなのだろうか。

窓の外では、来た時よりもより強く、雨が降りしきっていた。雨が降っているから外に出ないでいいや、と自分を納得させることは簡単だけれども、そうしているうちにも時間は過ぎて行くのだ。

いまはまだ降り止みそうにない雨も、いつかは上がってしまうように終わりというのはいつか訪れてしまうのだ。終わりが来るまでの間、自分を納得させる言い訳を探してばかりの人生が自分の一生にならないように、いま自分に出来ることをしなければならないのだ。

心に焦りを感じながらも、私は自分の人生に対しての愛《いと》おしさも、初めて感じていた。

「ところでアリサさん……」

「まだ、何かあるの？」

「いや、これ……すっごく美味しいよ！　こんなお店があるなんてしらなかった。透き通るような甘さに、このシロップの神秘的なエメラルド！　ああ、この美しさを何に残しておけばいいのだろう、カメラではこのニュアンスをとらえることが出来ない！」

そう言うとキルケゴールはポケットからスマホを取り出し「インスタに載せよ」と呟き撮影を始めた。

「いや〜本当に最高だよ、このお店！　僕の人生の中で殿堂《でんどう》入りしたね！　いや〜またすぐに来たいな〜」

「そ、そう？」

さっきまでとは、うって変わりキルケゴールは機嫌がよくなったようだ。私も淡いエメラルド色の琥珀流しをスプーンですくい、口へ運んだ。

何かを選ぶということは、選ばなかった可能性を生む。そして私たちは何かに行きづまった時に、選ばなかった可能性に苦しめられるかもしれない。

それは、自分の弱さからくるものだろうか？

それとも、自由が持つ怖さなのだろうか？

どちらにせよ、そんな可能性には底がない。底を見つめず、前を見つめて進むしかないのだ。私はそんなことを考えながら、琥珀流しを頬張った。

清涼なペパーミントの香りと味が口の中に広がる。今日、ここに来るということを選んでよかったなという思いと一緒に爽やかな甘みを噛み締めた。行動は時に、予期せぬ喜びを生むものだ。

健康的な乞食の方が病める王よりもより幸福であろう

夕陽は、鴨川をするどく照らしつけ、川面《かわも》はまるで鏡のように眩しさを乱反射させていた。

私とニーチェは出町柳《でまちやなぎ》にある和菓子屋「ふたば」に豆餅を買いに行った帰りであった。私とニーチェは頻繁に会うようになり、だいぶ仲が深まっていった。仲が深まったといっても、男女の仲ではない。

たとえるならば、小学生の時に男女を気にせず、鬼ごっこをして遊んでいた頃のような関係だ。

中学校にあがる頃から、男子は女子を、女子は男子を意識するようになり、互いにのびのびとした友情を築くことが難しくなっていくように感じることもあったが、私はニーチェと過ごす時間の中に、どこか懐かしさを感じていた。

ニーチェは私の家に、暇な時や気が向いた時に遊びに来るようになっていた。気をつかうこともなく自分が気になったことをお互いに話し、そして今日も、朝のテレビ番組で放送していたスイーツ特集を見て「これ買いに行こうよ！」とニーチェを誘ったのだ。

私とニーチェは賀茂川《かもがわ》が高野川《たかのがわ》と合流し鴨川へと変わる合流地点でもある、出町柳駅で待ち合わせをした。

出町柳駅は、大阪と京都を繋ぐ京阪《けいはん》本線の始発駅であり、京都の北の方へと延びる、叡山《えいざん》本線の始発点でもあるので、昼夜問わず大勢の人が行き来していた。

私たちは出町柳駅から、歩いて五分ほどのところにお店をかまえるふたばへと向かった。

ふたばの豆餅は、見た目は普通の豆大福であるが、塩味がほんのりきいた、のびのいい餅にあっさりとしたあんが包まれている。

平日でも賑わいをみせるふたばに三十分ほど並び、豆餅を無事購入した後、再び出町柳駅に戻った。

さあ、いまから家で豆餅を食べようと駅前でバスを待っていると、見知らぬ男がいきなり声を掛けてきた。

「あれっ、もしかしてニーチェか？　久しぶりじゃないか〜！」

振り返ると、そこには中世のヨーロッパ貴族を彷彿とさせる高貴な服装の男が一人立っていた。歳は四十代後半といったところだろうか。白髪に、少し伸びたあごひげ、シルクの白いシャツにワインレッドのベストを着て、首元にはおおぶりな真っ白なスカーフを巻いている。

結婚式帰りか？　いやそれとも執事喫茶の店員か？　とにかく異様なファッションだ。男は私の方にも目を向けにこっと会釈した。

しかしニーチェは、男を一目見たきり、無視しているのか黙りこんでいた。

「久しぶりに会ったのに、その態度はないだろう」

男は、眉をひそめ、ふてぶてしい態度をとるニーチェの背中を叩いた。

「相変わらずだな、ワーグナー。というかどうしてお前がここにいるのだ」

ニーチェはため息まじりに口を開くと、男をギッと睨んだ。

「私の楽曲に心酔する音大生の願いがあって、現世に降臨《こうりん》しているのだ。またこんなところでお前に会うとは、腐れ縁といったところか。ところで、何をしているのだ？　下鴨神社《しもがもじんじゃ》へでも参拝か？」

男はニヤニヤ笑いながらニーチェに問いかけた。

ワーグナー？　どっかで聞いたことがあるぞ。

ああそうか、ニーチェが前に話していた、昔仲がよかった友達か！　たしか同じ哲学者のファンで、音楽仲間みたいなことを言っていたような。


「あいにく参拝ではない。お前こそこんなところで何をしている？」

ニーチェはふてぶてしい口調で答えた。

「ああ、私はあれだ。近くの教会でな、結婚式の伴奏《ばんそう》をしていたのだ。そしていまから、〝悲観主義《ペシミズム》の彼〟の店に行こうとしていたのだ」

「〝悲観主義の彼〟か……。ずいぶんと懐かしいな」

「どうだ、お前も久しぶりに会いに来ないか。それともいまは取りこみ中かな」

ワーグナーはニタニタ笑っていた。なんだこいつ。ちょっと感じが悪いのは私にも伝わった。

「そうだな、たまにはいいだろう……では向かうとするか。アリサも来てくれ」

ニーチェはこちらに振り向きもせずに、そう言った。

「ええ！　私はいいよ、二人で行ってきなよ」

「いや、お前も一度は彼と話すべきだと考えてはいたのだ。ちょうどいい機会だ」

「そうなの？　……じゃあ少しだけお邪魔しようかな」

「ではこっちだ」

ニーチェとワーグナーは鴨川とは逆方向の京都大学がある方へと歩き出した。

二人は特に言葉を交わさず、目的地に向かい、競歩中かのようにハイペースで歩きつづけた。


駅から京都大学を越え、さらに十分ほど経った頃だろうか「ここからは足元に気をつけろ！」というニーチェの警告が飛んだと思いきや、二人は山道に続く大きな鳥居をくぐり、山の方へとずんずん入っていった。

「えっ、どこに行くの？　こっち山だよ？」という私の問いかけも一切無視し、二人はそのまま山道を、相変わらず競い合うように早足でのぼって行く。気合を入れて急ぎ足でのぼらなければ、二人を見失ってしまいそうな猛スピードだ。

私は二人を視界から消さないように、息を切らし、傾斜のきつい山道を必死で駆け上がった。


山道をのぼりきると、二人はもうすでに到着していたようで、私の姿を確認するやいなや、少し先に見える、山小屋を指さした。

「アリサ、あそこだ。あそこまで行くぞ」

「えっ、あの鬼太郎の妖怪ハウスみたいなとこ？」

ニーチェが指さした先には、古びた山小屋があった。

分厚く立派な藁《わら》の屋根に、古びた造りの大きな山小屋。水木しげる先生の描く〝妖怪ハウス〟と、古い寺院の境内《けいだい》が合わさったような、重々しく怪しい雰囲気をかもしだしている。

「えっ、あそこに行くって、やまんばとか棲《す》んでそうだよ。包丁を研いだやまんばに襲われそうだよ、絶対やばいって」

「アリサ、何を寝ぼけたことを言っている。何度か行っているから平気だ。その発想は『日本昔ばなし』の見すぎだ。では行くぞ」

そう言うと二人は山小屋へと入っていった。


ニーチェの言葉を信じ、おそるおそる古びた引き戸を開けると、中は意外にも近代的な空間が広がっていた。

シンプルなベージュのテーブルと、白い革ばりのソファがいくつも置かれ、高い天井にはシーリングファンがくるくると回っていた。

お店の奥にあるカウンターには、大きなラッパのような、金色のホーンがついた蓄音機が置かれており、クラシック音楽が流れている。

「わあ、すごい……」

そこはいままで見たことのない、美しく格式ある空間であった。

外観だけ見ると、恐ろしいやまんばの棲家《すみか》であったが、一歩中に入ると、まるで別世界だ。

伸びやかなバイオリンの音が響く店内には、香ばしいコーヒーの香りがそこはかとなく漂っていた。

「久しぶりに来ても変わらんな、ここは」

ニーチェとワーグナーは店の奥のソファ席に座った。

私もとりあえずニーチェの隣へと腰掛ける。

店内には私たちの他に客はおらず、広々とした空間に神々《こうごう》しいクラシックが響き渡っていた。

「なんか、すごいねここ。好きかも」

クラシックを聴くなんて普段はなかなかない。たまに行く歯医者さんでクラシックＣＤがかかっているくらいで、自分から好んで聴くことはまずない。

普段聴きなれない音楽が流れているだけで、まるで異国へ来たような解放感がある。

しばらく音楽に浸っていると、店のカウンターの奥から一人の男が水を運んでやって来た。五十代半ばくらいだろうか。白髪の髪は薄く、鋭い眼光の気難しそうな男が一人、こちらへやって来る。客商売だというのに、一切の笑顔がなくいかにも頑固親父といった雰囲気だ。

男はぎらりとした目つきでこちらを睨むと、テーブルにダンッ！　と水を置き、呟いた。

「誰かと思えばお前たちか……」

その男の重圧ある声、堅苦しい表情に、思わず背筋を正す。

「これはこれは、お久しぶりです」

ワーグナーは立ち上がり、店のマスターと思《おぼ》しき男にお辞儀をした。

ニーチェは座ったまま軽く会釈をする。

「何にする？」

男は堅苦しい表情でニーチェに尋ねた。

「では私はココアをいただこう。いや、抹茶にしようか」

「結局どっちだ、抹茶か？　ココアか？」

「どちらもあるならば、両方いただこう」

「そうですね、では私はサイフォン式のコーヒーを」

ワーグナーはにこやかな笑みを浮かべ答える。

男は二人の注文をメモすると、こちらをギロリと睨んだ。

「ご注文は？」

「えっ、あっ何がありますか？」

「なんでも」

「そうですね、ではオレンジジュース……とか？」

そう答えると男は再びメモをとり、スタスタとカウンターの中へと戻っていった。

男の姿が見えなくなるのを確認し、私はヒソヒソ声でニーチェに話しかけた。

「ちょっと、ニーチェあの人誰？　めっちゃ怖いんですけど……」

「大丈夫だ、彼はいつもああなのだ」

「そうだ、君。心配することはない、あの方はいつもああだからな。

ところで、君の名前を聞いていなかったな。私はワーグナーだ。君は？」

「私は、児嶋アリサです」

するとワーグナーは、目を丸くして、驚いたような顔をみせてから、突然笑いだした。

「ほう、君はコージマというのか、それは驚いたな。ハハハハ！」

ワーグナーはニーチェの方をチラッと見た。

しかしニーチェはワーグナーを無視しながら、スマホをいじっている。

「あの、ワーグナーさん、初めてニーチェに会った時も〝コージマというのか？〟と聞かれたのですが、なんなんですか、コージマって。まあ私は、児嶋ですけど」

するとワーグナーは「私とニーチェの共通の知人にいるんだよ、コージマという素敵な女性がな、ニーチェはコージマに好意をよせていたのだ、まあ、ニーチェの想いは、叶わなかったがな」と笑ってみせた。

ニーチェは血相を変え、

「うっうるさい！　お前が何を知っている！」

とワーグナーを怒鳴り散らした。

そうなのか。ニーチェが驚いたのも、知人と同じ名前だったからなのか。

コージマという人がどんな人かはわからないが、ワーグナーとニーチェは深い付き合いであるようだ。

「で、ワーグナーさん。話を戻しますけど、あの人は一体誰なんですか？　めっちゃ怖いんですけど」

「ああ、彼はこの店のオーナーだ。名はショーペンハウアーという。彼も私とニーチェの共通の知り合いだ。まあ厳密に言えば、知り合いではなく、私とニーチェが彼のファンでな」

するとニーチェが再び、ギロリとワーグナーの方を睨む。

「ワーグナー！　私はもう彼のファンではない」

「まあ、そんな怖い顔をするな。お前がもう彼のファンでなくても、彼の考え方には一理ある。どうだ、今日はコージマもいることだから、久しぶりに彼の話を聞こうではないか」

「えー！　いいよ、やめとこう。あの人めっちゃ怖いし」

「大丈夫だ、コージマ！　どうだ、いいだろう、ニーチェ？」

「……好きにしろ」

ニーチェはワーグナーに目もくれず、無愛想にそう答えた。

ワーグナーは、マスターがココアと抹茶、そしてコーヒーとオレンジジュースを運んで来るやいなやマスターに愛想よく話しかけた。

「ショーペンハウアーさん、この子が話を聞きたいようです。どうですか、他のお客さんが来るまでの間でいいので……」

私は心の中で「頼む、頼む、断れ、断ってくれ！」と念じてみたが、願いは届かず、マスターはぶっきらぼうな態度をくずさず、ワーグナーの隣に座った。

私はもうしょうがないと腹をくくり、マスターに話しかけることにした。

「マ、マ、マスターはじめまして」

「マスターという名ではない。ショーペンハウアーだ」

「あっ、ごめんなさい……ショーペンハウアーさんはじめまして」

「どうも」

「ここ、素敵なお店ですね。音楽も素敵です。

この音楽はなんですか？　バッハか何かですか？」

するとと男は、ギロリと殺意に満ちた目でこちらを睨みつけた。

「す、すいません！」

「これは、ロッシーニだ」

「えっ？」

「これは、バッハではない！　ロッシーニだ！　貴様……そんなことも知らずにここへ来たのか！」

「ご、ごめんなさい（ロッシーニってなんだ!?　レストランででてくる長いクラッカーみたいなやつ!?）」

「まあまあ、ショーペンハウアーさん。この子は私たちのように音楽への造詣《ぞうけい》がないので許してあげてください。

コージマ、ロッシーニとはイタリアの作曲家だ。ショーペンハウアーさんはロッシーニの音楽を愛している。だからこうしてクラシック喫茶を営まれているのだ」

「そうでしたか……。すいません勉強不足で」


「音楽は、この世に溢れる苦悩から気を紛らわすことの出来る鎮静剤《ちんせいざい》だ。

永久に苦悩から逃れられるわけではないが、音楽を聴いている間は、心が静まるのだ」

「そ、そうなのですね」

「コージマといったか？　貴様」

「はい」

「私は、女が苦手だ。女だからといって優しい声をかけるつもりはないからな、肝に銘じておけ」

「わかりました……」

私は重圧を避けるように、テーブルに置かれたオレンジジュースを手に取り、口にする。

「私は世の中に溢れる苦悩、と言ったが正しくは世の中は苦悩で溢れている。

生きるということは苦悩だらけだ。

なぜだかわかるか？」

「いや、どうしてでしょう、わかんないです」

「それはな『人生は苦悩と退屈の間を行ったり来たりする振り子のようなもの』だからだ」

「振り子のようなもの？」

「そうだ、人生は〝苦悩〟と〝退屈〟の間を、行ったり来たりの繰り返しだ」

「苦悩と退屈ですか。それはどうしてですか？」

「どうしてかというと、それは人間には〝欲望〟があるからだ」

「欲望、ですか」

「そうだ。欲望は、苦悩と結びついている。いわば欲望と苦悩は二つでワンセットなのだ」

「欲望と苦悩はワンセットというのは、どういうことでしょう？」

「欲望と苦悩は切っても切り離せない関係にある。

欲望が生まれると苦悩にさいなまれる。そして欲望が満たされると、退屈という苦悩にさいなまれる」

「それは、つまりどういうことでしょうか？」

「そうだな、おいニーチェ。お前は何かいま欲しいものはあるか？」

「欲しいものか、そうだな、いまはスーパーレアの武器だな」

「強い武器？　お前は戦場にでも赴《おもむ》くのか？」

「いや、ゲームの話だ。スーパーレアの武器があると、よりさくさくゲームを進めることが出来るからな」

ニーチェはゲーム画面が映し出されたスマホを、ショーペンハウアーに見せつける。

「なるほど。ではその強い武器を例に出して説明しよう。

人間には欲望がある。例えば〝いまより強い武器が欲しい！〟といった欲望が生まれるとしよう。欲望が生まれると、同時に苦悩も生まれる。どういうことかわかるか？

欲望が生まれる、ということは〝欲しいものをいま自分は持っていない〟という苦悩を生むことでもあるのだ。

つまり、切っても切り離せない欲望と苦悩の関係がある。ここまではわかるか？」

「はい、何となくはわかります。何かを欲しい！　と思うことは、欲しいものを持っていない自分を意識することにもなるということですよね」

「そうだ。そして、ガチャを回してスーパーレアの強い武器を手に入れたとしよう。

では、強いアイテムが入手出来ると、永久に満たされると思うか？」

「うーんそうですね、手に入った時は嬉しいかもしれませんが、より強い武器が欲しくなったりするかもしれませんね」

「そうだ、コージマ。貴様はなかなか勘がいいな。

強い武器が手に入って、欲望が満たされたとしても、それは永久ではないのだ。またしばらくすると、他のものが欲しくなる。いま持っているものでは物足りないという、飽きが必ずやってくる。

つまり〝退屈〟に襲われるのだ。退屈に襲われるとどうなるか？　また新しい〝欲望〟が湧いてくるのだ。新しい欲望が湧いてくる、ということはまた再び〝苦悩〟がやってくるということだ」

「なるほど、ずっとループする、ということですか」

「そうだ。欲望が湧く（苦悩も湧く）→欲望が満たされる→飽きて退屈になってくる→また新しい欲望が湧く（苦悩も湧く）というループに陥るのだ。

つまり人間は、退屈をしのぐために欲望を持ち、欲望が満たされるとまた退屈になるという、いたちごっこから逃れられないのだ」

「うー、人間は飽き性なんですね」

「私が『人生は苦悩と退屈の間を行ったり来たりする振り子のようなもの』といった意味はだいたい理解できたか？」

「はい、つまりこういうことですか？　何かひとつ目標を達成したり、欲しいものを手に入れたりしても、結局はそれだけでは満足できなくて、またしばらくすると別のものが欲しくなる、みたいな感じですかね」

「そうだ。『富は海水に似ている。飲めば飲むほど喉が渇くのだ』

欲望を追い求めて、満たされるということはない。

欲を出せば出すほどに、どんどん心が枯渇《こかつ》していくのだ。まるで、海水を飲んでも、喉の渇きが満たされることなく、どんどん喉が渇いていくようにな」

「そうですね、海水……とかコーラもそんな感じですよね」

「まさに海水と同じで、甘ったるいジュース類も飲めば飲むほど喉が渇く。人は欲深き生き物だ。権力を求め、名声を求め、富を求める。では、富や名声が手に入ったら幸せか？　と言われればそうではない。

人間には〝客観的な半分〟と〝主観的な半分〟の二面があるからな」

「客観的な半分と、主観的な半分ですか？」

「そうだ。どういうことかというと、ミュージカルや舞台上の役者を想像してみてくれ。

舞台上で役者にはそれぞれ、役がある。

一人は皇女《こうじょ》、一人は大富豪、一人はオスカルのような男装の麗人……という役があったとしよう。この役割が〝客観的な半分〟だ。

つまりどういった地位にいるかとか、どれくらいの富を持っているかとか、その人がどういう容姿でどういった役職についているかなど、外から見た自分像〝客観的な半分〟なのだ。

この客観的な半分はくせものだ。客観的な半分は、人に間接的な影響しか与えない。しかし、人はそれを追い求めてしまう。だからくせものなのだ」

ショーペンハウアーはそこまで話すと「私も喉が渇いたな」「少し待ってくれ」と言ってカウンターの奥へ戻ってしまった。

ショーペンハウアーの話ははっきりいって小難しい。正直、話についていくのが厳しい。ニーチェの話は、まだなんとなくついていけるけれども、ショーペンハウアーの話は、頭をフル回転させて集中しないと、あまりのスピードの速さに置いていかれそうになる。それだけ頭のきれる人なんだろう。

いま話していた客観的な半分……という話もいまひとつ理解できていない。私はショーペンハウアーに聞かれないよう、コソコソ声でニーチェに、ショーペンハウアーが話していることの意味を聞いてみることにした。

「ねえニーチェ」

「どうした？」

「いまショーペンハウアーが話していた、客観的な半分って、つまり何？　どういうこと？」

「ああ、その話か……」

「わかりやすく教えて欲しい」

するとニーチェはいつものように前髪をくるくると指に絡め、しばらく考えたのちにゆっくり口を開いた。

「まあつまり、その人の職業や地位が、その人のすべてではないということだ」

「ん？　どういうこと？」

「つまりだな、まあ、ＩＴ会社を経営するイケメン若手実業家のＡ社長がいるとするだろ？」

「うん」

「その人は、外から見たら、つまり〝客観的な半分〟で見ると、〇〇会社のＡ社長とされる」

「ほうほう」

「Ａさんは、若くて、イケメンで成功者であるという側面、つまりＡ社長であるという〝客観的な半分〟と、自分自身であるという〝主観的な半分〟を持っている。

これはＡ社長に限らず、誰もが持つ二面性だ」

「うーんつまり〝客観的な半分〟って世間での役割とか、地位とか名刺になるようなもの？」

「まあ、そうだ。他人から見た、客観的な自分だ。○○会社のAさん、A社長夫人のBさんみたいな、まあいわば肩書きみたいなもんだな。

ショーペンハウアーはこの〝客観的な半分〟と〝主観的な半分〟と苦悩や快楽の関係について話したいのだろう……。まあ頑張って会話についていくのだ。これもお前の成長のためだ。おっ、噂をすれば戻ってきたぞ」

カウンターの奥から片手にアイスコーヒーを持ってやって来たショーペンハウアーは再び席につく。

「待たせたな、それで客観的な半分の話をしたが、ここまでは理解したか？」

「あ、はい。あれですよね。客観的な半分というのは、他の人から見た自分像。みたいなものですよね（これで大丈夫だよね）」

「そうだ、貴様わりと理解がいいな、ん？　どうしたワーグナー、何がそんなに可笑《おか》しい？」

ショーペンハウアーはワーグナーの方を見た。

ワーグナーはショーペンハウアーの隣で腕を組み、右手で口元を隠しながらクスクスと笑っていた。

私はワーグナーに「余計なことを言うなよ……！」と瞬速でまばたきをしながら強めにア

イコンタクトを送る。

　ニーチェは我関せずといった具合にポーカーフェイスでココアと抹茶を交互にすすりながら、抹茶についてきたお茶菓子を頬張る。

「い、いやなんでもないです。ププッ……続けてください」

「そうか、何が可笑しいかはわからんが、続けよう」

「そうですね、お願いします！（とりあえずアイコンタクトは通じたようだ）」


「まあ、さっきの続きだが、客観的な半分は他人から見た自分だということはわかったな？ではもうひとつの主観的な半分に話をうつそう」

「主観的な半分、ですか」

「そうだ、私はさきほど、ミュージカルの舞台での役割を客観的な半分と言っただろう。主観的な半分は、それを演じる人間だ。つまり中の人である」

「中の人？」

「そうだ。これは人生をミュージカルに置き換えた例題として聞いてくれ。つまり、人間は、ミュージカルのように社会においてさまざまな役割を演じているのだ。ある人は、社長。ある人はエリート社員。ある人は誰もが羨むスターだったとしよう」

「はい、イメージしてみます」

「外から見ると、どれも華やかだよな。

社長も、エリート社員も、スターも誰もが、富や名声を持っている。

しかし、それが幸せかどうかは外からは決められない。中の人が決めることなのだ」

「つまり、どういうことですか？」

「つまり、金があるとか、名声があるとか、外からどう見られているか、というのは直接的な幸せではなく、間接的なものでしかない、というわけだ。

金や名誉が直接人を幸せにするのではない。金や名誉を手に入れて〝嬉しい〟と思うことによって初めて、幸せな気分に浸れる、というわけだ。

これがどういうことかわかるか？　つまりは、幸せや快楽を感じるのは、主観的な半分。ようするに自分の感性が決めることであって、客観的な半分である職業とか金とか……外的な要因は、直接は作用しないのだ」

「自分の感性、ですか」

「そうだ。人間は幸せを外的なものに求めすぎているということに気づかなければならないのだ。どういうことかわかるか？

例えば、美味いと評判のウルフギャングのステーキを、恋人とデートで食べに行ったとしよう。

幸せな気分に浸りながら、二人で楽しく食べるウルフギャングのステーキと、恋人がずっと不機嫌で別れ話を切り出されながら食べるステーキと、どっちが美味く感じるだろうか？」

「ああ、別れ話をされながら食べる食事は嫌でしょうね。せっかくの美味しいものも美味しいと感じれらないというか、気が重くてそれどころじゃないというか……気が気じゃなさそう」

「なぜ違いが生まれるかわかるか？」

「えっと、自分の気持ちが沈んでいるからでしょうか？」

「そうだ、それこそが私がさきほど話した、感性というものに近い。つまり、いま話した美味いステーキというのは、外的な要因にしかすぎないのだ。

嫌な気持ちで食べても、美味いステーキはある程度は、美味いかもしれない。

しかし、そこで至高の幸せや快感を感じることはないだろう。なぜなら、そのような外的な要因は、幸せを感じる上で間接的なものにすぎないからだ。

美味いステーキはそれとして価値があるかもしれないが、それを食べて、幸せかどうかを最終的にジャッジするのは自分自身だからだ。

そしてこれこそが私が重要としている〝主観的な半分〟だ」

「結局は、どれだけ贅沢をしたり、美味しいものを食べても、気に病んでいたら幸せを感じられない、ということですか？」

「そうだな。たまにいるだろう？　周りからは誰もが憧れるようなスターや成功者が、気を病んでしまい、最終的に命を絶ってしまうことが。

他者から見ると〝すごく成功しているのにどうして？〟と首を傾《かし》げてしまうような事例だが、それは〝客観的な半分〟から見ると、幸せに見えていただけなのだ。本人にしかわかりえない〝主観的な半分〟からすると、幸せでもなんでもなく苦悩に苛《さいな》まれていたのだろう。

つまり、人間は富や名声を限りなく求めるが、そこを突き詰めたところで幸せを感じられるかといえばそうではない。所詮《しょせん》、間接的なものでしかないのだ。

自分の持ち物がどうだとか、他人から見て自分はどう映るかということよりも、健康な精神を自分の内側に持つことの方が幸せに直結出来るのだ」

「そっか、自分の内側を健全に保つ……ということが大切なんですね」

「私は何も感情的な話をしているのではなく、あくまで論理的な視点で話をしている。

客観的な半分、つまり富や名声を追い求め、他人の価値観に従って生きるよりも、主観的な半分、つまり自分自身の内側にある感性を磨く方が、効率的に幸せを感じることが出来る、というまでのことだ。『健康的な乞食の方が病める王よりもより幸福であろう』*」

「なるほどですね。あの、ひとつ気になったのですが、その考え方でいくと、成功とか名声とかは追い求めるなってことでしょうか？」

「それは、誤解のないように言っておくが、生活のために必要なものをないがしろにしてよい、ということではない。

私が言いたいのは、富や名誉の大きさと幸せが比例するわけではないということだ。巨万の富を得たとしても、それを維持するにはさまざまな配慮《はいりょ》がいる。さまざまな配慮がいる、ということはそれだけ気苦労が多いということだ。

つまり巨万の富を持つということは、気苦労が増えることでもある。

そして、もうひとつ。これは金持ちのぼんぼんに見られるケースだが、精神性が伴っていないと、巨万の富を持っていたとしても、その場しのぎの快楽にのみ消費されてしまうのだ……。

これはイメージがつくか？」

「うーん、そうですね、お金がたくさんあっても寂しかったり満たされていなければ、寂しさを埋めるように買い物とか飲み代に浪費しちゃうような人ってことでしょうか？」

＊不適切と思われる用語も含まれていますが、
創作背景や著者の表現を明確に伝えるためそのまま掲載しています。

「まあそうだな、例えば親が亡くなり莫大な遺産を相続したぼんぼんがいたとしよう。宝くじが当たったとかでもいいぞ。精神性が伴っていないと、たとえ大金が舞いこんできたとしてもすぐに使い切ってしまうだろう……そして、それには理由がある」

「理由があるんですか？　どうしてですか？」

「精神の乏しさと、むなしさから起こる退屈によってだ。むなしさを埋めるために、短絡的な快楽を追い求めるのだ。酒の席や、虚栄心を埋める買い物に、泡のごとく消えていくといった感じにな……」

「お金を上手に使うには、精神性が必要となってくる、ということですか」

「人間はわかりやすい外的なもの、つまり金や名声、贅沢品などを追い求めがちだが、精神性が伴っていないと結局それらによって身を滅ぼすこともある」

「身を滅ぼす、ですか。なんか壮大な話になってきましたね」

「『精神の乏しさは、外面的な貧しさを引き寄せる』。心に抱えているむなしさを、外面的なもので埋めようとしても、それは無理な話だ。

例えば、むなしい気持ちを飲み歩くことで発散させていると、金銭的な負担もかさんでくるようにな。

精神が乏しい人間が、満たされない気持ちを買い物で埋めていると最終的にカードがパンクしたり、ストレスを暴飲暴食で紛らわせていると、体がボロボロになったりするのもそうだ。薬物なんかもな。

内面的なむなしさを、外面的なもので発散させようと依存してしまうと、結局はすべてが貧しくボロボロになってしまう。

結局のところ、自分の内側を健全に保つほかに幸せはあり得ないのだ」

「そっか、外にばっかり幸せを追い求めていても、根本的《こんぽんてき》な満足は得られないってことなんですね」

「他人の目に自分がどのように映っているか、他人の意見に高い価値を置いてしまうということは、人間が持つ狂気の一種だ。

私たちが普段感じる心配事や苦労のだいたい半分は、他人に対する配慮だったり、他人の意見を気にしすぎることから生じているのだ。

虚栄心・名誉欲《めいよよく》・自尊心などに囚《とら》われるということは、他人の目を気にしすぎているということの表れでもある。

自分が高い価値を持っているということを、他人の目を通して間接的に、自分にわからせるためであって、自分の中の意見ではない。

これはおかしいと思わないか？

自分の中では、自分に対して自信や確証《かくしょう》が持てていない状態にもかかわらず、他人に褒めてもらうことで、〝自分はすごいんだ〟と思いこもうとする状態だ。〝自分はすごいんだ〟ということを、まず他人に基礎づけてもらおうとする行為なのだ。

なので虚栄心に満ちた人は自分を必死で飾り立てようとする。

『虚栄はおしゃべりを、自負《じふ》は口数の少ない者を生む』

自負とは、自分に対し自信や誇りを持っている状態だ。確固たる自信を持つ者は、他人の目や意見に左右されることのない余裕を持っている。しかし、自負を持たず、心に余裕のないものは、他人からの評価を得るために自分を飾りたてるのだ。

その結果、余裕のなさは、自分がいかにすごいかを強調するような、おしゃべりを生み、余裕は口数の少ない者を生むのだ」

「なるほどですね。けれどひとつ気になったのですが、他人からの評価が一切ない状態で、自分に自信があるってかなりのナルシストじゃないですか？

周りの人はすごいと思っていなくても、自分はすごい！　って自信満々に言える状態ってことですよね？　それはかなり難しいというか、そんな風に思える人ってかなりのナルシストだと思うのですが……」

「その発想がすでに、他人の目に自分がどう映るかを意識しすぎている発想だな。

まあ、たしかに勘違いである場合もあるかもしれないが、そんなことどうでもいいではないか。絶対的な判断基準など存在しないのだから。

仮に、自信を持っている人間に対して〝あいつ勘違いナルシストだよな〟と非難する人間がいたとしても、それによって自分の自信が左右されるようでは話にならない。非難する人間は、何も持っていないから非難するのだろう。くらいに思っておけばいい。

自信を持っている人間は、他人の評価に依存することはない。他人からの評価に左右されることなく、自信と誇りを持っているので、些細《ささい》なことで倒れない。

他人に認められることで、自分に自信をつけていくという考え方が、溢れているが、冷静に考えてみるとおかしくないだろうか。

他人からの評価に一喜一憂《いっきいちゆう》して振り回されるのではなく、まず自分の中に確固たる自信を持つことが第一条件だと私は考える。これは先ほど話した、客観的な半分と主体的な半分とも通じるのだ。外的なことばかりを追い求め、肝心の中身がスカスカでは意味がない。

まずは基盤《きばん》となる中身をしっかり固め、外的なものをつける方が賢明ではないかと私は考えるのだ」

「ようするに、他人の評価や目ばかりに振り回されているようでは、幸せにはなりえないということですかね」

「まあ、そうだな」

私たちの会話に、ニーチェは、「うんうん」と深く頷くと、

「まあ、自分で出来に自信のないアプリをリリースして評価を得ようとするのではなく、絶対的な自信を持てるアプリをリリースしろということにも言いかえられるな」

と自分に言い聞かせるような独り言を呟いた。


ショーペンハウアーの鋭い目つき、厳しい口調はこういった思想からきているのかもしれない、と私は思った。

他人ではなく自分自身がいかにあるかが大切だと語る姿勢は、まるで武士のようだ。

ストイックで自分に厳しい考え方を持つショーペンハウアーだからこそ、こんな厳しい顔つきになっているのかな、と思いながら、コーヒーを飲むショーペンハウアーの凝り固まった眉間《みけん》を見ていた。


ニーチェは欲望を押し殺さず、積極的に生きて行くべきだと言った。

キルケゴールは、自分にとっての真実が大切だと言った。

ショーペンハウアーは、人生は苦痛で、感性こそが大切だと言った。

三人共、生きることに対して向き合い考え抜いた結果、自分なりの思想を持っていた。

私にとって生きるとはどういうことなのか、私にもいつか自分なりの、誰かに断言出来るような確立した思想を持てるのだろうか。

窓の外に目をやると、ぽつぽつと雨が降っているようだった。

窓の外におおい茂る木々は風に吹かれ、涼しそうにさわさわとざわめきながら葉を揺らしていた。

店内に流れる優雅なバイオリンの音色と木々の小さなざわめきは、ゆっくりと溶け合い、私の心に心地よい落ち着きをもたらしてくれていた。

「いっさいの生は……苦しみなのだ」

ショーペンハウアーは哀しそうな声でそう言った。

「自然を見ていると、心が癒される。

特に月を見ていると私は崇高《すうこう》な気持ちになれる。月を見て、自分のものにしようなんて思わないからだ。

ただ、自分とは無関係に存在する、月の美しさを喜べるからだ」

「それ、わかる気がします。月や空を眺めていると、ただただその美しさに圧倒されるというか、引きこまれて見いっちゃうの、よくわかります」

「そうか。月を自分のものに出来るとも、自分のものにしたいとも、そういった欲望が刺激されない時間はとても崇高だ。

私はいっさいの生は苦しみ、と言ったが、それは結局のところ、生きることは蹴落とし合いから逃げられないからだ。自分にとってより良く生きていきたいという、万物に備わった意志は蹴落とし合いを生む。

そして欲望は尽きることなく、苦しみと退屈は繰り返される。私たちがそのような苦悩に耐え、生き抜こうとも最終的には死が勝つ。死は必ずやってくるのだ」

力強くも、哀しそうな声で話すショーペンハウアーのひと言ひと言は、私の胸の奥に響いて落ちて行く。

ショーペンハウアーの描く世界はニーチェとは少し違う色をしていることは、私にもうっすらとわかったような気がした。

ニーチェが描く世界が、燃えたぎるような赤色。

そしてショーペンハウアーの描く世界は、深海のような群青色だ。

寂しく、出口のない、静かで孤独な世界だ。

彼の語る言葉の何が、そのような哀しく孤独な世界を連想させているのかははっきりとはわからないが、冷たい夜の海にぽつんとひとりでいるような印象を、私は受けた。

生きるということは、素晴らしいことなのだろうか？

それとも、ショーペンハウアーが言うように苦しいことなのだろうか？

私にとってそれは、どちらもリアルではなかった。素晴らしいと、意気揚々《いきようよう》と毎日を過ごしているわけでもない。かといって毎日辛い、辛いと思い悩みながら過ごしているわけではない。ただただ流れるような時間の中で毎日を過ごしているだけだ。

生きることが持つ意味はあるのか、ないのか。さまざまな考えが頭をよぎったが、どれもこれも形がなく、掴もうとしても、ふわっと手をすり抜けてしまうような抽象的なもので、じっくり考えることもままならなかった。

すると、入り口からチリンチリンとドアが開く音がした。

片手に観光ガイド、首からカメラを下げた外国人観光客が二人、店内を嬉しそうな表情で見渡している。

「客が来たようだ。じゃあ今日はここまでだ」

ショーペンハウアーはすっくと立ち上がる。

「今日は、ありがとうございました。私もゆっくり考えてみます」

「そうか、まあ勝手にしろ」

ショーペンハウアーはぶっきらぼうにそう言うと、カウンターの奥へ戻っていった。


ニーチェは「では帰るとするか」と立ち上がり、テーブルの上にドリンク代だけ置くと、入り口へと向かってしまった。

「ワーグナーさん、今日はありがとうございました」

私もニーチェのあとを追うように、急いで立ち上がり、ワーグナーにお礼を言った。

「大したことない。コージマ、ニーチェと仲良くな。ではまた会おう」

ワーグナーはまたニタリと笑い、ソファに座ったまま私を見送った。

私はワーグナーにお辞儀をし、慌ててニーチェのあとを追う。


店の外に出ると、小雨が、まだぱらぱらと静かに降っていた。

「ニーチェちょっと待って」

少し先を歩くニーチェを呼び止め、私たちは来た山道を下って帰った。

ニーチェは、何を話すこともなく、無言でただ足早に進む。

私はニーチェがいま何を考え、どんな気持ちでいるのかを読み取ることが出来なかった。


「ニーチェ、あのさ」

「ん？　どうした？」

「ニーチェはショーペンハウアーの本、好きだったんだよね」

「そうだな」

「けど、どうしていまは好きじゃなくなったの？」

「まあ彼の思想に納得する箇所《かしょ》も多いが……そうだな。ではアリサは、どうしてだと思う？」

「うーん、明確にはわからないけど……ショーペンハウアーと、ニーチェの言葉というか、頭の中に描いている世界はちょっと雰囲気が違うなあとは思ったよ」

「それは、どんな風に？」

「そうだな、説明するの難しいんだけど、ニーチェは燃えるような赤で、ショーペンハウアーは深い群青色というか。

ニーチェよりもっと深刻な世界を描いている気がしたかな。二人共まったく違うってわけじゃないんだけど、陰と陽というか……」

ニーチェは髪に指をかけ、くるくる回したのちに、クスっと笑いこういった。

「そうか、ならばそのまま考えよ」

「えーどうして？　教えてくれたっていいじゃん」

「アリサ……」

「何？」

「それが、哲学するということだ」

「哲学する……」

「すでにあるものを鵜呑みにするのではなく、疑いを持ち、自分なりに考えてみる。それが哲学するということだ」

「自分なりに？」

「そうだ、ただ人の意見をなぞるのではなく、自分なりに咀嚼《そしゃく》してみるのだ。ショーペンハウアーの話もまた聞きに行くといい。しかし、それを鵜呑みにするのではなく、聞いた上で自分なりに疑いを持って考えてみるのだ」

「そっか、それが哲学するってことか。そうだよね、うん、やってみるよ！」

「そうだな。あと、豆餅を早く食べないとな。忘れてた。あんまり時間がたつと固くなってしまうからな」

「そうだ、急いで帰らないと！」

私たちは、すべらないよう足元に気をつけながらも、早足で山道を下った。

空にはほんのり青白い月がうっすらと姿を出し、夜の訪れを知らせていた。

私は、輝かしくもあり切なさを誘う月の美しさに見とれながら、自分なりの月の美しさの意味をじっくりと味わいながら、考えていた。

富は海水に似ている。
飲めば飲むほど
喉が渇くのだ

——ショーペンハウアー

人は自由に呪われている

京都の繁華街である、四条通には、高島屋《たかしまや》や大丸の大きな紙袋を持った老夫婦、ネオンカラーのショップバッグを肩から下げ、ヒールを鳴らしながら足早にどこかへ急ぐ派手な女性、だらだらとグループで練り歩く、制服を乱れなく着ている修学旅行生など、さまざまな人で今日も賑わいをみせていた。

アスファルトから熱気を放つ四条通には、行き交う人の会話と、立ち並ぶお店から流れる音楽だけでなく、祭り囃子《ばやし》の音も響いていた。

腹に響く和太鼓の重たい打音《だおん》と、軽快に鳴る鉦《かね》、どこか陽気にも感じる鋭い笛の音は、絶妙に混ざり合い、古都の祭りが持つ神秘性、妖《あや》しさをより際立たせるかのように街中を浮き足だたせる。

「そうか、もうそんな時期か」

私は、四条通に並ぶ、まだ骨組み段階の鉾《ほこ》を横目に、季節の訪れを思った。

七月、京都では祇園祭が行われる。


祇園祭とは、祇園にある八坂神社《やさかじんじゃ》の神事《しんじ》であり、「吉符入り《きっぷいり》」と呼ばれるお祓《はら》いや、「神輿《みこし》洗《あらい》」と呼ばれる神輿を浄《きよ》める神事まで含めると、約一ヶ月間、行われるお祭りである。

通りを中心に、繁華街を山鉾《やまぼこ》が巡行《じゅんこう》する「宵山《よいやま》」と呼ばれる、浴衣姿の人で賑わうお祭りは、数日間だけである。

しかし、宵山の前後にも神事は行われるため、七月に入ると、京都の街は、一気に祇園祭の準備に色づくのだ。

この時期は、鴨川沿いに面した飲食店でも、鴨川納涼床《かもがわのうりょうゆか》と呼ばれるテラス席が開放されており、鴨川沿いには、納涼床を灯《とも》す提灯が並び、まあるく温かな灯りが、夏風に揺れながら夜を飾るのだ。


学校帰り、私は両手に大きな紙袋を持ち額に汗を滲《にじ》ませながら、人にぶつからないよう四条通を祇園の方へと歩いた。紙袋の中身は、セールで手に入れた洋服だ。

七月は、祇園祭の季節でもあるが、セールの季節でもある。

百貨店やファッションビルがひしめき合うエリアと、祇園祭の準備に活気づくエリアは、どちらも同じ四条通周辺であるため、この時期の四条通近辺は普段の数倍、賑わっている。

ファッションビルが立ち並ぶ四条河原町の交差点から、三条通の鴨川沿いにテラスを構えるスターバックスへ向かい歩いていた、その時であった。


「アリサちゃんじゃない!? 超久しぶり〜!」

懐かしい声に振り向くと、そこには下野《しもの》さんの姿があった。

「えっ、もしかして下野さん?」

「そうだよ、久しぶりだね〜元気してた?」

下野さんは元バイトの先輩だ。歳は私の三つ上で、バイト先でもムードメーカーだった、華やかで明るい美女である。

下野さんは、派手な可愛い子が多いと評判の女子大に通っていた。スクールカーストの最上層に位置するであろう下野さんは、小動物を思わせるつぶらな瞳とサラサラなびく綺麗な茶髪、持ち前の愛想の良さで、誰からも愛されるキラキラした女性であった。

バイトを始めたばかりの頃。まだ不慣れな私を優しくフォローしてくれ、いつも笑顔で話しかけてくれたりと、面倒見のいい先輩でもあった。

私がバイトを始めてすぐ、下野さんはバイトを辞めてしまったので、あまり絡んでいなかったが、以前よりも一段とキラキラオーラが増している気がした。

真っ白のワンピースのせいだろうか、乱れのないつややかな巻き髪のせいだろうか。女の私でも、緊張してしまうほど、彼女の女らしさは人目を引きつける魅力を放っていた。


「アリサちゃんは、相変わらずあそこでバイトしてるの？」

「はい、そうです。下野さんはいま大学二年ですか？　久しぶりですね」

「アハハハ、やめてよ～下野さんって呼び方～。昔みたいにビーバーでいいよ～」

そういえば、下野さんはバイト先のみんなにビーバーと呼ばれていた。つぶらな瞳のせいなのか、げっし類系の顔立ちだからか、正確な由来はわからないが、バイト先の人たちにはビーバーちゃんというあだ名で呼ばれていたのだ。


「あ、そうでしたね、で、ビーバーちゃんはずっと元気にしてましたか？」

「うん、もちろん！　最近はバイトばっかだよ。おかげで、あんまり大学行ってないんだけどねー」

「そうなんですか、いまはどこで働いているんですか？」

「あーいまはさ、木屋町《きやまち》のガールズバーで働いてるよ。そうだよかったら今度ご飯一緒に食べようよ。てか合コンしない？」

「えっ合コンですか!?　すいません、私そういうの行ったことなくて」

「まあ、まだ女子高生だもんね。けど全然平気だよー。なんかお店のオーナーが可愛い子紹介しろってうるさくてさー。

大学の子にはバイトのこと話してなくて、ね、お願い！　タダで美味しいもの食べる感じの軽いノリで来てくれたらオッケーだからさ」

「そうですか、けど緊張します、というかもっと私よりも適任《てきにん》がいると思いますけど」

「えーお願い！　アリサちゃんみたいに清楚な女の子って感じの友達、全然いないの。周りはみんな派手な子ばっかでさ。ダメ？」

ビーバーちゃんは口元で手を合わせ、上目づかいでこちらを覗くように首を傾げた。

そのうるうるとしたまなざしに、「NO」が封じこめられてしまった私は、思わず「わかった」とお願いを承諾《しょうだく》してしまう。

彼女は「わーいよかった」と無邪気に笑うと、「今週日曜日あたりはどうかな？　また連絡するね」と言って、木屋町通の方へ消えていった。

知らない人に会うことくらい、大したことではないという人もいるかもしれないが、私はどうも身構えてしまう。しかもそれが大人の男性とあれば、なおさら何を話していいのかわからない。

学校にも彼氏がいる子はごまんといるし、私ももっと積極的な性格であれば、恋に胸を躍らせるキラキラとした高校生活を送っていたかもしれないな、などと妄想しながら、初夏の風が吹く鴨川沿いのテラスで、行き交う人をぼんやりと眺めていた。

その夜、私の家にニーチェが手土産を持って訪ねてきた。

ニーチェはふらっと、私を訪ねて遊びに来るのだが、頻繁《ひんぱん》に来る時もあれば、一週間ほど姿を見せない時もあり、猫のような習性が備わっているのかもしれない。

今日のニーチェは上機嫌で、手土産に「いづ重《じゅう》」の鯖《さば》寿司を持ってやって来た。

私はいつもどおり、ニーチェにお茶を出すと、ソファの向かいにクッションを敷いて座った。

ニーチェはフンフンと鼻歌を歌いながら、テーブルに出した鯖寿司の包装《ほうそう》をほどく。

「今日は上機嫌だね、どうしたの？」

「上機嫌？　そう見えるか？」

「うん、ニーチェって結構顔に出るよね」

「フフ、今日は、祇園祭のちまき作りの手伝いに行ってきたのだ」

「ちまき作り？　何それ」

「町家の玄関先によく飾られているだろう？

三角形の笹の葉で編まれたお守りだ。祇園祭で売られているのを見たことがないか？」

「見たことあるような、ないような……。そのちまきってなんなの？　お餅？」

「祇園祭のちまきはお餅ではない。厄除《やくよ》けのお守りだ。町内会でちまき作りを募集してな、今日参加してきたのだ。

いや、なかなか集中力が必要なのだが、意外と私は筋が良くてな。町内会のおばさん連中に〝あなた本当に初めてなの？〟と驚かれたものだ、ハハハ」

「へえーそうなんだ（それただの建前《たてまえ》なんじゃないかな……）」

「いや、私もこんな才能があるとは驚きだった。あまりの迅速《じんそく》で正確な手さばきに、予定よりも早く作業が終わったようでな。この鯖寿司もそのおばさんから貰ったのだ」

「そうなんだ、これ美味しいよね。お父さんが好きでよく買ってたな。ご飯に昆布の出汁《だし》がしっかり染みてて美味しいよね」

たわいのない話をしていると、テーブルの上に置いたスマホが震えた。見てみると、ビーバーちゃんからの連絡であった。

〈やっほー今日はありがとう☆　日曜日は、祇園の焼肉屋に十九時集合で！　ちなみにオーナーとの写真も送っとくね（笑）〉

さすが行動が早いというかノリが軽い。

添えられた写真はお店で撮ったのか、暗くて目が光っていて、顔がよくよくわからない写真であった。

「どうしたんだ？　携帯を見てニヤニヤして」

「いや、友達っていうか先輩が合コンしよう、って言ってるんだけど、そういうの行ったことないから、すごい緊張してさ。いま、写真を送ってきてくれたんだけど、ぼやけすぎててよくわからなくて、この写真なんなんだろう……って」

「どれ、見せてみろ」

そういうとニーチェは私のスマホを覗きこんだ。

「おおっ！　これはサルトルじゃないか！　なんだ知り合いか？」

「えっ、誰？　この手前の男の人のこと？」

「そうだ、サルトルだ」

「どういうこと？　ニーチェの知り合いなの？」

「まあ、知り合いというか、哲学者だな。いつかお前にも会わせようとしていたのだが、会う予定があるならちょうどいい。さっき合コンと言っていなかったか？　お前、まさかいま流行りのおっさんフェチか？」

「いや、おっさんフェチとかではないけど。この後ろに写っている女の人いるじゃん？

この子は元々バイト先の先輩でさ。で、この子がバイトしているお店のオーナーがこの男の人みたいだね。ああ、そんな人と何話せばいいんだろう。やっぱり断ろうかな」

「お店？　サルトルは何か店を経営しているのか？」

「うん、なんかこの子はガールズバーのオーナーって言ってたけど」

「ガールズバーか、なんだかいかがわしい響きだな。まあサルトルの性格からして、わからなくもないが」

「それは、どういうこと？」

「サルトルは無類《むるい》の女好きだからな。まあ、行ってくるといい、緊張するかもしれないがいい経験だ。

もし危ない雰囲気になったら、私の名前を出せ。まあさすがにお前も未成年だし、大丈夫だとは思うが。そしてガールズバーに行くことになったら私に絶対連絡しろ。これは絶対だ。

念のため待機しておく」

「う、うん。何かあったら俺の名前を出せって、ヤンキー界の重鎮《じゅうちん》かよ……。うん、けどわかったよ。ガールズバーに行くことはないと思うけど。とにかく日曜日に行ってくるよ」

久しぶりに会った下野さんとの口約束が、こんな展開になるなんて、妙な胸騒ぎと、緊張とが入り混じった、初めての心地だ。

三条〜四条あたりの繁華街は、鴨川を挟んだ西側と東側で、街の表情は一気に雰囲気を変える。

西側にある木屋町、先斗町《ぽんとちょう》は夜になると大騒ぎする大学生、サラリーマンで賑わい、外国人観光客やデート客の姿が目立つ。

しかし鴨川を挟んだ東側にある祇園エリアは、かっちりセットされたまとめ髪に、スーツや着物を妖艶《ようえん》に着こなしたホステスさん、高そうなスーツで大人の余裕を感じさす、いかにもお金持ちそうなおじさん、コンビニに買い出しに走る、ワイシャツにベスト姿のボーイさん。

普段、昼間の街では見られない、夜の世界の住人たちで夜の祇園はネオンと共に妖しく色めくのだ。

集合場所である焼肉屋さんも、この祇園界隈にあった。

祇園の中でも、高級クラブが並ぶ上新橋《かみしんばし》と呼ばれる石畳のすぐそばに、指定された焼肉屋はあった。

めったに来ることのない、自分とは無縁の煌びやかな迷路のような祇園。私は、マップアプリを頼りに、さまよいながらようやくお店にたどり着いた。持ってる服の中で一番大人っぽいワンピースにしたけど、変じゃないかなと心配しながら、お店の前で待っていると、後ろから大きなクラクションが聞こえた。

振り返ると、ピカピカに磨かれた真っ黒のレクサスが停《と》まっていた。

鏡のように一寸の濁《にご》りもなくピカピカ磨かれたボディー、スモークが窓にほどこされ、フロント部分には金色のエンブレムが光っている。

あきらかに堅気《かたぎ》ではない雰囲気をかもしだしている車の助手席の窓が開き、ビーバーちゃんが顔を出した。

「アリサちゃん、いま車駐めてくるから待っててね」

車内からは、長渕剛の「巡恋歌《じゅんれんか》」が流れていた。運転席には男性が乗ってるが顔が見えない。

私は、ビーバーちゃんに言われたまま、入り口の前で待つことにした。

するとすぐに、ビーバーちゃんと、運転席にいた男性が二人でやってきた。

運転席にいた男性は、ストライプ柄のダブルのスーツ姿で、黒縁メガネをかけ、髪はオールバック。日焼けこそしていなかったが、鋭い目つきでいかにも切れ者といったただ者ではない雰囲気をかもしだしていた。

私は心の中で「おいおいまじか、こんな石原軍団にいそうな人とご飯食べるのか」と早くもただならぬ不安と身の危険で、手のひらにじんわりしめった汗を感じていた。


焼肉屋さんの、入り口にかかった立派なのれんをくぐると、中は高級旅館のようであった。やたらと豪勢な季節の花が玄関に生けられ、やわらかな間接照明に、高級感溢れる木の柱が立ち並び、京都の風情が凝縮《ぎょうしゅく》されたような店構えであった。

焼肉の香ばしい香りが立ちこめる店内の、二階席へ私たちは案内された。

席に座り、私は、ビーバーちゃんの隣に座った男性に挨拶する。緊張のあまり、しっかりと顔を直視できなかったものの、彼女から聞いていたガールズバーのオーナーという職業と、ニーチェから聞いていた、無類の女好きという言葉から想像していた姿のとおり、威厳《いげん》あるオラオラした雰囲気の大人の男性だ。大人の男性というだけでも緊張するのに、こんな怖い雰囲気の人ならもっと何を話せばいいかわからない。


「はじめまして、こんばんは」

「ああはじめまして、どうしますか、何飲みます？」

サルトルはメニューをこちらに差し出した。

「あ、では烏龍茶《ウーロン》を」

「ああ、君はお酒、飲まないんだ？」

「あ、はい。私まだ十七歳なので」

「アハハ、アリサちゃん可愛い。めっちゃ、真面目じゃん！　てか若っ！　じゃあアリサちゃんは烏龍茶で、私はビールにしよっかなー」

ビーバーちゃんはいつもの軽い調子で、笑いながら、サルトルの肩に触れる。

「あの、今日って合コンなんですよね、もう一人の男性はいつ頃こられるのでしょうか？」

「あ、アリサちゃんにそう話してたっけ？　ごめーん！　あれ嘘なんだよね。オーナーが可愛い女の子とご飯食べたいってうるさくてさ、本当は合コンじゃなくて三人なんだ、ごめんね」

ビーバーちゃんはそういうと舌をぺろっと出し、甘えるように謝ってきた。

なんということだ、つまりはめられた、ということか。どうしたらいいのだろう、やっぱり断っておくべきだったのかもしれない。

けれども、お店に入った手前、いますぐ帰るわけにもいかない。私は、せめて重たい雰囲気だけは避けようと、会話を盛り上げようと試みた。

「あ、あの、サルトルさんはお店のオーナーさんなんですよね？」

「ああ、そうですね、お店もしていますが、いろいろやってます。フリーペーパーをつくったりもね、手広く、いろいろ」

そう言うとサルトルは「失礼」とひと言添えて、パイプに火をつけた。ムーミンパパかポパイが吸っているような古風なパイプだ。

……この人と話が合わないかもしれない。

私は、直感的にそう感じてしまった。

というのも、ガールズバーを経営していたり、他にもたくさん仕事をしていて、見たことのないようなパイプを取り出して、吸い始める、というサルトルをとりまく「日常」が私にとっては、「非日常」すぎて、何を話したらいいのかわからなかった。

普段話すことのない世代の大人の男性だし、何を考えているかもわからないし、すべてが理解不能すぎて、ただただ緊張するだけだ。

私たちには、何も共通するものがないように感じたのだ。

もし、この雰囲気を突破出来る共通の話題があるとするならば、ニーチェのことくらいだ。別に嫌なことをされたわけではないが、ニーチェの名前を出してさっさと楽になりたい。そう思った私は、おそるおそるサルトルに尋ねてみた。

「あの、サルトルさん、ニーチェ知っていますか?」

「ん? ニーチェ? ああ、知っていますよ! どうして?」

「私、ニーチェとすごく仲が良くて、今日、サルトルさんによろしくってニーチェが言っていました」

するとサルトルはフフッと笑う。

「そうか、だからか」

「え?」

「君は、私の名前を知っていたでしょう。どうしてかと思って聞いていたら、そうかニーチェと仲がいいのか。君もこっち側の人間か、納得した」

「こっち側の人間？」

「そうだ、つまり〝本質《ほんしつ》を追求している人間〟ということだ」

いきなり饒舌《じょうぜつ》になったサルトルの話す言葉が難しかったのか、私たちがいきなり意気投合《いきとうごう》したことに驚いたのか、ビーバーちゃんはこちらを不思議そうに見ていた。

サルトルは、

「いやあ、今日はいい日だ。いい子を連れてきてくれたな。好きなものをどんどん頼んでくれ」と興奮気味に伝えた。

ビーバーちゃんは「ほんとに？　ありがとう」と言って、メニューを楽しそうに見つめた。

「あの、サルトルさん、その〝本質を追求する人間〟というのはどういうことでしょうか？」

「ああ、ニーチェから実存《じつぞん》と本質の話は聞いていないか？」

「本質と実存の話、ですか？　んー多分聞いていないと思います」

「そうか、まあ簡単に言うと、本質というのは〝どうして生きているのか〟という理由みたいなもんだ」

「どうして生きているかという理由、ですか」

「そうだ、私の生み出したキャッチフレーズがある。『実存は本質に先立つ』というものだ」

「実存は本質に先立つ？」

「そうだ。わかりやすく言うと、理由があって人間は存在しているわけではない。理由がなくとも存在しているという事実がある。ということだ」

「理由がなくとも存在？　どういうことでしょう？」

「そうだな、わかりやすい例えがある。いいか、この焼肉用のトングを見てくれ」

そう言うとサルトルはトングを手に取り、カチカチと音を鳴らしてみせた。

「このトング、どうしてこの形だと思う？」

私は銀色のトングを見つめ、考えてみた。

「んーそれは、単純に、お肉を掴みやすいから、その形なんじゃないですか？」

「そうだな、トングは肉を掴みやすいためにこの形をしているのだ。

では、これはどうだ？　この、テーブルの上についてる煙を吸うダクトだ。これはどうしてこのような形をしているのだ？」

サルトルは、天井からテーブルの上に吊るされた煙を吸うダクトを指さしてそう言った。

「なぜこの形をしているかですか？

それは、やっぱり煙を効率よく吸いやすいからじゃないですか？

機械のことは全然わかりませんが、煙を吸うためなんじゃないですかね」

「そうだな、このトングは、肉を掴むために、この形をしている。

このダクトは煙を吸うためにこの形をしている。

それが本質だ。本質が先にあり、そのために実存がある」

「それはつまりどういうことでしょう？」

「つまりだ、このトングもダクトも、こういう形をして存在していることに、あらかじめ理由が用意されている、ということだよ。

たまたまトングがこの形で世の中に存在していて〝肉を掴みやすそう！〟となったわけではない。

たまたまダクトがこの形で世の中に存在していて〝煙吸いこみそう！〟となったわけではない。

どちらもはじめに理由があった。

〝肉を掴むため〟という理由があって、トングはこの形に作られたのだ。

〝煙を吸いこむ機械をつくる〟という動機があって、ダクトは開発されたのだ。

つまり、あらかじめ〝〇〇に使うために〟という理由のもと存在していることになるのだ」

「つまり、トングとかダクトとか、こういう道具には、存在する理由がきちんとある、ということですか？」

「そうだ、理由があり、開発され存在しているのだ。道具とは、あらかじめ存在する理由があるのだ。理由あってこそ、存在しているのだ」

ビーバーちゃんはサルトルと私の会話に口を挟むことなく、運ばれてきたお肉をせっせと焼いては、均等にそれぞれのお皿に取り分けてくれた。食欲をそそる香ばしい煙はダクトにどんどん吸いこまれていく。


「なるほど、いまの話はよくわかりました、で、その本質というのはなんでしょうか」

「ならよかった。いま話した、〝〇〇のために〟という理由があるだろう？　それが〝本質〟だ。いわば、存在している理由が〝本質〟である」

「存在している理由が、本質ですか？」

「そうだ。そして逆に、〝存在しているという姿・形〟が〝実存〟である。トングやダクトの姿・形、いまここに存在しているという事実、これらが〝実存〟である」

「つまり、サルトルさんは〝目に見える存在しているという事実〟と〝なんのために存在しているのか〟を分けて考えられているんですね」

「そうだ、そしてこれが人を悩ますとも考えている」

「これが人を悩ます……？」

「そうだ、君も悩んだことはないか？

〝私ってなんのために生きているんだろう……〟って。〝自分の生きてる理由はなんだろう〟とか」

「そうですね、ぶっちゃけいままではあんまり深く考えてきませんでしたが、ニーチェに会ってから、いろいろ考えるようにはなってきました」

「まあ、私なりの解釈だと、生きている理由はない。あると思いこんでるなんて、とんでもないおごりだ」

「生きてることに理由はない……ですか」

「ああそうだ。それが先ほど話した〝実存は本質に先立つ〟といった意味だ。

道具は、理由あって、存在する。つまり、本質あって、実存するのだ。

しかし人間は違う。

理由があらかじめ用意されていて、存在しているのではない。まず、生きている、存在しているという事実があるのだ。

つまり理由が用意されていなくても、存在しているのが人間なのだ」

そう言うと、サルトルは再びパイプに火をつけ、ぷかぷかと煙を浮かべた。

「なるほどですね、その考え方、キルケゴールやニーチェも同じようなこと言っていました」

「ああ、君はキルケゴールも知っているのか。まあ、似ていて当然だろう。二人の思想は同じ実存主義だし、俺は特にキルケゴールに影響を受けたからな」

「そうなんですか？　キルケゴールさんって変わってますよね、ニーチェも変わってますが」

「二人共独特というか、ロマンチストな一面はあるな。まあしかし、キルケゴールは、熱心に神学も学んでいたからな。ニーチェは、神の存在を否定していただろう。

あの二人は、どちらも生きることに対して真剣に向き合っているが、大きく違う考えを持っている」

「どう大きく違うんですか？」

「まあ簡単に言えば、キルケゴールは〝神はいる〟と信仰している。

ニーチェは〝神は死んだ〟と神に対して反骨的《はんこってき》な考え方だ。

キルケゴールは有神論者《ゆうしんろんしゃ》、ニーチェは無神論者《むしんろんしゃ》だな。そこが大きく違う。

私は、神の存在がどうこうと深く考察することにあまり興味がない。あの二人よりもリアリストなのかもしれないな」

「なるほど、そういう違いがあったんですね、ちなみに〝実存主義〟というのはどういうことですか？」

「実存主義は、いまここに存在する自分にスポットを当て〝生きている意味・人生のあり方を追求する思想〟だ。

哲学という単語は、生きている意味を考える学問のようにとらえられがちだが、そういうわけではない。

古代ギリシャでは、自然について理論的に考察した〝自然哲学〟が主流であった。

中世哲学では、神は存在するかどうかの議論が主流であった。

つまり、哲学＝生きている意味を考える学問ではない。実存主義＝生きている意味を考える思想であるのだ。哲学とは、さまざまなことに対して、本当にそうなのか？　と疑いを持つことだ」

「なるほど、哲学すべてが、人生について考える学問ではないんですね。なんとなく、人生についてばかり考えるものだと思ってました」

「まあ、研究対象が違うみたいなものだな。

例えば車好きの中でも、車の構造《こうぞう》がどうなっているのかメカニック的なことに興味をもつ人もいれば、車のフォルムのかっこよさを追求する人もいる。また、どうすれば速く走れるか、コップの水をこぼさずにドリフト出来るかを追求する人もいる。

一口に哲学といっても、考察する対象はいろいろある、ということだよ」

「そうですか。そこで、キルケゴールや、ニーチェ、サルトルさんは〝どのように生きるのか〟が研究対象だったんですね」

「まあ、そうだな。そして私は〝実存は本質に先立つ〟と考えた。つまり、生きている理由を探しても、見当たらずに〝自分はなんのために生きているのか〟に悩むということは、そもそも生きている理由が用意されているわけではないからだ、という結論に行き着いたのだ。私はそのような、存在することに対する不条理さを書き『嘔吐《おうと》』という小説を出版したのだ」

「嘔吐って、すごいタイトルですね。食事中にはあんまり聞きたくないワードですね……」

「この小説は当時、ノーベル文学賞にノミネートされたのだが、私は断ったんだ。そんなブルジョアな賞はいらないからな」

「えっ、ノーベル賞を断った!?」

「ああ、そうだ」

「すいません、ちょっと話のスケールが大きすぎて、もう一度聞きます、ノーベル賞を断ったんですね」

「私はそういうブルジョアなものを望んでいるわけではないからな」

「そうですか、ちょっとその気持ちを理解するには、人生経験が圧倒的に足りないと思うので……。で、どういったことをその『嘔吐』に書かれたんですか？」

「まあ簡単に言えば、離人感《りじんかん》や〝ゲシュタルト崩壊《ほうかい》〟だ」

「ゲシュタルト崩壊？」

「ああ、知らないか？　そうだな……口で説明するよりも、実際に体験してもらった方が早いな。

では、この割り箸の袋の裏に〝焼〟という漢字を二十個書いてみてくれ」

「〝焼〟という字を書けばいいんですか？　はい、やってみます」

私はサルトルからペンを借りて、割り箸袋の裏にひたすら〝焼〟という漢字を書いた。


焼焼焼焼焼焼焼焼焼焼焼焼焼焼焼焼焼焼焼焼

「ふぅ、書き終わりました……並んでいるのを見ると若干気持ち悪いですね……」

「そうか、書いている時、何か違和感を感じなかったか？」

「違和感、ですか」

「そうだ。違和感だ」

「そうですね、たくさん書いているうちに、あれ？〝焼〟ってこんな漢字だったっけ？って一瞬よくわからなくなりました」

「そうだな、同じ漢字をずっと書いていたり、ひとつのものをじっと見ていると、途中でよくわからなくなってくるその違和感、それが〝ゲシュタルト崩壊〟だ」

「ああ、これがそうなんですか。小学生の時、漢字ドリルをしている時も、こういう現象がありました。


あれ？　これってこんな形だったっけ？　って、いきなり見慣れていたはずの漢字が、変に感じるというか……」

「そうだ、意外と身近な感覚だろう。たくさん書いて、じっと見ているとこのような違和感に襲われるのだ。


しかし日常で〝焼〟という漢字を一文字書いても、このように違和感に陥ることはない。


どうしてだかわかるか？」

「えーどうしてでしょう、全然わからないです。けれどたしかにそうですよね。普通に使う分にはなんともないんですが、たくさん書いていると、いきなり変な感じがしてきます」

「そうだ、よく見ると違和感を覚えるものも、普段特に違和感を感じることなく、見過ごせるのはヴェールがあるからだ」

「ヴェール？」

「そうだ。私は小説『嘔吐』の中で、木の根っこを見て〝ゲシュタルト崩壊〟を起こし、気持ち悪！　と吐き気をもよおすシーンを描いた。

しかし、別に普段、公園に行って、木を見ても〝ゲシュタルト崩壊〟は起きないだろう？」

「そうですね、別に木を見ても、あ、木が生えている。くらいですよね」

「そうだ、それだ」

「え？　それ？」

「〝木が生えている〟という認識《にんしき》こそがヴェールなのだ」

「認識こそがヴェール？　どういう意味ですか？」

「私たちは普段、無意識《むいしき》的にカテゴリー分けをしたり、言葉というヴェールをかけてモノを見ている」

「つまりどういうことですか？」

「目の前に茂る巨大な物体を〝木が生えている〟と一瞬で認識して、特に深く気に留《と》めることなく見過ごしているということだ」

「はい……（どういうことだろう？）」

「つまりだ、もし私たちが〝木〟という存在を知らずに、大きな樹木を初めて見たとしよう。するると、自分たちは〝木〟という存在を知らないから〝なんだこの巨大な物体は！〟となるわけだ」

「はい……」

「けれども、私たちは、〝木〟という存在を知っている。木を見ても、驚かない。

つまり〝これは木である〟という認識のヴェールが私たちに備《そな》わっているということだ」

「ああ、なるほど」

「ようするに、私たちは、目の前のものをそのまま直視しているのではなく、言葉によってカテゴリー分けをし、認識しているというわけだ」

「直視しているわけではない……ですか」

「そうだ、この肉を見てみろ。

深く考えなければ〝お肉だー美味しそう！〟となるだろう。しかし、この肉を一時間まじまじと直視してみろ。

徐々に〝これなんなんだろう〟と奇妙なものに思えてきて、食べたくなくなるはずだ。それはもはや鮮度の問題ではない。

世の中のあらゆるものは、認識を度外視して、直視するとこういった不気味な存在になるのだ。『嘔吐』の中では、そういった不気味さを描いた」

「そうですか……それは、つまりどういうことが言いたかったのですか？」

「存在している、というのは、ただそこに偶然的に発生しているわけであって、必然ではないということだ」

「というのは？」

「つまり、必然的に存在しなければいけない理由などなく、ただ偶然に存在しているだけということだ。

しかし、人は〝生まれてきたのには何か意味があるはずだ〟、〝人には天命がある〟などと信じたがる。

こういった思想は、すべて欺瞞《ぎまん》でしかないと私は考えるのだ」

「欺瞞……ですか」

「そうだ。生まれてきたことに理由がある。人には天命がある。そう思いこめば楽だろう。自分には存在理由があると、思いこめるからな。

しかし、私からしてみると、そういった必然性を信じるということは欺瞞であり、現実逃避でしかない。

人が本質……つまり生きている理由、存在している理由を持たないということは、人は何ものでもなく、自由な存在であると言える」

「自由な存在であると言える、というのは、どういうことですか？」

「どのようにも生きていける、つまり人は自分をつくっていけるというわけだ」

「自分をつくっていける、ですか？」

「そうだ。人は自らがつくりあげる以外の何ものでもない。自分を〝投企《とうき》〟していかなくてはならないのだ」

「投企？　とうきですか？」

「未来の可能性に向かって、自分を構築《こうちく》していく、といった意味だ。

人は自分がつくりあげる以外の何ものでもなく、どのように自分をつくることも出来る。

逆に言えば、人は何ものでもない状態で、この世に生をうける。

そして生きていく中で自分が何ものになるかは、自分でつくり上げていくほかないのだ。

自分がどのように生きてもいいし、何を選択してもいい。人間は基本的には自由だ」

「人間は基本的に自由……ですか」

「つまり、現状の自分に固定されることなく、未来に向かって変貌《へんぼう》をとげていけるのが人であり、どのように変貌をとげるかは、自分でつくっていけるというわけだ。

しかし、ここでひとつ、注意して欲しい。自由には闇の部分がある。いいことばかりではない」

「闇の部分がある？」

「そうだ。私なりの言葉で話すと『人は自由の刑にさらされている』『人は自由に呪われている』のだ」

「自由の刑にさらされている？」

「そうだ。つまり自分で何ごとも選択して、変貌をとげていける分、それがどのような結果になろうともすべて自己責任ということだ。

自由というと、開放的！　ハッピー！　というイメージが先行しやすいが、自由とは責任を含んでいる。つまり、どうなろうが、自分の責任であり、たとえ望まない結果になろうとも自分で責任を負う必要があるということだ。

自由とは、自分が望んだものなんにでもなれる！　という楽観的な意味ではない。すべて自己責任であり、たとえ望まない結果になろうとも、その結果ごと引き受けなくてはならないのだ」

「なるほど、そう考えると、自由も楽なものではないですね、責任重大というか」

「そうだ。私が自由の刑にさらされている、自由に呪われていると言ったニュアンスが少しは伝わったか？」

「はい、自由の持つ隠れた顔みたいな感じですね」

「そして、もうひとつ。いまの説明だと、すべて自己責任だと私は話したが、これは決して個人だけの問題ではない。

自分で責任を取るならば、どんな選択をしてもいい。どんな選択をするのも自由だ。としてしまうと、防げないものがある。それは、非人道的な行為だ」

「非人道的な行為……」

「そうだ。他人に危害を加えたり、犯罪行為だな。私たちは興味あろうがなかろうが、社会となんらかの形で関わっている。

犯罪に走るギャングであろうが、一日中インターネットを楽しむニートであろうが、政治家になり社会のあり方に密接に関わろうが、なんらかの立場で、それぞれが社会と関わっているのだ」

「社会に参加している、ですか」

「ああ、私は社会に参加していることを〝アンガージュマン〟と呼んでいるのだが、社会参加と、個人の自由は密接《みっせつ》な関係にあるのではないかと考えている」

「社会参加と、個人の自由が関係しているとはどういうことですか？」

「例えば、社会の秩序が乱れ、暴力的な行為が許されるようになったとすると、個人の自由はどうなってしまうだろう？　独裁的で暴力的な社会のもとでは、個人の安全や自由は奪われてしまうだろう」

「たしかにそうですね。世はまさに世紀末的な……」

「そうだ。しかし逆に個人の自由だけを尊重すると、社会が無秩序になってしまうケースも想定出来る。つまり、個人の自由を守るには社会が必要で、社会の秩序を守るには、個人がよりよい社会づくりに参加しなければならないという、切っても切れない関係性が生まれてくる」

「なるほど、自由のための社会であり、社会をつくっていくのは個人でもある、ということですね」

「そうだな。なので、さきほど話した、自由は自己責任という話は、個人に限ったことではなく、自分自身の選択が、社会全体、人類全体に責任を持つものと考え、選択するべきなのだ」

「そうですか、話のスケールが大きくなってきましたね、そこまで責任重大だとすると何かひとつ決断するのも怖いですね」

「けれども、私たちは選択していくしかないのだ。そしていま、君が感じているプレッシャーこそが、『自由の刑』であり『自由の呪い』であるのだ」

そう言うと、サルトルは胸ポケットから煙草《たばこ》を取り出し、火をつけた。テーブルには、さきほどまでサルトルがくわえていたパイプも置いてある。

どうやらサルトルはかなりのヘビースモーカーのようだ。見た目こそインテリっぽいものの、話す内容や仕草、振る舞いは非常に無骨《ぶこつ》で荒々しい。

サルトルはそういった男の美学を背負った哲学者のようだ。

「自由の刑についていろいろと話したが……どうだ、君、時間はまだ大丈夫か？」

私は時計を見た、時間は二十一時前。どうしたらいいものか、ビーバーちゃんの方をチラッと見た。

ビーバーちゃんは「全然どっちでもいいよ」というようにこちらに微笑みかけたのでうなずいた。

「あ、はい私はもう少しなら、大丈夫です」

「そうか、話してばかりですまなかったな、食べ終わったらもう一軒行かないか？『他人とは地獄である』ということについて、もう少し君に話しておきたい……」

そう言うとサルトルは、店員さんを呼んで、会計を頼んだ。

会計が終わるまでの間、私はビーバーちゃんが取り分けてくれた、少し冷めたお肉を食べながら頭の中でサルトルの言葉についてぐるぐると考えを巡らしていた。

他人は地獄……？　それはどういう意味だろうか。他人をそんな「地獄」と断定してしまうなんて、よっぽど誰かに恨みがあるのだろうか、それともびっくりするような理論がサルトルの中にあるのだろうか。

そんなことを考えながら、ゆれる白い煙の奥にいる、静かに煙草をふかすサルトルを眺めた。

人は自由の刑に
さらされている
——サルトル

他人とは地獄である。あなたはあなたの一生以外の、何ものでもない

「ごちそうさまでした」

私は店先でサルトルにお辞儀をした。

「ああ、どういたしまして、じゃあタクシーで向かおう。ビーバーあとでタクシー代行《だいこう》頼むの覚えといてくれ」

そう言うとサルトルはタクシーを拾い、「高台寺《こうだいじ》のあたりまで、ねねの道のところで」と伝えた。

ねねの道は八坂神社～高台寺～清水寺をむすぶ、石畳の小道である。

豊臣秀吉の妻であった、ねねが余生《よせい》を送ったといわれている高台寺のふもとにあるこの道は、ねねが歩いていたことから〝ねねの道〟と名付けられているようだ。

サルトルとビーバーちゃんと私は、このねねの道のそばにある、老舗旅館を改装した隠れ家的なバーへと向かった。

どうやらいまから行くバーでは葉巻が吸えるらしく、葉巻やパイプなど、無類の煙草好きのサルトルは葉巻を吸いによく立ち寄るそうだ。

私は念のため、ニーチェに「ガールズバーには行く予定はなさそうです」と連絡を入れた。

ニーチェは連絡を心待ちにしていたのか、すぐに既読になったと思いきや、泣き顔のスタンプを連投してきた。


タクシーに十分ほど揺られ到着したバーは、ししおどしがゆったりと時を刻む和風庭園に、灯籠がひっそり並び、さっきまでいた祇園とは、時間の流れが違うかのように、視覚へ訴えかける。

庭園の奥に建つ隠れ家へ足を踏み入れると、文明開化の鐘が鳴るという言葉がぴったりの明治時代を思わすアンティーク家具が広々とした店内を飾っていた。

店内に置かれた椅子や骨董品《こっとうひん》には計算しつくされた美しさがあり、家具としてではなく、まるで美術品のように、部屋をキャンパスとした絵画を見ているようであった。

私たちは、古い町並みと、月の明かりがひっそりと顔を覗かせる窓際の席へと腰掛けた。

「ケンゾーエステイトの紫鈴《りんどう》のボトルと、あとシガーリストを。君はジュースでも飲むか？

この店は季節のフレッシュジュースも美味いんだ」

サルトルは慣れた口ぶりで注文を済ませると、こちらをじっと見た。


「初めて来ましたが、素敵なお店ですね、大人の隠れ家的な」

「そうだろう、この店は葉巻も豊富でね、保存状態もいい。考え事をする時によく来るんだ」

サルトルは煙草に火をつけ、白い煙を吐くとこう続けた。

「さっき『他人は地獄だ』と私は話したが、君の中では、他人とはどういう存在だ？」

「他人……ですか、そうですね。つねに誰かといたいとは思いませんが、人と話していると落ち着きます。すべての人と合うわけではないけれど、人といると穏やかな気持ちになることが多い気がします」

「そうか」

サルトルは店内を見渡す。

バーカウンターにはデート中であろう若い女性と中年男性のカップルが静かに何かを話していた。

「私は『他人には到達しえない』と思うんだ。そして他人と自分は、つねに支配されるか支配するかのせめぎ合いであると思う。君はそうは考えたことはないか?」

「支配されるか、支配するか、ですか?」

「そうだ」

「うーん、正直そういう風に考えたことはないですね……。というかあまり意味がよくわかっていません」

「なるほど、そうか、ではじっくり説明しよう」

テーブルにはワインとシガーリストが運ばれてきた。

サルトルはテイスティングをしたあとに「ダビドフのNo.2を。あとセブンスターがあったらそれもくれ」と店員さんに伝えた。

「じゃあ、私がなぜ『他人には到達しえない』と言っているかを、君に伝えよう。では、あのカウンターに座る、カップルを見てくれ」

「あのカップルですか」

私はカップルに目をやった。

「いま、君は、君のまなざしをあのカップルに向けた。いまどういうことが起こっているかわかるか?」

「うーん、あのカップルはいい雰囲気に見えますが、ただならぬお金の匂いも感じます……。ほらあの女性が座っている席の隣にカルティエの紙袋があるんで、アクセサリーか何かをあの男性に買ってもらったのかな」

「そうだな、訳ありな関係なのかもしれないな。まあそれはさておき、君のまなざしの先には、カップルがいる。

どういうことかというと、君の世界の中に〝カップル〟という観察対象が生まれた。つまり、君がいま見ている世界の中に〝カップル〟という物体が存在しているというわけだ」

「はい、まあ難しく言葉にするなら、そのとおりですね」

「いま君が見ている世界は、君の主観で出来ている。

〝カップル〟に目を向けると、君の世界の中に〝カップル〟が登場する。

そして、それは、この灰皿だったり、ワイングラスだったり、この店にあるすべてのものも同じだ。

私たちが何かを見るということは、自分の世界に、目に映ったものを引きこむということだ。ここまではいいかな?」

「はい、なんとなくは」

「では、もう少していねいに説明しよう。つまり人は、自分の主観で、自分を中心として世界を見ているということだ。

目に映るものはすべて〝対象〟として、自分の世界に映る」

サルトルはそう言うと、ワイングラスをゆっくりと回し、一口飲んだ。


「えーと〝対象〟として、というのはどういうことでしょうか？」

「そうだな、例えば、心の声だ。

君があのカップルを見た時に〝いい雰囲気だな〟とか〝ただならぬお金の匂いを感じる〟とか心の中で思ったとしよう。そういった心の声が、君の世界の中でニコニコ動画のコメントみたいにテロップになって流れているとしよう」

「心の声がテロップみたいに、ですね。……はい。なんとなくイメージしました」

「では続きだ。君が、何かにまなざしを向ける。つまり何かを見る。

例えばこの葉巻にまなざしを向けたとしよう。

この葉巻を見て、君の世界の中では〝煙くっせえな〟という心の声が流れたかもしれない。

もしくは〝ゴルゴ13みたいでかっこいいな〟という心の声が流れたかもしれない。

しかし、それは君にしかわからないことなんだ」

「そう、でしょうね。心の中のことまで覗けないですもんね（デューク東郷はかっこいいの!?）」

「まさにそうなのだ。

そしてここが大きなポイントだ。君が、葉巻やワイングラスを〝対象化《たいしょうか》〟つまり、モノとして見るのは当然のことだ。」

「はい」

「しかし、人はどうだろう？　例えばあのカップルは各自が、それぞれバラバラに世界を見ている。

君があのカップルを見て、〝いい雰囲気だな〟〝ただならぬお金の匂いを感じる〟と心の中で思うように、カップルにもそれぞれ心の声があり、それぞれが自分の世界でこの部屋を見ている。

男性の方は〝このお酒美味いな、このあと彼女と一緒にいられるかな〟と心の中で思っているかもしれない。

女性の方は〝あー眠いから、そろそろ帰りたいなー〟と心の中で思っているかもしれない。

しかし、そういった心の声は、私たちには見えない。他人が見ている世界と同じ、世界を見ることは、出来ないのだ。

なぜならさきほど話した、心の声のテロップは、自分しか見ることが出来ないからだ」

「なるほど、他人の心の声までは、見ることが出来ないですからね。

つまり心の声のテロップは他人からは見えない……ということですね」

「そうだ。そしてここでさっきの〝対象化〟の話を思い出してくれ。

私たちが、他人にまなざしを向けた時、自分の世界に他人が存在するものの、そいつが心の中で考えていることまでは見ることが出来ない。

つまり、どういうことかというと、私たちは〝男性がいる〟〝カップルがいる〟といったようにモノとしてとらえることしか出来ないのだ」

「モノとして？」

「そうだ、それを〝対象化〟と言っている。

つまり、私たちは自分の目の前に広がる世界に〝男性がいる〟〝カップルがいる〟〝○○さんがいる〟といったように、モノとしてとらえることは出来るが、他人と同じようにはものごとを見ることは出来ないし、他人が心の中で思っていたり、考えていることを完全に理解することは出来ない。

モノとして、といっても人を駒のように考えているという意味ではない。目の前にいる人の主観にのりうつって、世界を見ることは出来ないという意味だ。

〝あーいまこういう気持ちなんだろうなあ〟と予想したり、憶測《おくそく》を立てることは出来るが、他人と百パーセント同じように世界を見ることは出来ないのだ」

「なるほど、なんかエヴァンゲリオンっぽいですね」

「そうなのか？　エヴァンゲリオンを観たことがないから、わからないが、そんな話なのか？」

「なんか、ハリネズミのジレンマっていうエピソードが出てくるんですが、他人とわかり合いたいと思っても、距離が近すぎると傷つけてしまい、離れていても孤独といったような……そのエピソードに似た孤独感を感じました。結局人と近づいても、最終的には近づききれないのかなあ、と」

「ああ、フロイトの〝ヤマアラシのジレンマ〟のことか。ショーペンハウアーの考えを、心理学者のフロイトがわかりやすくおとぎ話風にしたものだ。ショーペンハウアーは人付き合いについて、そのような考え方を綴《つづ》っていた。

私がさきほどから話している〝対象化〟とはまた別の話だが、最終的に、自分と他人の間には死ぬほど深い溝がある……という点では、たしかに似たものがあるな」

「すいません、ちょっと思いついたので言ってみました」

「問題ない。ショーペンハウアーも他人との関係に煩《わずら》わされていたからな。では、話を戻そう。私たちは、それぞれ各自の視点で、世界を見ている。

そしてその視界に、他人が入ってきた時、私たちは他人をモノとしてとらえる。

他人がいるということはわかるが、他人の心の中まではわからない、ということだ。ここまではいいな？」

「はい、大丈夫です」

「そうか、ではつづけるぞ。他人が視界に入ってきた時、私たちは他人をモノとしてとらえるが、その他人にもまた自分の世界がある。

そして他人がこちらにまなざしを向けた時、私たちは他人の世界の中で〝対象化〟されてしまう」

「他人に対象化されてしまう？」

「そうだ。例えば、君がラーメン屋に入ったしよう。

ガラガラとドアをあけて店に入った時、ラーメン屋の店長、サラリーマンの客が視界に入る。

その時君は、ラーメン屋の店長と、サラリーマンの客をモノとしてとらえている。

しかし、この状況をラーメン屋の店長視点で見ると、サラリーマンの客と、君が〝対象化〟されているのだ。〝お客さん二人〟としてな。

そして、この状況をサラリーマンの客視点で見るとやっぱり、ラーメン屋の店長と、君が〝対象化〟されているんだ。〝店長と新しくやってきた客〟としてな」

「カメラアングルみたいなものですかね。人の目がビデオカメラだとすると、一カメ、二カメ、三カメみたいな感じでそれぞれの視点でモノを映している、みたいな」

「そうだな、自分一人だと、自分はカメラ役なわけだから、自分視点の映像しか残らないだろう。

しかし、他人にもカメラがあったらどうだろう？　他人のカメラがおさえた映像を見ると、自分が映っている。そこでは自分が登場人物、つまりモノとして登場するのだ。

つまり何が言いたいかというと、私たちは、他人にまなざしを向けられることによってモノと化してしまうということだ。このことを〝他有化《たゆうか》〟と私は呼んでいる」

「他有化、ですか」

「そうだ。他人にモノとしてとらえられてしまうからな。そしてここからが肝《きも》なんだが、他有化された自分を私たちは引き受けなくてはならない……」

「どういうことですか？」

「そうだ、他有化された自分、というのはようするに他人の目に映った自分だ。

他有化された自分を、私は〝対他的存在《たいたてきそんざい》〟と呼んでいる。

この〝対他的存在〟は厄介で、他人の目に自分たちがどのように映ろうと、それは自分の一部となってしまうというジレンマを含んでいるのだ」

「えーと、それはどういうことですか？」

「例えば君が、私を見て〝うわ～カッコイイ！〟と思ったとする。すると君の世界の中にいる私はカッコイイものとして存在する。

しかし、君が私を見て〝ダサいおじさん〟と思ったとする。すると君の世界の中にいる私はダサいおじさんとして存在してしまうのだ。まあそうでないと思いたいがな……。

つまり、他人に対象化されてしまう、ということは他人の主観を、なすりつけられてしまう、ということだ」

「他人の主観を、ですか」

「そうだ。簡単に言うと、私たちが他人を見てどう思おうが自由だろう？

初めて会った人物に対して、心の中で、〝この人本当にイケメンだな〟と思うのも自由。〝うわあ、この人清潔感ない……嫌だな〟と思うのも自由。

まあ、嫌な印象をはっきりと相手に伝えるとトラブルを生むと思うが、心の中では自由だ。

しかし、この自由は私に限ったことではない。他人も同じように自由なのだ。つまり、他人が自分を見て、〝素敵な人だな〟と思おうが、〝うわ、こいつ自慢ばっかりだな〟と嫌なレッテルを自分に貼ろうが、それは私たちが操作できない、他人の領域《りょういき》なのだ」

「そっか……そうですよね。

出来るだけ印象よく見られようと、清潔感を心がけたり、明るく振る舞ったりは出来ますが、相手がどう受け取るかは、最終的には相手次第ですよね」

「そうだ。つまり他人は私たちに対して、思ったままに自由にレッテルを貼ることが出来るのだ。

自分で自分のことをいくら〝俺ってイケメンだな～〟と思っていたとしても、他人の世界では〝カッコよくない自分〟が存在している場合がある。

まあ、逆に自分のことを〝地味で暗い女〟と思っていたとしても、他人の世界では〝メガネをとったら美人になりそうな自分〟が存在している場合もあるかもしれない。少女漫画でよくある設定だな。

つまり何が言いたいのかというと、そういった他人の領域に私たちは踏みこむことができないし、コントロールすることも出来ない、ということだ」

「ああ、なんか掴めてきました。サルトルさんが他人に対して抱《いだ》いている距離感が」

「そしてもうひとつ。〝恥〟という感情を持った時に、私たちは他人の中にある自分像を引き受けなくてはならなくなる。君は〝恥〟を感じたことはあるか?」

「もちろんありますよ。改札を通る時に、ICカードが残高不足で、ピンポーン! と大きな音が鳴った時とか……」

「たしかに、身近な恥ずかしさだな……。ちなみに、私がいま話している〝恥〟はこんな感じだ。

例えば、夜遅くまで会社で残業しているとしよう。もう夜も深く、社内には誰もいないので、靴を脱いで、鼻の穴に指をつっこんだり、変な鼻歌を歌ったり、おならをしたり家の中にいる時のように、リラックスしながら仕事を片付けていたとする」

「リアルに想像できて、もうすでに恥ずかしいですね……」

「そうだな、まあリラックスした状態で仕事を片付けていたとしよう。すると、その時背後から、ガチャンッと音がする。びっくりして振り返ると、もう帰ったと思っていた部下が、机の上から落ちてしまったペンケースを拾っている。

一瞬で血の気が引く。誰もいないと思っていたオフィスには、まだ部下が残っていて残業していたのだ。そして、さっきからの自分の醜態《しゅうたい》も鼻歌もおならも、すべて聞かれていたのだ」

「うわ〜気まずいというか、死にたくなりますね」

「まあそうだな。そしてその時、〝恥〟の感情が湧き上がってくる。いままで、自分の世界に没頭してリラックスモードだったのが一転、〝醜態をさらしまくっていた上司〟という部下から見た自分像が、自分の世界に舞いこんできて〝醜態をさらしまくっていた上司〟という自分像を引き受けなくてはならなくなる」

「つまり、リラックスモードだった自分の世界がぶち壊されて、〝醜態をさらしまくっていた自分像〟が自分の世界に登場するというわけですね」

「まさにそうだ。〝恥〟を持つことによって、自分の世界の中で、自分がモノ化してしまうのだ」

「そう考えると、他人と自分は、つねにせめぎ合いの関係ということも少し理解できます」

「ああ、他人とは、一見近いようで遠い存在なのだ」

「人はどれだけ近くにいても、それぞれに主観があって独立した存在なんですね」

「自由な存在である他人に対して、私たちが出来ることはまなざしを向け返すこと、つまり他人を対象化することによって、主体性を、自分の世界を取り戻すことくらいしか出来ない。

私たちは、他人にいくら近づいたところで、他人の領域に踏みこむことは出来ないし、他人の意識を味わうことも出来ない。

それは同じ風景を一緒に見たとしても、他人とまったく同じようには感じることが出来ないということだ。

どこまでいっても私たちは他人と同一にはなれない。『他人には到達しえない』のだ。他人は他人の自由を生き、私たちは自分の自由を生きる。つまりどこまで行っても、私たちは自分の自由を生きることしか出来ないのだ。自分の自由から逃れることは、出来ないのだ」

サルトルはそう言うと、葉巻の先端《せんたん》に火をつけ、ゆっくりとふかした。葉巻の先端は、点滅するように赤く灯っては消え、灯っては消えを繰り返し、苦いような甘いような、香ばしい煙がかぐわしい。

私たちは、同じ部屋で同じ時を過ごしているが、サルトルと私の世界の間には大きな隔《へだ》たりがあり、それはこの空間にいる者それぞれが、それぞれの世界で生きているという、どこか物哀しい現実の表れでもあった。

自分が自分の目で、自分の主観で世界を構築しているという、あまりに当然の出来事も、サルトルの言葉を通して直視して見ると、自分が宇宙に浮かんだ小石のように、宙《ちゅう》ぶらりんで、孤独な存在であるように思えてきた。

そして、人は誰しもが孤独な存在というのは、どんな関係の中でも同じなのかもしれない。私は家族の中では、娘だけれども、児嶋アリサという一人の人間で、おばあちゃんも、お母さんも、お父さんも、お兄ちゃんも、それぞれ一人の人間、一人の孤独な存在なのだろうか。

「あの、サルトルさん、その私たちは他人に歩み寄ることは出来ないのでしょうか？」

私は思わず、サルトルに尋ねる。

サルトルはこちらにゆっくりまなざしを向けると、口に含んだ煙を浮かべるように吐いた。

「そうだな、出来るとするならば、他人をそのままの存在とし、見守ることくらいではないだろうか」

「それはどういうことでしょうか？」

「他人の自由を、他人の自由とし、見守るのだ。自分の安定のために他人を利用したり、強制するのではなく、見守るのだ。

つまり、他人を使うのではなく、しっかりと自分を生きるのだ。『あなたはあなたの一生以外の、何ものでもない』のだから」

私は、私以外の何ものでもない……。よく耳にする流行りの曲のフレーズに似ていて聞き覚えのある、当たり前の事実が、やけに胸を突くのは、どうしてだろうか。

自分の人生は自分にしか歩めないというプレッシャーからなのか、それとも、家族という関係をいままでとは違う視点で眺めだしたからなのだろうか。

はっきりした答えは出ないまま、私はただ心の奥に芽生《めば》えた緊張感に似た感覚を持ちこたえるしかなかった。

「まあ、もし君が、もう少し人生について考えたいのなら、この男を訪ねるといい」

そう言うと、サルトルは鞄から名刺入れを取り出し、その中の一枚を私に差し出した。名刺に記された名前は〝マルティン・ハイデガー〟。京都大学の教授のようだ。

「あ、ありがとうございます、えっとこの方はどなたですか？」

「この男は、私の思想に影響を与えた男だ。〝死の哲学者〟とも呼ばれている」

「死の哲学者、ですか……」

「そうだ、一度、彼を訪ねてみるといい。ぱっと見は強面《こわもて》だが、話してみるといいやつだ」

「そうですか……ありがとうございます！　今度、訪ねてみます」

「きっと君の人生のいいきっかけとなるだろう。私からも言っておく。まあところで……」

「はい」

「どうだろう、私と付き合ってみる気はあるだろうか」

「……え？」

私が答えると同時に、サルトルは、隣に座るビーバーちゃんに懇願《こんがん》しだした。

「ビーバー、どうだろうか？　私は彼女と交際したいと思う。しかし君のことを嫌いになったわけではない。これからも変わらず君との交際もつづけていく。しかし、私とビーバーの関係性は、偶然ではなく必然的《ひつぜんてき》なものだろう？　だからこそ私は透明性を重視して、いま君に了解をとっている。どうだろうか？　私は彼女の無垢《むく》さに色気を感じてしまったのだ」

サルトルは、独自の理論を展開しながら、たたみかけるようにビーバーちゃんを説得しだした。

私はただぽかんとして、二人にまなざしを向けていた。

（え？　どういうこと？　この二人は付き合っているの？　そしてサルトルは彼女の目の前で私にも「彼女にならないか」と言っているわけ？）

理解しがたいこの状況に対する、心の声が、私の頭の中で洪水《こうずい》のように勢いよく流れて行く。

「ハイハイ。あなたがしたいならそうすればいいんじゃない？　私がなんと言おうと、あなたの自由を私が強制する権利はないっていう話に落ち着くんでしょ」

ビーバーちゃんはこの状況に慣れているのか、達観《たっかん》しているのか、特に取り乱した様子もなく自由気ままなサルトルを受け流していた。

「そうか、ならよかった。大丈夫だよ、これからもいままでどおり、他の彼女たちよりも君を優先するし、君にはすべてを話すから。なんせ私とビーバーとは必然的な関係だからね」

サルトルの破天荒《はてんこう》すぎる発想と異性関係に、私は人生でここまでドン引きを体感したことはなかったなと、痛感《つうかん》していた。

ニーチェが言っていた「サルトルは無類の女好きだから」という言葉はこういうことを言っていたのか。

その後、私は理屈っぽく口説くサルトルの言葉をひたすらかわしながら、ビーバーちゃんのはからいにより、サルトルがトイレに立った間に一人でお店を脱出した。

月明かりがほんのりこぼれる、静まり返った石畳の道の中、私は履きなれないヒールをコツコツと鳴らしながら、一人帰路につく。

ビーバーちゃんは「ごめんね、本当に、酔っていたみたい」と私に何度も謝っていたが、私はどこか少し微笑ましい気持ちであった。

「他人は地獄だ」と言っていたサルトルにも、理解者がいることを目の当たりにしたからだろうか、交際の形こそ独特だが、二人は互いにわかり合っているように見えたからだ。

そして、このように思う私の気持ちは、人には見えない私だけのものだということにも少し、愛おしさを覚えた。

死をもって生を見つめた場合に、人は代わりがきかない存在だ

その日、私は夢を見た。

海が見える岬の側のだだっぴろい自然の中を歩いていて、夜明け前のような灰色か青かはっきりしない曖昧《あいまい》な空の下を歩いていた。

打ち返す波の音だけが、単調《たんちょう》に響き、私は誰かと話しているのだが、その声がよく聞き取れないのだ。

眩しいわけでもないのだが、顔もよく見えない。

しばらく歩いたところで、私はその人物と別れ、一人になる。

一人になった私は、相手を追いかけることもなく、また歩き出す。

まるで前々から別れを覚悟していたかのように、当然のことのように、一人で目的地の見えない広大な自然の中をただ歩いて行くのだ。

「ブァハハハハ！」

突然、部屋中に大きな笑い声が響きわたる。驚いて飛び起きると、ニーチェがパソコンで動画を見ながら爆笑していた。

「え？　なになに!?　なんで家にいるの？」

私は寝ぼけまなこで、枕元に置いたはずのメガネを捜した。

ニーチェはずいぶん前から来ていたのか、リラックスした様子でソファに腰掛けて、抹茶らしきものを飲んでいた。

「暇だったから来てみたら鍵が開いていたのだ。壊したわけではない。というかアリサもこのYouTube見てみろ、メントスを口に入れてコーラを一気飲みするとメントスが爆発するらしい。抹茶噴きそうになったわ」

「……」

「あれ、あんまり興味がないか？　そうかアリサはあれか、YouTuberをバカにする類いか？」

「いや、ちょっと待って、起きたばっかりで全然話についていけないわ。

鍵が開いてたって、昨日閉め忘れたまま布団に入っちゃったのかな……。それにしても、勝手に家に上がるってどういうこと？　びっくりさせないでよ……」

寝巻きには汗がびっしょり。窓の外では蝉《せみ》たちが、誰に気をつかうこともなく、大きく鳴きわめいていた。

私はメガネをかけ、冷蔵庫からお茶を出して、グラスと一緒にテーブルに置いた。

「いや、まじでびっくりしたわ。変質者《へんしつしゃ》かと思った」

「そうだな、メントスコーラなんて普通やろうと思わないもんな（笑）」

「いや、YouTuberの話じゃないよ、ニーチェがいきなりいてびっくりした、変質者かと思ったってことだよ」

「そうか、まあ変質者ではなくて、よかったではないか。それで、昨日はどうだったんだ？ガールズバーに行くなら同行したかったが」

「ああ、昨日のサルトルの会ね。楽しかったよ。ニーチェとはまた違う思想が聞けて。ただ、いままで会ったことのないタイプだったから、少し衝撃的《しょうげきてき》だったというか、大人の世界って複雑なんだなあ、と思ったよ」

「私が言ったとおり、女好きであっただろう？　何か手を出されたか？」

「さすがに手は出されてないけど、たしかに付き合ってみないか？　みたいなことは言われたよ。人生最初の告白がサルトルっていうのも、正直複雑な気持ちだったなあ。しかも、彼女がいる前で堂々の二股宣言。大人って怖いね、私はまだ子供でいいや」

「そうか、やはりな。他には何か言っていたか？」

「あーそうだね『他人は地獄だ』って言っていたかな。一番印象的なのは」

「そうか。サルトルは小さい頃、両親を亡くしているからな、他人を地獄だというのもまあ、しょうがない部分もあるのだろう」

「両親を亡くしている？　そうなんだ、二人共死んじゃったってこと？」

「いや、父親はサルトルが一歳の頃他界してしまったのだが、母親もサルトルを祖父母の家に預けたのだ。なので正確には、母親に捨てられたという感じだな」

「そっかそうなんだ、そんな背景があったんだね」

私とはまた違うけれど、サルトルの家庭もごくごく一般的な家庭環境ではなかったようだ。

「まあ、その家庭背景がサルトルの思想のすべてというわけではないが、多少関係している部分もあるのではないだろうか」

「なるほど、そういうのを聞くとなんとなく理解出来るな、あの自立した雰囲気というか、ハードボイルドな感じ……あ、そうだ」

私は、昨晩、サルトルに手渡された名刺のことを思い出した。鞄の中から、名刺を捜し出し、ニーチェに聞いてみた。

「昨日さ、サルトルに〝人生について考えたいのならこの男を訪ねるといい〟って渡されたんだけど……この人知ってる？」

「ああ、ハイデガーか」

「やっぱり知ってるんだ！　どんな人なの？」

「ハイデガーは私と同じ、ドイツ生まれだ。ハイデガーは〝存在の意味〟について考えた哲学者だ。

　これまであった〝神がいるから存在している〟という仮説を無視して、真っ向から〝存在している とはどういうことか〟を考えたのだ」

「そうなんだ。つまり、現実的な感じの人ってこと？」

「現実的というか、真面目というか、複雑な人間でもあるな。ひと言でいうのは難しい。

　あとハイデガーは心臓が生まれつき弱くてな、そういう背景もあったからか人一倍〝死〟について考えていた。

　死について考えていたと言っても、自殺願望があったとか、昭和の文豪《ぶんごう》や詩人、例えば詩人の原口統三《はらぐちとうぞう》のように『人生そのものを芸術する』といって自殺したような死に魅入られていたわけではない。死をもって〝生〟を見つめたのだ」

「死をもって、生を見つめた？」

「死には代役がないのだ。まあ、訪ねてみるといい。なんなら私も一緒に行こう。ちょうど退屈していたところだ」

「え？　けど、どうやって会うの？　名刺はもらったけど、このアドレスにメールを出せばいいかな？」

するとニーチェは、指に前髪を絡め、しばし黙ったのちにこう言った。

「いや、その必要はない。張ればいいのだ！　出待ちだ！　こちらからハイデガーを見つけに京大まで行こうではないか」

「えっ、それ本気で言っている？」

「私は、それがてっとり早いと思っている。しかし、あとはアリサが決める問題だ。私はあえて強要しないでおこう」

ニーチェはそういうとニヤニヤしながらこちらを見た。

「うん……そうだね、なんかちょっと面白そうかも！　冒険してみようか！」

「そうか、アリサも少し積極的になってきたな。よし、そうと決まれば用意するのだ！」

私は急いで出かける準備をし、ニーチェと、出町柳駅の近くにある京都大学へと向かった。

待ち伏せをする、という方法こそ褒められたものではないが、ニーチェが言っていた「死をもって生を見つめる」という言葉のゆく末が、釣り針のように深く心に引っかかったのだ。

京都大学は出町柳から、十分ほど歩いたところに立ち、広大な敷地《しきち》を所有している。北側に位置する農学部と理学部キャンパス、中央には文系の学部と工学部のキャンパス、南西側には医学部、薬学部のキャンパスがある。

私たちは、中央のキャンパスにある時計台の近くにあるカフェのテラス席に座った。

時計台の下には、樹齢《じゅれい》がいくつか見当もつかないほど立派なクスノキが威風堂々《いふうどうどう》とそびえている。

時計台は、遠くに見える京都の山々を背景に、威厳と歴史を見るものに感じさせていた。

「で、これからどうするの?」

来たはいいものの、一体これからどうすればよいのだろうか。私はニーチェに尋ねてみた。

「アリサ、これだ。いまはシラバスがネットで調べられる時代だ。ハイデガーは多分、現象学《げんしょうがく》の講義を受け持っているであろう。現象学は、総合人間学部だろうか……おっ、あった! ビンゴだ」

「おっすごい!」

「今日の二講目に授業があるようだ。潜りこんでもいいが……この時期だからテストかもしれんな。

まあいい、二講目が終わる頃に教室に行ってみよう、ではそれまでポケモンでも捕獲しつつ腹ごしらえでもするか」

ニーチェはそう言うと、テーブルの上の呼び鈴ボタンを押した。

「この、総長カレーのステーキというものをいただこう。そうだな、米は五穀米《ごこくまい》を大盛りで！　あとカフェオレを二つ！」

「朝から大盛りのステーキカレー食べるなんてすごいね……。ねえニーチェ」

「どうした？」

「京大って、ちょっと独特な雰囲気じゃない？　いまの私の頭じゃ、到底入学するのは無理そうだけど、この雰囲気にはちょっと憧れちゃうな。

大きな庭園みたいというか、ここだけ時間の流れが違うみたい。木がたくさん生えているけど、どれも幹《みき》に苔が覆っている。建物は赤茶色のレンガでなんかノスタルジックだし。けれどカフェテリアとか研究施設は真新しいじゃない。なんというかすごく……」

その時、正門の方から大きな笑い声が聞こえてきた。ジャージ姿で、テニスのラケットバッグを背負った男女の集団だ。

派手な髪色に焼けた肌。京都大学のノスタルジックな雰囲気とは真逆の、いかにも今風といった出で立ちだ。

その集団を不思議そうに見つめるニーチェに気づいたのか、集団の中の一人が、ニーチェの横を通り過ぎた時、ぼそっと「うわ、イカ京……」と呟いた。

私はその辛辣《しんらつ》なひと言に思わず噴き出してしまう。

「プッハハハ……ニーチェごめん笑って、いま〝イカ京〟って言われてなかった？　ハハハ」

ニーチェは何が起こったのか理解できていないといった、おびえた小動物のような、とまどった顔つきをしていた。

「なんだ？　〝イカ京〟って」

「あーおかしい〝イカ京〟っていうのは〝いかにも京大っぽい見た目をしてる〟って意味だよ。秀才の東大、天才の京大っていうじゃない。研究ばっかりしてファッションに興味なさそうなちょっと変わった見た目の人を〝イカ京〟っていうみたい。

ちなみにさっきの男の子たちみたいな、派手なイケメンは〝マサ京〟っていうんだって。〝まさか!?　京大生に見えない〟っていう意味みたい。

まあ最近は、京大生も派手なイケメンが増えて〝イカ京〟より〝マサ京〟比率《ひりつ》の方が多いって言われているみたいだけど」

するとニーチェは恥ずかしいからか、怒りからか、顔を真っ赤にして、運ばれてきたステーキカレーをガツガツとかきこんだ。

「事実というものは存在しない！　あるのは解釈《かいしゃく》だけだ！　イカ京というのは侮辱《ぶじょく》ではなく、聡明《そうめい》な容姿という意味だと私は解釈する！」

「ごめん、ごめん、ニーチェ怒らないで」

私はニーチェをなだめながら、校内のノスタルジックな風景に浸っていた。

近代的な研究施設やカフェテリアと、レンガ造りの古びた建築物《けんちくぶつ》、苔が幹から枝を覆い尽くすように生える広葉樹《こうようじゅ》、伝統と近代が織り交ざった不思議なこの空間に目を奪われていた。

そして、そんな風景に見とれながら、私たちはカフェで時間をつぶしてから、ハイデガーの講義が行われている教室へと向かった。

講義が行われている大教室の前で待っていると、チャイムが鳴り終わると同時にぞろぞろと人が出てきた。

私は、ハイデガーの顔を知らないので、ニーチェに見つけてもらう段取りをしていたのだが、教室から、周囲よりひときわ年のいった白衣姿の男性が出てくるのが目についた。

「ニーチェ、あれ見て。もしかしてあの人?」

「ああ、そうだ、彼だ」

そういうとニーチェは男性のもとへ駆け寄り声をかけた。

「やあ、ハイデガー君、久しぶりだな。どうだ、現象学の研究は?」

すると男性は目を丸くし、感激したかのように、ニーチェと固く握手をした。

「いやあ、お久しぶりです。どうされたのですか、大学に何か用事でも?」

「いや、連れがいてな。どうしても君に会いたいというので連れて来たのだ」

そう言うとニーチェはこちらを見た。

「は、はじめまして、あの、私は児嶋アリサと申します」

「はじめまして、ハイデガーです」

「あの、えっと……」

どうしよう、なんと説明したらいいのだろうか。初対面の相手に緊張してうまく言葉が出てこない私に、ニーチェが「ほら早く」「思い切って言っちゃえ」とつんつんと肘《ひじ》でつつきながら急かしてくる。

そんな様子を教室から出てきた学生たちが「なんだなんだ？」と怪訝《けげん》な顔でこちらを見ている。心底やめて欲しい、まるでこれから告白するみたいじゃないか。言葉こそ綺麗にまとまらなかったが、私はハイデガーに今日来た理由を率直《そっちょく》に伝えてみることにした。

「あの、突然すいません、サルトルさんからお話を聞きまして、ハイデガー先生の死についての考え方を聞きたくて、今日ここに来ました。

普段あまり死について考えたことはなかったのですが、死について少し考えてみたら、とても自分の人生において重大なことのように思えてきて、勉強不足かもしれませんが、お話をお聞かせ願えませんでしょうか」

するとハイデガーはしばらく黙ってこう言った。

「そうか、サルトルか。死は自分にも訪れることだが、誰もが自分にも訪れると直視しにくいものでもある。

いいでしょう。では、私の研究室にいらしてください。そこで話しましょう」

そう言うとハイデガーはくるっと背を向けた。私たちはハイデガーと研究室へと向かった。

研究室は綺麗に整理整頓されており、本棚にみっちりと難しそうな文献《ぶんけん》が並んでいた。

「どうぞ、お座りください」

ハイデガーは日当たりがよい、大きな窓を開けた。

研究室にやって来た風は、置かれた古書《こしょ》独特のどこか懐かしい紙の匂いが漂っていた。

ハイデガーは研究室に置かれた、銀色の扇風機のスイッチを入れる。

私たちは研究室に置かれた小さなパイプ椅子に腰掛け、ハイデガーが話し出すのを待った。

「それで、死についてですか。どこから話しましょうか。あと、私の説明は少し、独特な専門用語も多いですが、そのあたりはどのへんまで理解されていますか？」

「えっと、すいません。正直言って、ゼロパーセントです……」

「そうですか。では、そのあたりも踏まえてお話ししていきましょう。

まず、死についてですが、児嶋さん、あなたはどこまでが生でどこからが死だと考えていますか？」

「どこまでが生でどこからが死ですか？　それはどういう意味でしょうか」

「ああ、宗教観によっては、死んでも、まだ死ではないという考え方もありますよね。

例えば、肉体が朽ちても、魂は永遠に生きつづけるという宗教観の持ち主であれば、心臓が止まろうが、魂は生きつづけるわけですから、死ではない。

あなたはどうお考えですか？」

「それは、特にそういう宗教観はないです、死は死です。

心臓が止まった時点で死ですかね」

「そうですか、では説明しやすいですね。ソクラテスの時代なんかは死んでもなお魂が生きつづけるという考えがありましたから。私は死をそういった曖昧な解釈ではなく、死を真っ向から考えた初めての哲学者でしょう」

「そうですか、その考えにいたったのはどうしてなのですか？」

「それは〝ダーザイン〟の意味の追求です」

「ダ、ダーザインですか？」

「ダーザインとは、いまここにある存在という意味です。そして、存在しているという意味を理解することの出来る存在です。これは人間特有のものだと、私は考えました」

「すいません、ちょっと本当によくわかっていないので、小学生に教える気持ちでお願いいたします……」

「わかりました。まずこのダーザインという言葉、文豪の太宰治《だざいおさむ》のペンネームの由来になったという説もあります。

まあ、あくまで都市伝説なので、信じるか信じないかはあなた次第ですが……」

「ああ、ありがとうございます、そういう親しみやすい例からだと助かります」

「このダーザインは、人間特有のものです。どういうことかというと、存在しているという概念を理解出来る存在だからです。

人間は、いまここに自分が存在している、という意識を持っている。

そして、身の回りにあるもの、そうですね、例えばそこにある本棚。そこに本棚が存在しているということも理解出来るし、私から見てあなた方二人が存在しているということも自然と理解しています。

しかし、動物はどうでしょう？　動物も、人間同様自分が存在しているということは理解しているかもしれません。

しかし、そこに本棚が存在していて、あなた方二人が存在している、とまでは理解していないのではないでしょうか。

せいぜいわかるのは、食べ物があるか、捕食者がいるか、障害物があるかなど刺激を感じるくらいで、ここに本棚がある、時計がある、人が三人いるということを理解しているわけではない。

つまり〝存在している〟ということを深く考えるのは人間特有のものでもあるのです。

私たちは何かにつまずいた時に、〝自分の存在価値はなんだろう〟とか、〝存在理由はなんだろう〟とか思い悩むことがありますが、そういった存在にまつわる苦悩は人間特有のものなのです」

「そうだ、アリサ。人間は厄介なのだ」

「存在理由、ですか。たしかにたまに思いつめてしまうこともあります」

「逆に言えば、人は存在理由や存在価値を明確にしたがる生き物でもあるのです。動物は、なぜ自分がいまここに存在しているのか？　なんて悩んだりしませんよね。食べて、寝て、繁殖して。ただ生物として生存維持をしている。しかし、人間は厄介です。生存維持をしているだけでは満足しません。

むしろなんの不自由もなく生存しているだけだと、気を病んでしまうかもしれません。〝一体なんのために生きているのだろう〟といった具合に」

「なるほど、生存するだけでは、人は満足しきれないんですね」

「そうです、しかし人は普段からそのように自分の存在理由を見つめ、生きるということを丁寧にあつかっているわけではありません。日常に埋もれてしまい、なんとなく惰性の日々を過ごすことも珍しくありません」

「そうですね、生きている理由について気にかける時もありますが、四六時中というわけではないですもんね」

「そうです、そしてそんな毎日の中で私たちは重要なことを忘れてしまっているのです」

「重要なことを忘れてしまっている、ですか？」

「そうです、なんだと思いますか？」

ハイデガーは両手を膝のあたりで組み、ゆっくりとした口調で私に尋ねる。

心地よい風で、カーテンと机の上に置かれた書類がさわさわと静かに揺れている。

「え？　なんでしょう、周りへの感謝の気持ち……とかですか？　すいません、わかりません」

「そうですね、周りへの感謝の気持ちを忘れてしまうこともよくありますが、違います。私たちが普段忘れてしまっていること、それは〝死ぬ〟ということです」

「死ぬ……ということ？」

「ダーザインは死へ向かう存在です。生あるものは、いつか命が尽きてしまう。しかし、私たちは、自分が死んでしまうということを普段忘れて生きている。忘れて生きている、というよりも大して意識しないで生きています」

「意識しないで、生きている……」

「はい、私たちは必ず死にます。人間の死亡率は百パーセントです。

死期が不確かなだけで死は確実です。

全人類に平等に与えられるもの、それは死です。しかし、私たちは普段死を意識しない。

死んでしまうかもしれない！　死ぬのが怖い！　と意識することは、病気になった時や、老いを感じた時、身近な誰かが亡くなった時、または思春期でもやもやしている時くらいです。

普段の生活の中で、〝死んでしまうのが怖い〟なんて口走っていたら、精神的に病んでいると思われるほど、自然なことではなくなっている。私たちは一秒ごとに死に向かっているのに。

これはおかしいと思いませんか？」

「たしかに、あらためて言われてみるとそうかもしれないですね。死ぬことは大前提なのに、普段死ぬことを意識することは全然ないですよね」

「そうです、死は〝ダスマン〟に訪れるものであり、自分とは切り離されているのです」

「ダスマン……ですか？」

「ダスマンとは、言いかえれば、〝特定の誰でもない誰か〟という意味です」

「誰でもない誰か、ですか？」

「はい〝人〟という意味ですが、特定の誰かを指しているわけではありません。

例えば、君がいま動画を撮ってYouTubeにアップしたとします。その時〝誰か見てくれる人がいるだろう〟と思ったとしましょう。

その場合の〝人〟は、誰か特定の人間ではなくて、誰でもない誰か。つまり、誰であってもいい存在なのです」

「まあ、人気YouTuberになればなるほど、知らないやつに見られているもんだしな」

YouTubeと聞いてニーチェは、急に前のめりになり、嬉しそうに会話に入ってきた。

どうやら、YouTubeに相当はまっているようだ。

「ああなるほど。一口に人といっても、特に顔が浮かばない誰かという曖昧なものを指しているんですね」

「そうです、そしてそれこそが〝ダスマン〟です」

「その、死は〝ダスマン〟に訪れるというのは、どういう意味でしょうか？」

「ああ、例えば、君は〝いつか自分は死んでしまう〟ということを知っています。そしてこれは君に限らず、誰しもが知っていることです。

しかし、いつか自分は死んでしまうという事実は言葉ではわかっていても、リアリティーを持てない事柄でもあるのです。

自分はいつか死んでしまうということがわかっていながらも、どこか想像がつかないような状態にあります。

つまり死を想像する時、私たちは自分の死を直視することは稀《まれ》で、どこか他人事なのです」

「他人事、ですか」

「そうですね、ちょっと待ってくださいね」

ハイデガーは立ち上がると、綺麗に並べられた本棚を見上げ「どこにあったかな」となにかを探し出した。そして、上段に手を伸ばし、一冊の本を本棚から抜き取ると、こちらに差し出した。

「この本は、なんですか？」

「エリザベス・キューブラー＝ロスという精神科医が出した『死ぬ瞬間』という名著《めいちょ》です。その中に、人間が自分の死を受け入れるまでのプロセスが描かれていて、自分の死を受け入れるまでには五段階あるというのです。

第一段階は否認《ひにん》、拒否。自分が死ぬということを受け入れられない段階。

第二段階は怒り。自分がどうしてこんな目に遭わなければいけないのかと憤慨《ふんがい》する段階。

第三段階は取引。なんでもするから延命させて欲しいと、懇願《こんがん》する段階。

第四段階は抑鬱《よくうつ》。厳しい現実を目の前に、絶望して抑鬱状態となる段階。

そして第五段階が受容《じゅよう》です。

ここで、人は初めて自分自身の死を受け入れられるのです。しかし、受け入れつつも、完全には希望が捨てられないといった状態にあります。もしかすると、回復するかも、まだ生きることが出来るかも、という希望はかすかながらも残っている状態です。

自分はいつか死んでしまう、いくら頭でわかっていても実際に死を目の前にすると、簡単に受け入れられるものではありません。人が死ぬということに慣れているはずでも、死んでしまいたいと思った過去があったにせよ、死というものは大きく私たちにのしかかるのです。決して一口に飲みこめるようなものではないですからね」

「おお、それは面白そうな本だな、アリサ、貸してくれ」

ニーチェは私の手から、本を取り上げ、ペラペラとページをめくった。

死は、いつか自分にも訪れるのに、他人事。ハイデガーの話に聞き入るほどに、私の鼓動《こどう》は速度を早めていった。焦燥感《しょうそうかん》が胸にぎゅっと絡みつく。

なぜこんなそわそわとした感覚が自分を襲っているのかさだかではないが、どれほど前向きに考えようが、どれほど現実から目を背けようが、私の人生の先で、確実に死という暗い奈落《ならく》が待ち構えていると思うと、やはりどこか受け入れがたい恐ろしさがあるのだ。

いつか死ぬ。死ぬということはわかっている。

しかし、それは自分自身のことのようで、どこか他人事だといったハイデガーの言葉を丁寧になぞっていくと、得体の知れない恐ろしさがこみ上げてくるのだ。

「そうですね、たしかにいま少し、死ぬというのがどういうことか、考えてみて嫌な気持ちが胸をうめつくしていますが、死を直視するというのは、もっと残酷なことなんでしょうね、きっと」

「そうです、死をもって生を見つめる。当たり前のことかもしれませんが、私たちは世の中に流される。流される中で、ダスマンと化してしまっているのです」

「ダスマンと化してしまっている？　それはどういうことでしょうか？」

「ダスマン化してしまっている、を言いかえれば、代わりがきくような生き方をしてしまっているということになります。

いつか死ぬ、けれどもいつか死ぬということは現実であってもどこかリアルではない。現実味があるようでない。

私たちにとって、時間は有限であるのに、いつまでも続く終わらないもののかのような気がしています。

死に向かっているということを自覚して毎日を大切にする、というよりかは、毎日を消費してしまっているのです」

「毎日を消費、ですか。そう言われると、時間には限りがあるのに、無限にあるような錯覚に陥っている節《ふし》は私にもありますね」

「私が思うに、動物には〝いつか死ぬ〟という意識がありません。いつか死んでしまうから、いまをこう生きよう！　と意識することはないのです。ただ毎日を消費するように生きているだけです。呼吸し、食べて、寝て、生存を維持している状態です。

生きることと、生存を維持している状態は違うのではないかと、私は考えます。人間も、動物のように、呼吸し、食べて、寝てを繰り返す生き方はできます。人間の場合だとこれに労働が加《くわ》わる場合が多いと思いますが、このような生き方は〝ダスマン〟以外のなにものでもないのではないでしょうか」

「つまり、どういうことでしょうか？」

「代わりのきかない生き方をする、これこそが人間が目指すべきものなのではないかと私は考えます」

「代わりのきかない生き方ですか？　それは……ハードルが高いですね」

「ほう、なぜそう思うのですか？」

「代わりがきかないって、選ばれし人にしか無理なんじゃないでしょうか……。私みたいな凡人ではない天才にしか無理な気がします」

「どうしてそう思うのでしょう？」

「それは、私も小さい頃は、自分は自分しかいない！　みたいに根拠《こんきょ》なき自信を持っていましたが、自分の〝程度〟が徐々に見えてきているような気はします。

私はまだ高校生ですが、試験の時とか、陸上の大会の時もそうでした。自分の才能や能力では越えられない壁みたいなものを、ひしひしと感じました。

代わりがきかない人間だという風に思いたいけど、そう思いこむことは、自己欺瞞《じこぎまん》にしか思えません。

周りにはもっと自分よりも能力が高い人がいて、才能がある人がいて、自分はつくづく普通の人間だ、ありふれた人間だという感覚は、大人になるにつれて、強くなってきています」

その言葉に、ハイデガーは少し顔をしかめ、腕を組む。

窓の外では、なにかを必死に訴えるかのように力強く鳴く蝉の声が響いている。

「そうですか、では君が、代わりがきかないと思う人間はどういう人間でしょう？」

「それは、自分なんかと比べものにならないくらい才能があって、才能を発揮出来る場もあって、いわゆる天才的で有能な人、ですかね。スティーブ・ジョブズ的な？」

「なるほど。けれども、一概《いちがい》にそうとも言えないのではないでしょうか」

「え、どうしてですか？　有能な人はその人以外に代わりがきかないじゃないですか!?」

「たしかに、君が言うように、才能によって代わりがきかない働きを出来るかどうかは変わってくるでしょう。コンビニのアルバイトと、爆発的ヒットを飛ばすアーティストがいた場合に、その人の代役を務められる能力がある人間の人数は変わってきます。

例えば、コンビニのアルバイト店員が、〝怪我をしてしまい、来週のシフト出られません〟と言った場合に、探せばアルバイトの代役を果たせる人は、見つけることが出来るでしょう。

しかし、爆発的ヒット曲をとばすアーティストが、〝怪我をしてしまい、来週のライブに出ることができない〟と言った場合は、レコード会社や所属事務所がなんとしてもライブをやり切らせるか、ライブを延期にするでしょう。

これはそのアーティストの代役を果たす人間がいないからです。しかし、それでも究極的に言えば、代わりはいるとも言えます」

「どうしてでしょう？」

「利益を生む、ヒット曲をつくれる、といった条件を満たせる人間であれば代わりになりえるからです。

ファンからしてみると、そのアーティスト以外の代わりはいないかもしれませんが、数字のみで考えると代用《だいよう》可能です。ある一定の条件、役割を果たせる人間の人数は減ってしまいますが、大枠で見ると代用可能です」

「そっか、近しい条件を持つ別のアーティストも代わりになりえるということですか」

「そうですね、例えば大きな音楽フェスがあって、ある一組のアーティストが出演を断ったとしましょう。

君がその音楽フェスのキャスティングを担当していたらこう考えるのが自然ではないでしょうか？　〝じゃあ、同じくらい動員人数を期待出来るアーティストにオファーを出してみよう〟と」

「そうですね、動員人数は意識するでしょうね」

「そう考えると、代わりがきかない人間というのはなかなかいないのではないでしょうか。たしかに歴史上の偉人《いじん》のように、どうころんでも代わりがきかないだろうという人物は存在しますが、代わりがきかない方が稀な例ではないでしょうか」

ハイデガーの言葉にニーチェはうんうんと大きく頷いた。一緒にいる時間が長くて麻痺《まひ》していたが、そういえばニーチェも歴史上の偉人である。

「なるほど、そう考えると、ますます自分がちっぽけな人間のように思えてきます……代わりがききすぎます」

「いえ、そう落ちこむことはありません。ね、ニーチェさん」

ニーチェは本を読んでいる手を止めると、こちらをじっと見て答える。

「そうだぞ、アリサ。いまの話を聞いて〝三人の中で私だけ偉人じゃない……〟と自意識過剰《じいしきかじょう》になって落ちこんでいるのだろうが、この話はここからが本番だ」

「……励ましたいのか、蔑んでるのかどっち？　私は大丈夫だよ」

「はい、ニーチェさんの言うように落ちこむことはありません。私が君に伝えたいのは〝誰しも代わりがきくようで、代わりがきかない〟ということなのです」

「代わりがきくようで、きかない？」

「はい、どんな人間も代用可能ですが、代用不可能でもあります」

「代用可能だけど、代用不可能というのは、どういうことでしょうか？」

「自分自身でないと出来ないこと。人に代わってもらえないことがあるということです。それはなんだと思いますか？」

「えーと、なんでしょう、人生とかですか？」

「そうですね、人生もそうでしょう。そして」

「そして？」

「それは〝死ぬ〟ということです」

「また死ですか!?」

「はい、私たちは、私たちの人生を生き、死んでいく。

誰かに代わりに死んでもらうことは出来ない。

私たちが、例えば事件に巻きこまれて、こめかみに銃《じゅう》を当てて引き金を引くといったロシアンルーレットのデスゲームに参加させられたとしましょう。

最近こういう漫画や映画が多いので、馴染《なじ》みがあるでしょう。そういったデスゲームの結果、自分は助かったが、参加者の一人が死んでしまったとしましょう。

その場合〝自分の代わりに、他人が死んだ〟となるかもしれませんが、それは果たして死の代役となるでしょうか？　どうでしょう？」

「うーん、長い目で見たら代役にはならないと思います。その場で助かったとしても、いつか自分に死は訪れますよね。それが寿命であるか、病気であるかはわからないけど、どうあがいても自分にも死がいつか訪れちゃいますよね」

「おお、アリサ、以前より勘《かん》が働くようになってきたな」

「え、本当？」

「ああ、なかなか名答だったぞ、ハイデガーもそう思わないか？」

「はい、とてもよい答えですね。私が〝代わりがきくようで、代わりがきかない〟と言ったのは、そういう意味です。

社会的な役割に関しては、残念ながら代わりがきくことが多いだろう。多いというか、稀な例を除いて代わりがきくでしょう。

しかし、『死をもって生を見つめた場合に、人は代わりがきかない存在』なのです。これは全人類に当てはまることです。誰一人、死に関しては代わりがきかない存在なのです。

しかし、私たちは普段そのようなことを意識していません。君が言っていたように、自分の才能がどうだ、自分の能力がどうだ、と社会的に代用のきく自分に嘆くことの方が多いのではないでしょうか。自分が代用のきかない、かけがえのない生を見つめずに、他人から見た自分の必要性ばかりに目を奪われている。

しかし、私たちは本来代わりがきかない存在なのです。そして、そういった自分のかけがえのなさを気づかせてくれるのは、皮肉なことに〝死〟なのです」

「そっか、自分に起こる死に、代役を用意することは出来ないですもんね」

「そのとおり。自分の死は、自分でしか体験することが出来ません。他人が亡くなると、自分の世界からその人がいなくなります。

しかし自分が死んでしまうと、周りのあらゆる人を含めた世界ごと消滅します。他人が亡くなると、それまでいた人が亡くなるという喪失感を味わいますよね。しかし自分に起こる死は、喪失感を味わうことも出来ないのです。いわば〝喪失感を味わえない喪失〟です」

「喪失感すら、死においては感じることが出来ないんですね」

「そうです、そこですべて終わってしまいますからね」

「……死ぬのって怖いですね」

「けれども、必ず起こることなのです。そして私が『ダーザインは死へ向かう存在』と言ったことにはもうひとつ意味があります」

「もうひとつの意味、ですか？」

「はい、これからその意味を説明したいのですが」

ハイデガーはそう言うと壁にかかった時計に目をやった。時刻は十三時半を指している。

「一時半ですか、昼食をとりたいので、場所をかえてもいいでしょうか？」

「はい、私たちはさっき食べてしまったのですが、どこでも付き合います」

「そうですか、では近くの喫茶店に行きましょう。ついてきてください。そして、ダーザインは死へ向かう存在といった意味を少し考えてみてください」

そう言うとハイデガーはセカンドバッグを持ち、研究室の外へ出た。

私たちはハイデガーのあとを歩く。

ダーザイン、つまりいまここに存在しているという意味を理解する私たちは、死に向かう存在であるというのはどういうことか？　私は頭の中で、ハイデガーに尋ねられた言葉の意味についてぐるぐると思いめぐらしながら、蝉が大声で輪唱《りんしょう》し合う熱気を放つ歩道の、木で陰《かげ》っているところを選びながら歩いた。

死をもって
生を見つめた時、
人は代わりがきかない
存在である

——ハイデガー

人は皆あたかも死んでしまうかのようにすべてを恐れ、あたかも不死であるかのようにすべてを望む

大学を出て、横断歩道を渡った先の喫茶店に、ハイデガーは入って行った。白っぽいレンガ造りのその建物は、小さな窓がいくつかあるだけで、外からは店内の様子がよく見えない。錆びた鉄のような赤茶色のふちどりがある、ガラス張りのドアを押した先には、薄暗い照明に木製の大きなテーブルとベンチがいくつも並び、静かな時が流れていた。

店内はBGMも流れておらず、静まり返った空間に、ひとびとの話し声が小さく漏れていた。

ハイデガーは奥のベンチに腰掛ける。

周囲には分厚い本を積み上げて読書に励む学生、静かに談笑《だんしょう》を楽しむ中高年の男女、特に何をするでもなく一人コーヒーを味わっている白髪の女性、それぞれが、それぞれとして存在していた。

私はついさっきハイデガーから聞いた「存在を理解している自分」とはまさにこういうことだな、と再認識《さいにんしき》しながら周囲を見ていた。

サルトルのまなざしの話、ハイデガーの存在の話を知る前と、知った後では、目の前の風景を違う角度で見ることが出来るのはなんとも不思議だ。

ハイデガーはコーヒーとサンドウィッチ、私とニーチェはカフェオレとココアを注文し、再び先ほどのつづきを話し始めた。

「ここなかなかいい店でしょう。よく講義のあとに立ち寄るのです」

「たしかに独特な雰囲気だな、私はなかなか好きだぞ、ものごとに集中出来る、いいアイデアもふってきそうだ」

そう言うと、ニーチェはいつものように前髪をくるくると指に絡めた。

「ニーチェさんも気に入っていただけたならよかったです。えーと、アリサさん、さきほど、どこまで話しましたっけ」

「あれです、ダーザインは死へ向かう存在ってところです」

「ああ、そうでした。ダーザイン、つまり私たちは死へ向かう存在というところでしたね。それがどういう意味かわかりましたか？」

「えーと、さっきは、必ず死が待っているという話をして、それともうひとつ意味があるんですよね？」

「そうです、死へ向かう存在というのは〝いつか絶対に死にます〟という意味だけではありません。他にどんな意味があるか？　ということを聞いていましたね」

「うーん。全然わからないというのが正直なところです」

「まあ、君はまだ若いから想像するのは難しかったかもしれませんね。これは〝死ぬ時に、生がどのようなものであったかわかる〟という意味でもあります」

「どういうことでしょうか？　あまりピンときていません」

「つまり、自分の存在がどのようなものであったか、自分の人生がどのようなものであったかは、死によって、死の直前によってわかるのです」

「そうだぞアリサ。死ぬまでわからないのが人生だからな」

「というと、どういうことでしょう？」

「死をもって完成する、というとわかりやすいでしょうか。ではクイズに答えながら考えてもらいましょうか」

「クイズですか？」

「はい。イメージしながら聞いてくださいね。

それでは、第一問！　まず、キッチンタイマーをセットします。このキッチンタイマーは寿命だと考えてください。まず、鍋にたまねぎを投入して、つぎに、にんじん、じゃがいもを入れて……想像できましたか？」

「はい、いまイメージを膨らませています」

私は目を閉じて、たまねぎ、にんじん、じゃがいもの入った鍋を想像した。

「では、最後にオリーブオイルをどばどば大量に投入して、ハイ！　ここでキッチンタイマーが鳴ったとします。すると何が出来ますか？」

「えっと……」

「わかった！　MOCO'S《モコズ》キッチンのレシピだろう！」

ニーチェの大きな声に驚いて目を開けると、腕を組み、目をつぶったまま得意げな表情を浮かべたニーチェの姿がそこにあった。

正面に座ったハイデガーは「アリサさんもどうぞ」というように、手のひらをこちらに向けた。

「そうですね、オリーブオイルと聞いて、速水《はやみ》もこみちさんが頭から離れませんね。正解は〝温野菜《おんやさい》のオリーブオイルがけ〟でしょうか？」

「はい、お見事！　正解です。そうです、ここでタイマーが鳴ると〝温野菜のオリーブオイルがけ〟になります。たしかにMOCO'Sキッチンに出てきそうなメニューですが、ニーチェさん惜しい、残念でした〜」

「くそー！　次行こう、次」

ニーチェは目を閉じたまま、悔しがりながらそう言った。

「はい、では第二問！　このあと、さらに鍋に牛肉とカレー粉を投入したとします。ぐつぐつ煮込んで……。ハイ！　そこでキッチンタイマーが鳴ったらどうなるでしょうか？」

「はい！　カレーだ！　MOCO'Sキッチンに出てきそうなカレー！」

ニーチェは勢いよく、答える。

ハイデガーは再びこちらに手を向け「どうぞ」と私にも答えるように促した。

「えっとそうですね。オリーブオイルの風味が強い〝カレー〟でしょうか」

「はい、大正解！　お二人とも、正解です。接戦《せっせん》になってきましたね、では次の問題が最後です。アリサさんが正解するとパーフェクト！　アリサさんが間違い、ニーチェさんが正解すると同点になります」

「よし、じゃあ早速《さっそく》頼む！」

「はい、では最終問題！　オリーブオイルの風味の強い〝カレー〟ですが、さらに鍋に具材を追加していきます。ここに、くさやと、白子《しらこ》と、そうですね……大量のメロンソーダとテキーラを入れたとしましょう。ハイ！　ここでタイマーが鳴ったら何になりますか？」

「うーん、なんだろうな……」

ニーチェは目を閉じたまま、人差し指に前髪を巻きつけ、しかめっ面で悩んでいた。

「アリサさん、どうですか？」

「ええと、あんまり想像したくないですけど、〝闇鍋《やみなべ》〟になるのではないでしょうか？」

「ほう、ファイナルアンサー？」

ハイデガーは神妙な面持ちでそう尋ねる。

「はい、ファイナルアンサーで」

「ニーチェさん、何も思い浮かびませんか？　それでは締め切ります、五、四、三、二、一、はい、終了です！　アリサさんお見事！　正解は〝闇鍋〟です。優勝、おめでとうございます！」

「ああ、ありがとうございます」

「ニーチェさん、残念でした」

すると、ニーチェはよほど悔しかったのか、不服《ふふく》そうな表情で「あーそっちか」「はいはい、そっちね」とあたかもわかっていたかのように、呟きつづけた。

ハイデガーは私に向かって小さく拍手を送りながらこう言った。

「そうです、つまりそういうことなのです。少々ふざけてみましたが、アリサさんいまの話、わかりましたか？」

「えっと、つまりどういうことでしょうか」

「いまの例ではキッチンタイマーが寿命、つまり死とした例題です。つまり、私たちが自分の人生が何であったか、どのようなものであったかと最終決定出来るのは死ぬ時なのです。

死によって自分の人生が完成されるという風に思ってもらっていいでしょう。いまの鍋の例で言えば、〝温野菜オリーブオイルがけ〟の状態でタイマーが鳴ったらそれは〝温野菜オリーブオイルがけ〟になる。

しかし、そこに牛肉とカレー粉を投入すると〝カレー〟の状態でタイマーが鳴ると〝カレー〟となる。

〝闇鍋〟状態も同じです。つまり自分の人生を生ききって死ぬ時に、自分の人生がどういうものであったかがはっきりするのです。

逆をかえせば、死ぬまでは自分の人生がどういうものであったかは断定《だんてい》できない未完成な状態なのです」

「なるほど！　最終的に死ぬまでわからないということですね」

「はい、人生の旬《しゅん》は何歳だ、という考え方を持つ人もいます。現に古代ギリシャでは四十歳が人生のピークと考えられていました。

しかし死をもってでしか人は自分の人生が、自分がどのようなものであったかは断定しかねるのです。

つまり、死の直前まで、人生の意味は精算できないのです」

ハイデガーがそう話し終えると、ニーチェは突然立ち上がる。

何事かと思いきや「くそー！　悔しいけど、感動した！」「いまの説明は素晴らしい！」と叫ぶやいなや大きな拍手をし始めた。

静かな店内にニーチェの大きな拍手が響きわたる。周りがいっせいに「何が起こった？」と驚きながらニーチェにまなざしを送る。いや、まなざしというより睨み、か。

「ちょっと、ニーチェ、落ち着いて。披露宴《ひろうえん》で酔っ払いすぎた親戚のおじさんみたいになってるよ」

私は、ニーチェの腕をひっぱり、強引に座らせる。

するとニーチェはメガネを外し、おしぼりで涙を拭《ぬぐ》った。

「いや、つい感極まってしまった。いやあ、ハイデガー君の説明はやはりうまいな。さすが教授なだけある、素晴らしい」

「ハイデガーさんの考え方、心強いですね。落ちこんだ時に〝もう人生終わった、詰んだ〟

と考えてしまうことがありますが、まだ精算する段階ではないのですね」

「そうですか、伝わったならよかったです」

ハイデガーはそう言うと、微笑みを浮かべた。変わった生徒に慣れているのか、ニーチェの突然の行動にも動揺した様子はなく、終始穏やかであった。

「ニーチェさんも、お褒めの言葉ありがとうございます。そう言っていただけて嬉しいです。さっきの話にもありましたが、私たちはいつか死んでしまいます。ですのでせめて、死ぬまでの間〝本来的《ほんらいてき》〟に生きるべきなのです」

ハイデガーはそう言うと、また聞いたことのない言葉を出し、話し始めた。

「本来的……とはどういうことでしょうか？」

「私は人生には二つの生き方があると考えます。

ひとつは〝本来的〟もうひとつは〝非本来的《ひほんらいてき》〟です」

「本来的と非本来的ですか」

「はい。まず非本来的から話しましょう。

非本来的とは、ダスマンとして生きることです」

「ダスマンっていうのは、人に埋もれるとか代わりがきくとかそういう意味でしたよね」

「そうです、自分は代わりのきかないかけがえのない存在だということや、いつか死が訪れ死んでしまうということを忘れ、ただ繰り返される毎日をなんとなく生きる生き方です。日常に埋もれ、代わりのきくような生き方に埋もれてしまう」

「はっきり言われると耳が痛いですね……」

「死を忘れるということは、自分の人生がまるでいつまでも続くように、無限に時間があるような錯覚も生みますからね。

では、そのようなダスマンから脱却《だっきゃく》するためにはどのようにすればいいと思いますか？」

「それは……死ですか？　死を見据《みす》える」

「そうです、ようやく正解しましたね。死を見据える覚悟が必要です。

これを私は〝先駆的決意《せんくてきけつい》〟と言っています」

「先駆的決意ですか」

「はい、死を先駆《さきが》けて見据える。意識することで生を見つめる。

よく〝もし余命一週間だとしたら、今日をどう生きるか〟といった啓発文がありますが、それに近いかもしれませんね。

ただしあと一週間しか生きられないのであれば、出来ることも限られてきますから建設的《けんせつてき》計画を持って、いろんな可能性に挑戦しよう！　という風にはならないと思いますが、一週間でなくとも何十年後には死んでしまいますから。

極論《きょくろん》を言ってしまえば一週間後に死んでしまう可能性もなくはないですからね。

つまり死期はいつであれ、〝自分は確実に死ぬ〟という残酷な事実を受け入れる。そしていつか死んでしまうことを見据え、いまを生きるのです。

そうした先駆的決意を持つことで〝本来的〟な生き方が出来るのです」

「そうだな、死期は不確かだが、死は確実だからな。本来的な生き方からブレていては人生を浪費するだけだからな」

「本来的な生き方？」

「はい、本来的な生き方とは、いつか自分に訪れる死を覚悟し、自分にしかできない自分自身の人生を生きるということです。自分の可能性、残された時間をフル活用して生きることです。

これは当たり前のようですが、私たちは日常生活において、死を忘れてしまいます。いまこのように話している間は、人生や生きていることの尊さ、愛おしさを覚えますが、またすぐ日常に埋もれてしまう。

しかし、忘れないで欲しいのです。私たちがどのように考え、どのような毎日を過ごしたとしても、必ず死は、終わりはやってくる。その終わりの日まで、どのような時間を過ごすかは自分にかかっているということを」

「そうですね、時間を意識しないと、なんとなくのんべんだらりと過ごしてしまいますもんね……」

静かに賑わう私たちのテーブルに、ポテトサラダが挟まれたサンドウィッチが運ばれてきた。ハイデガーは「いただきます」とひと言呟き、サンドウィッチを頬張った。

私はその間、どうすれば死ぬことを忘れないのかということを一人、考えていた。死ぬことを忘れないのは難しい。いま、こうしてハイデガーの話をうけて、死を意識したとしてもまたしばらくすると忘れてしまうのではないだろうか。

また毎日をただ過ごす日々に舞い戻ってしまうのではないだろうか、そのようなことを打破するためにはどうすればいいのだろうかと考えながら、ハイデガーの言葉を忘れないようしっかり心に刻《きざ》みつけていた。

ハイデガーはサンドウィッチを半分ほど食べると、また静かに話し始めた。

「人は、よりよく死ぬということを念頭《ねんとう》に置くと、生きることに執着心《しゅうちゃくしん》が湧いてくるものです。

しかし逆に、よりよく生きなければ！　という強迫観念《きょうはくかんねん》にとらわれすぎると、死んだ方が楽なのではないかという気持ちになることもあります」

「ああなんかそれわかります。気が病んでしまう時とか、たしかにそうかもしれません」

「はい、人が死ぬ方がいいのではないかと考える時は、〝現状よりもっと良く生きないといけない〟といった理想や強迫観念が心の奥にある場合がほとんどでしょう。

死を望んでいるというよりも、生きることのしんどさと、死ぬことを天秤にかけた時に、死ぬことの方が楽に見えているだけで、心底《しんそこ》死を望んでいるというわけではないことがほとんどなのではないでしょうか」

「生と死は、表裏一体《ひょうりいったい》というか、切っても切り離せない関係なんですね」

「はい、生があるから死がある。そして死があるからこそ生が輝くのではないでしょうか。

私たちがどのように生きることに取り組むかによって、残された時間の過ごし方も変わってきます」

「残された時間の過ごし方、ですか」

「はい。残酷なことかもしれませんが、私たちは自分から望んでいまここに存在しているわけではありませんよね。〝この世に生まれてきたい！〟と望んで生まれてきたわけではありません」

「中学生の時、親にそう言ったことがあります……産んで欲しいと頼んだわけじゃないって。いま思うとひどい八つ当たりですが」

「そうでしたか、しかしそれは真実ですよね。この世に生まれたいと自分から欲して生まれてきた人などいません。気がつけば、いたのです」

「気がつけばいた？」

「はい、生まれてすぐの赤ちゃんの頃は、〝気づけば存在してるなあ〟なんて考えられないと思うので、正確にいつ自分がこの世に存在しているかを意識するかはわかりませんが、私たちはいつのまにかこの世に生をうけ、投げこまれているんですね。

この事態を、私は〝被投性《ひとうせい》〟と呼んでいます」

「投げこまれている、ですか」

「はい、自分が望む、望まないにかかわらずこの世に投げこまれ、存在しているのです。そして、そこから人生はスタートします。強制的《きょうせいてき》にスタートするのです。

スタートした時から、死へのカウントダウンがはじまっていて私たちはそのカウントダウンのアラームがいつ鳴るかもわからないまま、生きることになります」

「なるほど、カウントダウンは、ずっと前にはじまっているのですね」

「はい、そうです。

私たちは普段〝通俗的時間《つうぞくてきじかん》〟に目を奪われています。いまは何月何日、いまは何時といった万人に共通する時間の概念《がいねん》ですね。

その中で、今日はどうしよう、明日は何をしようと好奇心で毎日を消費してしまっていることがほとんどでしょう。

将来のことを考えているつもりでも、どこか他人事であったりします。こういう風になったらいいな、こういう風になれたらいいなという希望は〝いつか自分も死んでしまうんだな〟という話でも言ったように、どこか自分自身ではなく他人事なのです」

「たしかに未来のことを考える時、考えているようでどこか曖昧な希望で終わってしまっているかもしれません」

「ここで大切なのが〝根源的時間《こんげんてきじかん》〟を意識することです。

自分の人生に残された時間に限りがあるということを自覚して生きる時間が、根源的時間です。

例えばテスト期間前に、勉強に必死になって過ごす一日と、特になんのイベントもなくただごろごろして過ごす一日と、同じ時間が流れていても、一日の密度《みつど》が違うことを体感したことはありませんか？

時間というのは、確かですが不確かなものでもあります。ただ流れるような時の中に自分を置くのか、時間には限りがあるということを自覚して、一日を送るのか、どのようにとらえ、どのように使うかは自分次第です。

そして、私たちの時間が限りあるものであるならば、死を肯定的《こうていてき》にとらえ、自分自身を未来に投げこんでみることです」

「未来に投げこむ？」

「はい、目先のことや毎日に溺れてしまうのではなく、自分の命の有限性《ゆうげんせい》を自覚して、未来から逆算して、自分をつくっていくのです。死んでしまうという事実があるからこそ、いまを見つめ直すのです。

死ぬことは、どうして恐ろしいのでしょうか。

私たちは明確な理由を説明できなくとも、直感的に死にたくないと思ってしまいます。

しかし、死があるからこそ、私たちは本来性《ほんらいせい》に気づくことが出来る」

「それは、どういうことでしょう？」

ハイデガーはコーヒーを一口飲み、一息ついてから、静かに語り出した。

「世の中には、いろんな可能性があります。

言いかえるとさまざまな誘惑が渦巻いているのです。誘惑ととらえるかどうかは自分次第ですが、自分で何かを選択する際に、自分自身を見失わず、正しい選択が出来るとは限りません。
新しいものはよりよく目に映る。楽したい時、人は自分を言いくるめる。何をしても絶好調でついている時、自分を過信《かしん》して他人を軽んじてしまう。人は一貫性《いっかんせい》がない生きものです」

「一貫性がない、ですか」

「はい。何か大切なものがあったとしても、大切でなくなったり、大切に出来なかったりします。自分の中の価値観が変わり、大切に出来なくなることもあれば、他の何かに目がくらみ、大切さを忘れてしまうこともあります。

特に、辛い現実が目の前に立ちはだかった時、辛い出来事があった時、自分で自分を見失ってしまうこともあるでしょう。何が正しいか、何を選択すべきかわからなくなる時は、人生の中で何度もあるでしょう。人は一貫性を求めますが、本来一貫性がないのが人間です。

しかし、そんな時にこそ、自分の人生が死に直面していることを再確認してみてください。

自分にとって、何が真実で、何が真実でないか。何が大切で、何が気の迷いか。私たちは普段、見誤《みあやま》ってしまうこともあります。

しかし、死を、自分の人生が有限であり、かつ一度しかないことをしっかり自覚して見つめ直すと、何が自分にとって正しいことなのか、地に足をつけて判断出来るものです。

古代ギリシャの哲学者セネカの『人は皆あたかも死んでしまうかのようにすべてを恐れ、あたかも不死であるかのようにすべてを望む』という言葉があります。臆病になり、挑戦できないことや、必要以上に欲望を持つことが人にはあるのです。しかし、一度きりの人生です。自分が大切だと思うことをとことん突き詰めていけばいいのです。死は、生を輝かせる光にもなりうるのですから」

ハイデガーは力強くそう言い切った。

私は、ハイデガーの話を受けて、胸がいっぱいだからだろうか、不思議と食欲が湧かなかった。

なんというか、今日になって生きるということ、そして死ぬということがどういうことなのかがいままでと違う感触で胸に突き刺さってきたのだ。

自分が死んでしまうということは、他人事ではない。そう思うと、ますます自分が生きている意味が欲しくなる。

サルトルが言うには、そういったものは自分で手に入れていかなくてはならないのだろうが、私の人生はもうとっくの昔に始まってしまっているのだ。

今日までの私の人生は、成長はしてきたが、自分の死を見つめて着実に歩んできたものではなかった。そう思うと、自分に残された残りの人生が惜しいと共に、もっと早く、気がつけばよかったという若干の後悔が胸を刺す。

自分とは一体なんなのだろう、急に自分が孤独な存在に思えてくる。

他人と同じ空間にいるようで、また別の存在である、自分。

そして、それは友達であっても、家族であっても同じことなのかもしれない。

人というのは一人なのだ。家族であれば一人ずつの人間が、父、母、そして兄、娘という役割を担《にな》って関係性を築いている。けれども、それはひとつの役割であって、その人そのものは一人の人間なのだ。私はもしかすると、家族という関係性に対して、両親に対して〝一般的な親〟という理想像を押しつけて考えていたのかもしれない。

そう、今朝見た夢のように、私は、人は皆一人なのだ。

それは悲しむべきことではなく、必然的な宿命なのだ。


「あの、ありがとうございました。

私、今日お話を聞くまではやっぱり他人事でした。

死ぬということは、ぼんやりとしたものでしたが、今日のお話をしっかり考えてみたいと思います」

「そうですか、それはよかったです、ではそろそろお会計しましょうか」

「そうだな、では店を出る前に私はトイレに行ってくる」

そう言うとニーチェは店の奥にあるトイレへ立った。トイレのドアが閉まる音を聞くと、ハイデガーが口を開く。

「あの、気になったのですが、ひとつ質問いいですか？」

「はい、なんでしょう」

「なぜ君は、ニーチェさんと一緒にいるんですか？　ニーチェさんとの出会いは、君にとってどういう意味を持つのですか？」

考えたことのない突然の問いに私は、固まってしまった。

「それは……どうしてでしょう。ニーチェは私を超人にしてやる！　と言ってくれますが……うーん一緒にいる意味ですか……」

するとハイデガーは少し微笑み、こう言った。

「君にとって、ニーチェとの出会いはどんな意味を持ち、君は、哲学をどのようにとらえているのか。気が向いたら、考えてみてください」

「はい、わかりました。考えてみます」

「人の話を聞いたり、本を読むことは、他人の頭をつかって何かを知る行為です。そこから持ち帰って、自分の頭で考えてみることで、自分の考えが生まれるものです。考えることは、楽なことではありませんが、自分なりの答えを模索《もさく》しつづけてください。では、ニーチェ君が帰ってきたら行きましょう。私は研究室に戻ります」

ニーチェがトイレから戻ってくるのを待ち、私たちはお店を出て、また蝉の声が鳴り響く道の中を歩いた。

自分が存在するという、いままで当たり前だった世界。

そして隣を歩いていることにいつしか慣れていたニーチェの存在。

そして夏の陽を浴びて、額から汗をたらしながら歩く、私という存在。

当たり前のようで、答えが出ないすべての日常を目の前に、私はいつしか考えることに夢中になっていた。

ハイデガーが言っていたように、人の話を聞いたり、本を読むことが誰かの頭をつかって考える行為であるとするならば、私もいつまでもニーチェの考えを鵜呑みにするだけではいけないのだろう。

ニーチェはこう言っていたから、と完結させるのではなく、ニーチェの考えを材料に自分なりの考えを導き出すということが、考える、ということなのだろう。

ニーチェが「超人になるということは、永劫回帰を受け入れ、新しい価値を創造出来る者になることだ」と言っていた意味にも通じているのではないだろうかと、私はこの時初めて自分の中で言葉の意味を咀嚼できたような手応えを感じた。

京都大学の西部講堂《せいぶこうどう》からトランペットの音が響く。吹奏楽部が練習しているのだろうか。力強いその音色はファンファーレのようで、とても心地よかった。

真理は二人からはじまるのだ

コンチキチン、コンチキチンと祇園囃子の音が聞こえる。

今日は、宵山。

蒸し暑さの残る夜、四条通は大勢の人で賑わい、より熱気を帯びていた。焼きそば、りんご飴、牛串、イカ焼きとさまざまな屋台がところ狭《せま》しと立ち並んでいる。

たくさんの提灯が飾られた鉾の上階には太鼓や笛、鉦を奏《かな》でる人たちが座り祇園囃子の音で宵山の夜を賑わせていた。

「なかなか風情があるな。さて次は何を食べようか」

ニーチェは片手に持った紙コップに入った唐揚げを食べきると、周囲を見渡し、屋台を物色し始めた。

「まだ食べるの？　さすがにもうお腹いっぱいだよ。だってさっきから、唐揚げでしょ、イカ焼きでしょ、たこ焼きでしょ、あとさつまスティックか。もう充分食べたと思うけど……」

「何を言う軟弱者《なんじゃくもの》！　いまからラーメンでもなんでもまだまだいけるわ」

ニーチェは祇園祭の雰囲気を心から楽しんでいるようであった。

私たちは夕方の早い時間から祇園祭に繰り出し、二時間ほど経過した頃であった。蒸し暑い中、人ごみをずっと歩いているので、私は正直足が疲れてきていた。どこか座れるお店に入って休もうと提案《ていあん》したかったのだが、ニーチェは祭りの雰囲気にすっかり興奮しているようであった。

「あのさ、私ちょっと足が疲れていてさ。近くの喫茶店でも入って待ってるから、回ってきなよ」

「そうか、大丈夫か？」

ニーチェは心配そうにこちらを見た。しかし次の瞬間、

「なら仕方ない、ではまた一時間後くらいに！」と言うと、人ごみの中にさっと消えていった。

なんてマイペースなんだ……と、残された私はニーチェの気まますぎる行動にあっけにとられてしまったが、追いかけるのも面倒なので、どこか近くのお店を探して入ることにした。

四条通に面したお店はどこもかしこも、人、人、人でいっぱいであった。この様子ではどこのお店も満席だろう。

祇園祭は、中学二年生の頃に家族と遊びに来て以来だ、私はそんなことをふと思い出した。そしてあの日、ハイデガーの話を聞いた日から、私は家族のことを思い出すたびに感じていた、頭の中がまっしろになるような違和感をあまり感じなくなっていた。

私は娘でありながら、児嶋アリサという一人の人間である。そして、それは父も、母も、兄も同じで、父や母や兄でありながら、一人の人間なのである。

そう思うと、いままで放って置かれていると感じていた、被害者意識《ひがいしゃいしき》みたいなものが、少し薄れてきたのだ。

たしかに、周りの友達のようなごくごく普通の家庭環境を羨ましいと思うこともある。けれども、自分の人生は自分の人生だ。父と母に一般的な家族像というものを制約のように求めることに、何か意味があるのかと考えた時に、それだけが解決策ではないという考えが浮かんできたのだ。

きっと、この考えを友達に話したら「そんなに強がらなくてもいいよ」と同情されるだろう。もしかしたらいまの私の考えは、強がりなのかもしれない。

けれども、私は、私という一人の人間として、とっくの昔に人生をスタートさせてしまっているのだ。

自分の環境に不満を抱いたり、嘆《なげ》くのは簡単だ。けれどもその先に喜びはない。いつかは死んでしまう時の中で、自分で自分の運命を、かわいそうがるばかりの人にはなりたくない。そう考えているうちに、急に家族が恋しくなってくる不思議な心地が芽生えだしたのだ。


宵山の夜は不思議なもので、四条通は、祭りに興《きょう》じる多くの人たちで溢れかえっているのだが、五条通に出た瞬間、祭りの気配は消え、いつもの静かな夜へと姿を変えるのだ。私は、喧騒《けんそう》が少し落ち着く、五条通の方へと向かって歩いた。

そして、五条通に出る手前にある、鴨川に面した、木屋町通の喫茶店に入った。

この店は木屋町通から、細い小路を進んだ奥にある。喫茶店だが、夜はバーも併設《へいせつ》されているようだ。店内にもちらほらと浴衣姿のカップルが見える。

私はニーチェに「このお店にいます」とお店のホームページを探しＵＲＬを送った。

祇園祭帰りの人で賑わってはいるものの、お店は外よりもずっと静かな雰囲気であった。

私はジンジャーエールを頼み、しばらくここで足を休めることにした。


私は、お祭りの空気を少し引きずった賑やかなお店の雰囲気を眺めながら、先日ハイデガーから投げかけられた質問について考えていた。

「君にとって、ニーチェとの出会いはどんな意味を持ち、君は哲学をどのようにとらえているのか。気が向いたら、考えてみてください」

そう言われたあの日から、ニーチェと一緒にいることがどんな意味を持つのか、哲学をどのようにとらえているのか考えているのだが、一筋の光が見えそうで見えない、歯痒《はがゆ》さがある。手が届きそうで届かない、光が見えそうで掴めない、そんな感覚を抱えていた。

ニーチェといると新しい発見がある。驚きがある。ニーチェの言っていることが、よくわからない時も、昔ならば適当に流していただろうが、自分なりに咀嚼し、真意を考えてみるようになったことは、私にとって大きな進歩であった。

もし私がニーチェと知り合っていなかったら、いまという時をどのように過ごしていただろうか。少なくともいま、このお店に一人で来るようなことはなかっただろう。

そしてきっと、私は誰にも必要とされていないのだろう、という、口には出せない寂しさを抱え、ただ過ぎる毎日の中で諦めに溺れ、無気力でニヒルなやつになっていたかもしれない。

これはニーチェだけに限らず、キルケゴール、ショーペンハウアー、サルトル、ハイデガーそれぞれとの出会いに言えることだ。

哲学者たちの話を聞いて、驚いたことや、なるほどと、納得することはたくさんあった。

けれどももし、私が〝哲学〟に触れずに、一生知ることなく生きていたら……どうなっていただろう。そして〝哲学〟することの意味とは一体何なんだろう。

そんなことを考えながら過ごしていると、入り口からニーチェの声が聞こえてきた。

「アリサーどこにいるのだー」

微妙にろれつがまわっていない声で、ニーチェが叫んでいる。隣の席のカップルが、顔を見合わせ「いま変な声聞こえなかった？」というような顔で笑っている。私は急いで階段を下り、入り口までニーチェを迎えに行った。

すると、そこには、へべれけに酔っ払ったニーチェと、ニーチェに肩を貸し、介抱する浴衣姿の男性が立っていた。

おそらく三十代前半くらいだろうか、きりっとした眉に、すこし垂れ目がちな端正な顔立ち、さらさらとした茶髪。にこやかな表情を浮かべた浴衣姿の男性だ。

「ニーチェ大丈夫？　ああ、すいません」

「いえ、大丈夫です。ちょうどそこでたまたま会って、すごく酔っ払っているみたいだったので。どうやら日本酒を飲みすぎたようです。限界まで……」

浴衣姿の男性は、ニーチェを支えながらそう言った。

「酒くさっ！　あの、すいません、友達がご迷惑をおかけしてしまい」

「め、めいわくではない！　ヒック……彼を連れてきてやったのだ！」

ニーチェは悪酔いしているのか、また大きな声で叫んだ。

「ちょっと、ニーチェ大きな声出さないで！　大丈夫かな……ニーチェしんどくない？」

「大丈夫だ！　アリサ……彼はヤスパース君だ。ヒック……たまたま会ったからアリサに引き合わそうと連れてきてやったのだ！」

ニーチェはそう言ってこちらを見たが、酔いすぎて目の焦点が合っていなかった。

「ああ、そうなんだ。よくわからないけど、まあここではなんだからとりあえず二階に上がろう」

私たちはニーチェを二階のソファに座らせた。席に座るとニーチェは威勢《いせい》よく「生ビール！」と声を張って注文したが、ビールが運ばれてくるのを待たずして、子供のようにすやすやと寝入ってしまった。

私は正面の席に座る、浴衣姿の男性に謝る。

「あの、なんかすいません、私がなんとかするので、気にせず戻られて大丈夫ですよ」

「ハハ、まだお若いのにしっかりしていらっしゃいますね。お気遣いなく」

そう言って男性は微笑んだ。

「でも浴衣を着てらっしゃるということは、祇園祭を楽しまれてたんですよね？」

「まあ、そうですが、ニーチェとは、久しぶりの再会なので、嬉しいんです。なので、全然大丈夫ですよ。あと、彼の体調もちょっと気になるし」

「そうですか、すいません。あの、失礼ですがお名前って……」

「ああ、僕ですか、僕はヤスパースです。ニーチェと同じ哲学者ですが、本業は医者です」

「ええ！　そうなんですか、申し遅れました、私は児嶋アリサです」

「アリサさんですか。よろしくお願いします」


そう言うとヤスパースは、ビールを一口飲んだ。

「アリサさん、ニーチェと一緒にいるということは、あなたも哲学を研究されているのですか？」

「いいえ、全然。私は哲学者ではありません。ただ、ニーチェにいろいろ教えてもらい、自分でもようやく少しずつ考えるようにしているのですが、難しいですね」

「難しい？」

「はい、私はニーチェのように、はっきりと自分の意見や、生き方はこうだ！　という考えをいままで持たずに生きてきたので、ニーチェと出会ってからようやく考え出したのですが、まだ結論に到達《とうたつ》できないでいます」

「そうですか、では会ったばかりで変かもしれませんが、私からひとつ質問してもいいですか？」

ヤスパースは微笑みながらそう尋ねてきた。

「はい、なんでしょうか？」

「アリサさんにとって、哲学とは何でしょうか？」

私がさっき一人で考えていたことを、まさにいまヤスパースは尋ねてきた。

「まさに、それ、さっきまで考えていました。

哲学って何なのかって」

「そうなんですね、それでアリサさんはどう考えました？」

「うーん正直、よくわかりません……。いろんな考えがあって、実際に自分がハッとしたこともあったんですよ。けれど、哲学がなんなのかって考えると難しいですね。私にとっては、自分の考えを変えるきっかけになったりしましたが、哲学が何なのか？　と聞かれると難しいです」

すると、ヤスパースはフフッと笑い、こう言った。

「まあ、そう思うのもわかりますよ。哲学は本来、役に立たない学問ですからね」

「役に立たない、といまおっしゃいました？　えっと、ヤスパースさんは哲学者なんですよね、それなのに役に立たないって、どうしてですか？」

「ああそれはね、これが真理だ！　と言う万人が納得する成果を哲学は持っていないからです。


人によって、哲学がどういうものかって変わってくると思うんです。

自分を励ましてくれるものだ、と思っている人もいれば、無意味な問答《もんどう》だと考える人もいる。


また普通の人には理解不能な、骨折《ほねお》り損《ぞん》のくたびれもうけ、つまり面倒なものだと思う人もいるでしょう？　なので、役に立たない学問なんです」

「えっと、つまり、どういうことでしょうか？」

「つまり、科学だと〝これが真実だ！〟という証明出来る答えが何かしらあるでしょう。けれども哲学は、何千年ものあいだ、研究されてきたにもかかわらず、万人が納得する答えがないんですよ。万人に一致する答えや、真理というものがない。これが哲学です」


万人に一致する真理や答えがない……そう言われてみると、そうかもしれない。

サルトルが、ニーチェとキルケゴールは、神を信じるか信じないかという前提が違うといっていたこともそうだ。

ニーチェが話していた永劫回帰、ハイデガーが話していたダーザインは死へ向かう存在という話。

たしかに全員が考えている内容に、決定的な共通の理論があるかと聞かれると、見当たらない。

だからといって、哲学はなんの役にも立たないのだろうか?

私はさらにヤスパースに尋ねる。

「たしかに、万人に共通する理論こそありませんが、哲学は役に立たないものなのでしょうか。私は、ニーチェやいろんな人の話を聞いて励まされました、役に立つと思うのですが」

「ああ、僕が言いたいのはね、哲学には〝決定的に役立つ知恵〟があるわけではないということです。

ぽたぽた焼のパッケージの裏にあるような〝湯のみの茶しぶ落としには、みかんの皮と塩でこするといいですよ〟というような、誰しもに役立つような知恵があるわけじゃないということ。

しかし、万人に一致する答えがあるわけではないということは、言いかえると誰しもが追究出来る学問でもありますけどね」

「それは、どういうことでしょう？」

「科学は研究や理解するのに訓練が必要です。例えばある一定の数式を理解出来るスキルがあったり、知識を持っていないと判断できないじゃないですか。

〝哲学史〟を理解するには知識も必要だろうけど〝哲学〟はどうでしょう？　僕たちは哲学に関して大した知識を持っていなくても、考えることが出来ますよね。

自分がどうして生きているのだとか、自分は何者なんだろうとか。答えは出ないとしても、考えて誰かと話し合うことが出来る。つまり知識や資格がなくても、誰しも追求することが出来るんです」

「たしかに、そう言われるとそうですね」

「子供の頃、いろんなことを不思議に思ったりした経験はなかったですか？

大人になるにつれて、常識に縛られてきて不思議はなくなってきたかもしれないけど、何にもとらわれずに、いろんなことを疑問に思ったことが子供の頃にはあったと思うんです。

哲学はそういう感覚に近いんじゃないかな、と僕は思います。答えや真理にたどり着かなくても、不思議だと思ったことに、〝どうしてなんだろう？〟と、疑問を持ち、考えてみる。

答えを出すよりも、考えること自体に意味がある。答えを出すことじゃなくて、答えを出すまでの過程《かてい》に、哲学の意味が凝縮《ぎょうしゅく》されていると僕は思います」

「考える過程に意味がある、ですか」

「はい、だからいまアリサさんが、答えが出ないと考えている過程にこそ哲学の価値があるのですよ。

そして、哲学には〝三つの根源〟があります」

「三つの根源？　それはなんでしょうか？」

「哲学するきっかけとなるものが、三つあるということです。きっかけとなるものは三つある。

一つは〝驚き〟、二つ目は〝疑い〟、そして三つ目は〝喪失《そうしつ》〟。この三つがきっかけになります」

「驚き、疑い、喪失ですか」

「そうです、ソクラテスの弟子であったプラトンの『驚きこそ、求知のはじまりである』という言葉にあるとおりです。

考えるきっかけになる〝ハッとする〟ようなこと。このハッとする驚きは『タウマゼイン』とも呼ばれています」

「タウマゼイン……どことなく競走馬にいそうな響きですね。第三コーナー、先頭はタウマゼイン！　タウマゼイン！　みたいな……」

「なかなかキャッチーな響きですよね。一つ目は、タウマゼイン、つまり驚きですが、これは日常に必要だから考える、というわけではないんですよね。

例えば宇宙に散らばる星を見て〝あたりまえのように見上げている星空だけれども、宇宙ってそもそもどこからきたのだろう？〟とハッと思うとしますよね。この問いは、ぶっちゃけ日常になんの効力ももたらさないですよね。宇宙について考えたからって、明日の飯が食えるわけではない。出世出来るわけではない。つまり、日常に役立つわけではないですが、何かひとつ真理に近づいた時に、〝そうか、そうだったんだ〟という満足感を得ることが出来る、そういうものです」

「なるほど、さっき哲学は役に立つわけではないとおっしゃっていましたが、それに近い感じですね」

「はい、そうです。そして二つ目は〝疑い〟です。これは、デカルトの『我《われ》思うゆえに我あり』が代表例でしょう」

「そのフレーズは、なんとなく聞いたことがあります」

「デカルトは自分自身を含むすべてのことを、ひたすら疑いぬいた哲学者です。〝当然のようにされているが、本当にそうだろうか？〟と疑いを持つこと。

これが二つ目ですね。この疑いなしには、哲学することは出来ません。しかし、疑いというのは、ある意味底なし沼です。

例えば、目の前のこのビールグラス。このビールグラスは本当に、いま目に映っているような形状をしているのか？　と疑ってみる。

けれどもその前に、そもそもこのビールグラスは本当にここに存在しているのか？　私が幻を見ているだけではないのか？　と疑える。

しかしもっと言えば、私はいま目の前にビールグラスを見ているような気でいるが、そもそもこれ自体が仮想現実ではないか？　とも疑える。疑うとは底なし沼なんですよね。

まあ、あまりこのことについて話しても面白くないので、このへんで。

哲学するきっかけになる二つ目は、いま話したような疑いです。そして、三つ目は喪失です」

ヤスパースはテーブルに置かれたビールグラスを手に取り、口へ運んだ。となりの席では頬杖《ほおづえ》をついたニーチェがしかめっ面をして、グーグーと時折いびきをたてて眠っている。店内では聞き覚えのある流行りの洋楽が流れており、人々の賑やかな話し声と入り混じっていた。

「喪失、ですか」

私もジンジャーエールを手に取り、ヤスパースに尋ねた。

「はい。喪失です。ストア派ってご存知ですか？　理性的・禁欲主義《きんよくしゅぎ》的な考えで〝ストイック〟という言葉の語源《ごげん》となったと言われているのですが、そのストア派の哲学者エピクテトスは、『哲学の起源《きげん》は自分の弱さと無力を認めることである』と言っています。

三つ目は喪失、と言いましたが、正確には自己喪失《じこそうしつ》の意識ですね。どういうことかというと、自分ではどうしようも出来ない辛い状況を目の前にして、自分自身について考えることですね。

例えば、自分はいつか死んでしまうとか、人は偶然に左右されてしまうとか、自分の力では変えられないどうしようもない状況を目の前に〝自分自身って一体なんなんだろう〟と思うような状況です。アリサさんにも思い当たるような経験があるんじゃないですか？」

「そうですね、自分ではどうしようも出来ない状況で、自分ってなんなのかな、って思うようなことはありますね」

「そうですか。それが喪失ですね。いまお話ししたように、驚き、疑い、喪失、この三つが哲学をするきっかけとなります」

「いまそれぞれの状況をなんとなく想像してみましたが、たしかにどれも、深く考えるスタート地点となりそうな感じはしました」

「逆に言えば、哲学することを大切にするならば、この三つを大切に受け止めるといいですよ。盲信せずに疑ってみるとか、ハッとするひらめきをスルーしてしまわないとかね」

そう言うと、ヤスパースはビールを飲み、ニーチェの方を見た。

ニーチェはまだ起きる様子がなく、肘をつき、しかめっ面で寝息《ねいき》をたてて眠っている。

ヤスパースは微笑ましいといった様子でニーチェをしばらく眺めていた。

私は氷が溶けて薄くなったジンジャーエールをストローですする。


「あと、アリサさんって普段どんなことを考えているんですか？」

ヤスパースはこちらをじっと見ながらそう言った。

「えっ、考えていること？　いきなり、どうしてですか？」

「いや、さっき僕が〝哲学についてどう考えているの？〟って聞いたら〝さっきまでそれを考えていた〟って言ったじゃないですか。他には何を考えているのかなって思ってね」

「ああ、そうですね……さっき考えていたのは、意味ですかね」

「意味？」

「はい、ある人に言われたんです。〝君がニーチェと出会ったことはどんな意味を持つと思う？〟って。いままで考えたことがなかったからあらためて考えてみると、よくわからなくて」

「そうなんですか、差し支えなければ、誰にそう言われたの？」

「ハイデガーという京大の先生です」

「ハイデガーですか。フフッ、そうですか。では僕から、その問いに関してのヒントを。人はね、一人だと無なんです」

「え？　一人だと無、ですか？　むしろ人は一人だってさっき考えていました」

「たしかに人は一人でもあります。けれども、人にはさっきお話ししたような越えられない壁や、挫折《ざせつ》がありますよね。

例えば、いつか死んでしまうとか、戦争が起こるとか。自分ではどうしようもない偶然に左右されてしまうとか、いろんな挫折がある。僕はこういった、自分の力ではどうしようもない状況を〝限界状況《げんかいじょうきょう》〟と呼んでいます」

「限界状況、ですか」

「はい。そして、自分ではどうしようもない状況に巻きこまれることというのは、この世界で生きて行く上で誰しもが経験することです。

例えば、いつか死んでしまうという事実もそう。自分の力ではどうしようも出来ません。そして戦争に巻きこまれるということもそう。自分の力ではどうしようも出来ないよね。自分や周りの大切な人たちが死んでしまうという辛い出来事も、自分ではどうすることも出来ないですよね」

「たしかに、自分がいくら避けたくても避けられない悲劇はありますよね」

「そう。けれども、人が挫折することって、その人をつくっていくためのものでもありますからね」

「挫折が、その人をつくっていく、ですか」

「そうですね。とんでもない不幸に見舞われたり、挫折するようなことがあった時。負けてしまうか、逃げるか、自分を誤魔化して直視しないようにするか、立ち向かうか。

辛い経験や不幸を、どういう経験としてとらえるか？　がその人をつくっていきます。

越えられない壁とどのように向き合うのか。挫折とどう向き合うのか、で人は変わっていきますよね」

「挫折とどう向き合うか、というのはどういう意味ですか？」

「つまり、挫折を結果としてとらえるのか。過程としてとらえるのか、ですね」

「結果か、過程ですか」

「そうです、挫折があったとして、それを結果としてとらえるか、過程としてとらえるかで意味は変わってきます。例えば、人が成長するのはどちらのとらえ方が有効だと思いますか？」

「うーん。過程、ですか？」

「そうです。たとえ挫折しようとも、その挫折を結果としてとらえるのではなくて、成長の引き金としてとらえる。

　挫折は、挫折したという事実ではなく、どう乗り越えるか、どういう体験として自分がとらえるか？　ということが肝になってきますよね。ようは、挫折したという事実が人生のターニングポイントになるのではなく、挫折にどう向き合うかが、人生のターニングポイントとなる、ということです」

「挫折とどう向き合うか、というのは挫折に対して自分がどういう態度で次の手を打つかが肝心ということですか？」

「そうだね。どう乗り越えたか、何を思い、何を貫いたかが、その人の生き様や美学となっていくような感じだね」

「どう乗り越えて行くかで、人生観が更新《こうしん》されて行くということでしょうか」


「うん。わかりやすく話すと、同じような辛い経験に見舞われた人が二人いるとする。一人はAさん。もう一人はBさん。Aさんは、辛い出来事を目の前に、自分の気持ちが折れてしまったとする。すると、Aさんの中で、その辛い経験は〝心が折れてしまった経験〟として残る。

　しかしBさんは、どうにか対処できないかと、強い心を持ち挑戦をやめなかったとする。するとAさんと同じ辛い経験でもBさんの中では〝強い心を持ち続けた経験〟として残るんだ」

「なるほど、向き合い方によって結果が変わるというわけですね」

「うん。このAさんとBさんは同じ辛い経験をしていたとしても、大きく違ってくるよね。挫折は結果ではない。挫折をどのような体験だと自分がとらえ、行動したかが肝心《かんじん》なんだ」

「挫折を結果ととらえて悔やむのではなく、どう乗り越えるかに挑戦しつづける過程としてとらえることで挫折が、武勇伝に変わる可能性があるということですね」

「そうだね。そしてこれは〝限界状況〟のように、自分の力では乗り越えられない壁も同じです。

乗り越えられない壁を目の前にして、そこから逃げるか、問題を直視し、立ち向かおうとするかでは全然違うからね。挫折は終わりではなく、きっかけだと僕は考えます」

「そっか……挫折は、きっかけなんですね」

「うん。挫折は、結果ではなく、ある意味スタート地点。

挫折を自分がどう料理するか？　という腕試《うでだめ》しがはじまるスタート地点とも言えるよね」

「なるほど、結果ではなく、スタート地点ですか。そうとう強い気持ちを持たないと、スタート地点に立った段階で、心が折れてしまいそうですね」

「〝挫折に挫折してしまう〟ということが起こりうるだろうね」

ヤスパースはそう言うと、伸びをした。

店内は祇園祭帰りのお客さんが流れてきたようで、笑い声で賑わってきた。

私は、さっきから心に引っかかっていることを、尋ねてみることにした。

「あの、ところでさっき一人では無だとおっしゃったのはどういうことでしょうか？」

ヤスパースは伸びをした両手をゆっくり戻す。

「ああ、それはですね。人は、生きているだけで争いや原罪《げんざい》の中にいるということです。自分にとってよりよい環境を望んで生きていくということは、他者を蹴落とすという状況も招いているんです。

例えば、競争なんかがそうですよね。スポーツでも、受験でも、仕事でも、自分が一番になるということは、誰かが一位になれないということだ。

誰かを直接的に攻撃しなくとも、生きていく上で他人を蹴落としてしまうという状況は、人間の根底にあるのです」

「弱肉強食的な感じでしょうか」

「そうですね、人は一人では生きていけないけど、人を蹴落として生きているという矛盾も抱えているんです。他人を蹴落としてやろうと、意図的《いとてき》でなくてもね。

一人が好きな人もいますが、事実として人は他人と共に存在しています。他人がいるからこそ、自分という存在も認識できます。

僕が思うのは、他人と共にある世界の中で、自分の得のためだけに争うのではなく、他人との共存《きょうぞん》を前提《ぜんてい》とした〝愛しながらの闘争〟を心がけるべきだと、思うのです」

「愛しながらの闘争、ですか？　なんだかフランス映画のタイトルみたいですね」

「ハハハ、たしかに映画のタイトルっぽいですかね。

この愛しながらの闘争というのは、さっきの『哲学が万人に一致する理論がない』と言ったことと繋がってきます。例えば他人と話していて、意見が一致することもあれば、一致しないこともありますよね。自分が絶対これが正しい！　と信じていることも、他人にとっては正しくなくて衝突するようなこともある。

しかし、そのような状況において、自分の殻にこもることなく、他人と〝実存的交わり《じつぞんてきまじ》〟を通じてぶつかり合うことが必要だと、僕は考えています。相手を批判する目的でなく、理解し合うことを目的としてね」

「実存的交わり？」

「はい、人と心から接することです。しかしこれは単純に〝誰かとつるめ〟と言っているわけではありません。

コミュニケーションをとるということなのですが、井戸端会議《いどばたかいぎ》的なおしゃべりという意味ではありません。腹を割って本音をぶつけ合う、というイメージをしてもらえばいいでしょう。

例えばさ、こんなことはないですか？　そこまで仲良くない友達が落ちこんでいて、何か相談された時、〝大丈夫だって！　うまくいくよ！〟ととりあえず励ましてみる、みたいなこと」

「はい、思い当たる経験はあります」

それはまさに、私が失恋した時に、考えていたことだ。

「じゃあさ、こんな経験はありませんか？　自分にとってかけがえのない友達に相談をもちかけられた時。

真剣に相手の話を聞いて、少々厳しくてもきちんと本音を友達に伝えたこと」

「はい。私が相談をもちかけた時に、厳しい意見をもらったことがあります。その人からは、厳しいというか〝祝福できないなら、いっそ呪え！〟と過激《かげき》な意見をもらいましたね」

私は初めてニーチェと会った、哲学の道での出来事を思い出した。

「そうですか、それはいい友達ですね。本音で真剣に相手に向き合う。いま僕が話している〝実存的交わり〟とはそのような姿勢での対人関係です」

「はっきりと伝える、という方ですよね」

「そうです。限界状況、つまり自分ではどうしようもない壁にぶち当たった人を、孤独から救えるのは実存的交わりです。

もちろん自分でも立ち向かっていかなくてはならないし、強い心を持つことが大切なんだけど、実存的交わりが、人を孤独から救います。

言いかえるなら、人と人を繋ぐ、愛です。アリサさんとニーチェの関係はそのどちらですか？　気を使い合う仲でしょうか、それとも本音をぶつけ合える仲でしょうか」


そこまで言われて、私はハッとした。

そうだ、あの日。恋に破れ「祝福できないならば呪うことを学べ」というニーチェの言葉を見た時、私は思ったのだった。

こういうストレートな本音をぶつけてくれる、友達がいたらいいなと。表面上の付き合いではなく、多少厳しくても本音をぶつけてくれる友達がいたらいいなと。

そして、いまの私にとって、本音をぶつけ合えるかけがえのない友達は？　と問われれば、それは紛れもなくニーチェのことであった。

「そっか、ありがとうございます。近いものが見えていませんでした。人と、きちんと本音で向き合うって、たしかにかけがえのないものですね」

「そうだね。『愛はこの世における静かな建設《けんせつ》』です。互いの孤独を癒しながら、少しずつ育まれていきます。

しかし憎しみは、自己主義へと人を没落《ぼつらく》させます。自分のことだけを考えて、自分の権利を主張することは出来るけれど、僕たちが生きて行くにあたって、心を深く打つような感動は、人と人の間の実存的交わりによって得られるんじゃないでしょうか。

そして、哲学は伝達《でんたつ》への衝動《しょうどう》を持つ。哲学は自己を語り、傾聴《けいちょう》されることを欲するという特性もあります。

これはつまり、実存的交わりを行うことによって、哲学の目標は達成されるということなんだ」

「伝達の衝動を持つ、ですか？」

「そもそも哲学って人に意味を与えるものではなく、覚醒《かくせい》させるものだからね。

『人は誰でも哲学において、彼が本来すでに知っていたものを理解する』

まったく知らない知識を自分に与えてくれる学問ではなくて、すでに知っていることについて、〝そうか、そういうことだったんだ！〟と解釈を深める、ハッと覚醒させてくれるものですね。それで、自分なりに〝そうだったんだ！〟と覚醒したら、他人に伝達したくなる特性を持ってます。そして、誰かと深く話し合うことによって哲学は成立します。

自分一人だけで真理に行き着いたとしても、それは独りよがりな意見でしかないから、根拠に欠けるしね。不誠実な自己主張になってしまうかもしれない。

ここでも実存的交わりが重要となってきます。僕なりの言葉で言うならば『真理は二人からはじまるのです』ということです」

「真理は二人からはじまる、ですか」

「はい、他人は時に厄介だし、人間関係でいい思い出がなかったら、他人は面倒くさいと人を拒《こば》みがちですけど、人との交わりは、真理を生むんです」

「なるほど、なんだかヤスパースさんの考えは温かいですね」

「そうかなあ、ありがとう。人間関係について言えば、僕の後輩の医者で、フロムっていう精神分析に傾倒《けいとう》している哲学者がいますが、彼も『人間の最も強い欲求とは、孤立《こりつ》を克服《こくふく》し、孤独の牢獄《ろうごく》から抜け出したいという欲求である』ということを『愛するということ』という本に書いていてね。

孤独を克服するためには、やはり、実存的交わりが不可欠《ふかけつ》です。

一人で孤独を徹底的に克服しようと思ったら、孤独感が消えてしまうほど、外界をシャットダウンして引きこもって、外界の方を消す方法しかないですよね」

「それは、まさに……限界状況って感じですね」

「他人については、自分の思いどおりにならないことも多いし、自分が求めている距離感と相手の求めている距離感が違うと、寂しくなったり、逆に面倒くさく思ったりすることもあるけれど、自己主義に考えるんじゃなくて、共存を前提に腹をわって自分を開示することが大切なんじゃないでしょうか。

まさに〝愛しながらの闘争〟です。他人を拒絶《きょぜつ》して独りよがりの考えだけに目を向けるか、誰かと真理を探究《たんきゅう》し合うか」

ヤスパースはそう言うと、グラスに残ったビールを飲み干し、私を見つめ深く頷いた。


「そうですね。ヤスパースさんのお話、なんだか新鮮でした。他人と本音で向き合いつづけることって、大変だし、報《むく》われないことも多いですけど、他人と本音で向き合って心が通じ合った時の喜びは何ものにも代えられないというか、苦労してでも手に入れる価値のあるものですよね。いまの言葉を胸に、私も一歩を踏み出してみようと思います」

「なにか、ひっかかっている人間関係があったのですか？」

「えっと、私、家族との繋がりが薄いというか、家族と離れて暮らしていて、家族に対して

〝どうせ理解されないだろうな〟と諦めを持っていたんです。

私は両親にあまり興味をもたれてないなと感じていたし、家族の絆みたいなものがあまりなくて。だから、私も家族に対して、自分を開示するのが怖いというか、どうせ歩み寄っても無駄だろうな、という気持ちがあったんです。

けれど、それこそ独りよがりですよね。家族に対して諦めを持つばっかじゃなくて、もっと本音で向き合ってみます」

「そうですか。人と接するのは、思いどおりにいかないことも多いですが、わかり合えた時は人間として至福《しふく》の喜びがあると僕は思っています。新鮮に感じてくれたならよかったです」

「はい、私の中でなにかハッとするような言葉がいくつかありました」

「それはよかった。それが、覚醒、なのかもね」

「そうですね、いま覚醒を実感しています」

「さっき話したとおり、すでに人はいろんなことを知っているんですよ。そして、その知っていることを理解しなおすのが哲学だから。だから、彼のね……」

そう言って、ヤスパースはまだぐっすり眠っているニーチェを見た。

「彼の、語ることもそう。アリサさんの中のすでに知っていることを、彼は覚醒させてくれているのかもしれない。

アリサさんがいま感じている覚醒を、アリサさんなりに追究《ついきゅう》して、そしてニーチェとまた話し合うのはどうでしょう。話し合うというか、実存的交わりをしてみるといいんじゃないかな。そうすることでより一層真理に近づいていくと、僕は思います」

ヤスパースは、話し終わるとこちらに優しく微笑んだ。

「そうですね、なんだか今日はとても感慨深《かんがいぶか》い日になりました、ありがとうございます」

「どういたしまして。それよりニーチェ大丈夫かな？　そろそろ起こそうか」

「そうですね。一時間くらい経ちましたし、起きてくれるかもしれません」

私は、ニーチェの肩を何度か揺さぶって声をかける。

「ニーチェ、そろそろ起きて。もうお店出るよ」

ニーチェはけだるそうに目をうっすら開き「大丈夫だ、大丈夫」「全っ然酔ってない」と繰り返し呟きながら、ようやく目を覚ました。

「ここは、どこだ？　おお、ヤスパースではないか。どうしたんだ、二人で逢い引きしていたのか？」

「いやいや、ニーチェが潰れたところを、ヤスパースさんが介抱してここまで連れてきてくれたんでしょ、覚えてないの？」

「おお、そうだったな。すっかり忘れていた。ん？　で二人は話し終わったのか？」

ニーチェはまだ寝ぼけているのか、微妙にろれつの回らない口ぶりで話す。

「はい、いろいろと話しましたよ。アリサさんいいじゃないですか、物事をよく考えている。さすがニーチェさんのお弟子さんです」

「いや、アリサは弟子ではない。私は彼女を超人にしようといろいろ教授してきたのだが、そろそろ、私も離れる時期になってしまった」

ニーチェは唐突《とうとつ》に、思いがけないことを口にする。

私は思わず、ニーチェの顔を覗きこむ。

「え？　いまなんて？」

「ああ、お前には言っていなかったが、私はそろそろアリサの傍《そば》を離れないといけない。時期が来たのだ」

「それ本気で言ってるの？」

一瞬にして体に、寒気が走るのがわかった。

ニーチェがいなくなってしまう？　いつか来るかもしれないと頭のどこかで思っていたものの、いざそう宣言されると、まだ気持ちも覚悟も何も追いつかない。

ニーチェは、いつものように人差し指で前髪をくるくるとまとめると、ゆっくりと口を開いた。

「まあ、いますぐにというわけではない。ちょうど大文字山《だいもんじやま》の送り火の日をめどに私はお前の元からいなくなる」

「送り火まで一ヶ月くらいしかないじゃん。どうして？　どうしていなくなっちゃうの？」

「もともと期間限定で存在していると言っていただろう。大文字山の送り火は現世から魂を送り出す行事だということはお前も知っているだろう。その日をもって私はいなくなるのだ。アリサの前に、私が私として現れることはなくなるのだ」

「そんな唐突に……じゃあみんなはどうなるの？　キルケゴールとかハイデガーとか……ヤスパースさんも！」

私はニーチェとヤスパースを交互に見る。

ヤスパースは動揺した様子もなく、変わらず微笑みを浮かべたまま、何も言わずニーチェの方を見た。

店内では変わらず聞き覚えのある流行の洋楽がかかっている。

ニーチェは髪を絡めた指をほどいてこう言った。

「彼らも同様だ。送り火の日にいなくなる。彼らの中では、周知《しゅうち》の事実だ。現世に漂う魂は送り火によってあの世に送り出されてしまうのだから仕方ない。

まあ、いなくなるといっても、実体が消滅するわけではない。いうなれば、キルケゴールの容姿をした実体は存在しつづけるが、キルケゴールではなくなる。まったくの他人として機能するのだ」

「つまり、見た目はニーチェだけど、私のことを知らない、まったくの他人になってしまうってこと？」

「まあ、そういうことだな」

「そんな……いまから考え直して、このままずっとここに居つづけることは出来ないの？」

「出来ない。まあ、あと一ヶ月もあるからそんなに気を落とすな」

「だって、もう会えなくなるってことでしょ？　どっかに行くわけじゃなくて、消えちゃうんだから、再会することはないんでしょ……」

「まあ、未来は予測不可能だが、再会できない覚悟はしてくれ」

そう言うとニーチェはテーブルの上にあるグラスに入った水を一気に飲み干し「さあ、もう出よう」と立ち上がった。つられて立ち上がったものの、私の頭の中はいまだ混乱《こんらん》状態であった。

ヤスパースは立ち上がると「アリサさん、こういう時こそ立ち止まってはだめです」と私を気遣った言葉をかけてくれたのだが、まだニーチェの話に私は追いつけていなかった。

ニーチェがいなくなってしまう、当たり前のものが当たり前でなくなるという経験は、初めてではないはずなのだが、どうしてだろうか、頭では処理しきれない感情が胸をきつく締めつけていた。

愛はこの世における、
静かな建設である
――ヤスパース

運命がトランプのカードをシャッフルし、我々が勝負する

夏は時間が過ぎるのを早く感じる。小学生の頃から感じていた不思議だが、夏の時間が早く過ぎるのは、私たちが感じている夏という季節が七月の梅雨明けからはじまって、八月いっぱいまでの短い期間だからだろうか。

それとも、開放的な空の下で過ごす毎日に夢中になりすぎているせいだろうか。夏は開放的で、毎日を明るく彩る季節だが、すぐに過ぎ去ってしまう儚《はかな》さこそが、夏の魅力をよりひきたてているのかもしれない。

そんなことを思いながら、私は自転車を力強く漕《こ》ぎ、風を感じながら鴨川沿いを走っていた。

夏の時間はすぐに過ぎて行く。祇園祭の日に、ニーチェがいなくなるという話を聞いて、ひどく動揺した日から、もう一ヶ月が経っていた。

お盆休みにもかかわらず、街は、いたるところで大文字山の送り火の用意に慌ただしい様子を見せていた。

毎年、お盆は実家に帰っていたのだが、「今年のお盆は実家には帰れない、お盆が終わってから帰ることにする」、と先日電話で母に伝えた。

「どうして?」と聞く母に対して、いままでであれば「私も忙しいから」という言葉で誤魔化していたのだが、私は素直に「お世話になった友達が、お盆に遠くに行っちゃうからお別れ会をしたくて」と伝えることにしたのだ。すると母は「アリサにとって大切な友達なら、しっかり見送ってあげて、またそのあと帰っておいで」と予想していなかった、優しい言葉をかけてくれたのだ。

私は母の言葉に対してなんだか恥ずかしいような嬉しいような、いままでになかった温かい気持ちが胸に流れてくるのを感じていた。これも、実存的交わりの一種だろうか。

自転車に乗りながら横目に見た商店街の店先には、氷旗が張られた大きなクーラーボックスにペットボトルのお茶やお酒が冷やされていたり、大きな桶に、冷やしたきゅうりの一本漬けが並んでいる。

街の風景こそ、大文字山の送り火という行事の色に染まっていたが、私の頭の中は、ニーチェがいなくなってしまうという悲しい事実のことでいっぱいだった。

別れを告げられたあの日からも、ニーチェと繁華街へくりだしてご飯を食べたり、観光地や寺院を散歩しながら語り合うことはあったのだが、「やっぱり、考え直して欲しい。もう少しここにいようよ、まだ聞きたいこともたくさんあるし」と何度説得を試みても、ニーチェの返事が変わることはなかった。


私は、明日からのニーチェがいない日々を想像することも出来ず、今日という日を迎えてしまったのだ。

頭の中で何度も何度も似たようなことばかり考えながら、自転車を漕いでいると、反対方向から、見覚えのあるシルエットが目に飛びこんできた。

大きなシルクハット、全身黒ずくめのロングコートの男性だ。私は思わず、ブレーキをかけ、立ち止まる。

「キルケゴール君?」

「ああ、びっくりしました、誰かと思えばアリサさんじゃないですか。God dag《ゴデー》アリサ……」

キルケゴールは、暑さにやられているのか、目つきも朦朧《もうろう》としており、ふらふらとゆれていた。

「ちょっと、やばそうに見えるけど大丈夫？」

「あ、はい大丈夫です。ちょっと暑いですが、少し吐き気があるくらいなんで」

「それ、大丈夫じゃないじゃん、スポーツドリンクか何か飲んだ方がいいよ」

「そうですか、けど僕、ちょっとだけ散歩するつもりだったので、手ぶらで来てしまいまして。だから大丈夫です」

そう言うと、キルケゴールは再び歩き出そうとしたが、膝からがくっと、バランスを崩した。

「大丈夫？　ちょっとそこのコンビニで飲み物買ってくるから、そこのベンチに座って待ってて。日陰から出ちゃだめだよ、あとそのコートと帽子もちゃんと取って涼《すず》んでね！」

「はい、ありがとうございます」

私は自転車を停め、すぐ先にあったコンビニでスポーツドリンクを買うと、キルケゴールが待つベンチへ駆け寄った。

「はい、とりあえずこれ飲んで、あとコートと帽子、ちゃんと取って」

「ありがとうございます。いただきます。あと、コートと帽子は日焼けしちゃうので着ておきます」

「そんなこと言ってる場合じゃないよ。とりあえずいまだけ脱いで」

強く言い聞かせると、キルケゴールはしぶしぶ帽子を取り、コートを脱いで肩からマントのように羽織った。

日焼けを気にしている、と言うだけあって真っ白な肌が羽織られたコート下から覗く。

「一体こんな暑い中、そんな格好で何してたの？」

「はい、たまには日光を浴びないと体に悪いと思ったので、散歩していました」

「ちょっと散歩するって格好じゃなくない？」

「はい、判断を見誤りました……」

そう言うとキルケゴールは買ってきたスポーツドリンクをごくごく流しこんだ。

私たちは鴨川沿いのベンチに腰掛け、ゆっくり流れる雲と、さらさらと流れる鴨川を眺める。潮の匂いとはまた違う、苔っぽさをふくんだ川の香りを風が鼻先まで運んでくる。

「あのさ」

「はい、なんでしょう」

「キルケゴール君も、いなくなっちゃうんだよね」

「ああ、ニーチェさんが言っていましたか？」

「うん、聞いたのは一ヶ月前なんだけど。送り火の日にいなくなるって。つまり、今日だよね」

「はい、キルケゴールという人物はいなくなります。この見た目をした人物は残りますが、キルケゴールではなくなります。

もし今日のように街で会っても、アリサさんの知っている僕ではないし、僕もアリサさんのことは知りません。ただこの姿形《すがたかたち》の他人が存在しているだけです」

「うん、ニーチェもそう言ってた、なんか寂しいね。まだ実感が湧かないや……」

「そうですよね、アリサさんニーチェさんと仲良かったですもんね……」

私たちは、鴨川をじっと見つめながら会話を続けた。

いつだったか、「ゆく川の流れは絶えずして」という鴨長明《かものちょうめい》の言葉は、哲学者の誰かの考えと似ているという倫理の授業で聞いた話を思い出した。

哲学者の誰の考えだったかは忘れてしまったが、時間は刻々と過ぎ、同じ時間は二度と過ごせないという意味だけは、胸にいまも残っていた。

「キルケゴール君……」

「はい」

「いままで、いろいろ教えてくれてありがとう。私一人では、こんなに考えることなんてなかったよ、ありがとう」

「いえ、僕は何もしていません。理解するのは自分自身ですから」

「自分自身か……」

「はい、人生の経験を理解するのも、歩いて行くのも結局は、自分自身で行うことです。そう言うと、寂しい感じがするかもしれませんが、孤独があるからこそ、個人があるといいますか。やっぱり孤独って寂しくもありますが、人にとって必要なものだと思うんですよ。孤独を楽しみ、孤独を愛することって、自分をまっすぐみつめることが出来るというか。ああ！　なんかいまのいいフレーズなような気がします！　ちょっとTwitterに書きこむので、ちょっと待ってください！」

キルケゴールはそう言うとコートのポケットからスマホを取り出し、Twitterを開いた。天然で言っているのか、私を励まそうとしてくれているのかわからなかったが、少し休んで、キルケゴールの体調はさきほどより回復しているようだった。

「そっか、孤独も生きていくのに大切ってことだよね。ありがとう。あと、今日ニーチェと一緒に吉田山《よしだやま》から送り火を見るんだけど、キルケゴール君もどうかな」

「はい、何時からですか？」

「点火《てんか》が始まる二十時前に、吉田山の中にあるショーペンハウアーのお店はどう？　クラシック喫茶なんだけど、場所わかるかな？」

「お誘いありがとうございます、ではあとで調べてみます。僕もお邪魔させてもらいますね」

「うん、よろしくね。じゃあ私そろそろ帰るけど、キルケゴール君も体ちゃんといたわってね」

「はい、では Vi ses!《ヴィセス》、アリサ」

「うん、ではまたあとで」

私は再び、自転車にまたがりペダルを漕ぎだした。日差しは容赦なく、街を照らしつける。まるでいつまでも夏が終わらないかのように、力強く、熱せられたアスファルトの上で空気は揺らぎ、夏の午後の暑さを加速させていた。


時計が十九時を過ぎた頃、私は出町柳駅でニーチェを待っていた。ワーグナーとばったり会った時と同じように、私たちは出町柳の駅からショーペンハウアーのお店へ向かおうと、待ち合わせをしているのだ。

十分ほど遅れて、ニーチェはやって来た。

「アリサ、もう着いていたのか、早いな」

「もう七時十分だよ、ニーチェがちょっと遅れただけだよ」

そう言うとニーチェは髪をくるくると指で巻き「そうなのか」と意外だったかのように答え、「では行くとするか」とスタスタ歩き出した。私はニーチェの隣を歩く。

「ニーチェ、いまとなっては懐かしいね、ワーグナーに会った時も」

「そうだな、久しぶりに会ってもやはりいけすかないやつだった」

ニーチェは、今日で別れが来るからといって、ナーバスになっているという様子はなく、いつもどおりであった。

ニーチェは寂しくないのだろうか、とふと思ったが、ニーチェは私ほど、別れを悲しいものだととらえていないのかもしれない。

超人の話で言っていたように、この別れも「自分が望んだことだ」と受け入れているからか、人と別れることに慣れているのかわからないが、普段どおりのニーチェであった。

街には送り火を見にきたであろう浴衣姿のカップルや、家族連れの姿がポツポツと、大文字山が綺麗に見える場所で立ち止まり、場所取りをしていた。点火する時間まで、あと少しだ。

大きな鳥居をくぐり、山道を登ってショーペンハウアーのお店に着くと、お店の周囲にも送り火の点火を待つ人の姿がちらほらと見えた。

ショーペンハウアーのお店の入り口には墨字で〝臨時休業〟とでかでかと書かれた紙が貼られている。

ニーチェは「大丈夫だ、居留守だ」と言って、貼り紙にかまうことなくドアを開けた。

中を覗くと、ニーチェの言ったとおり、ショーペンハウアーがソファに座ってくつろいでいた。

「チッ、なんだお前か。今日は臨時休業だ」

ショーペンハウアーは立ち上がると、こちらをギロリと睨み、舌打ちをしながらそう言った。

「まあまあ、そちらの意図はわかっている。一見《いちげん》の客で賑わうのが嫌なだけだろう、お邪魔させてもらうぞ」

そう言うと、ニーチェはスタスタと店の中に入って行く。

ショーペンハウアーは「九時には閉めるからな」とぶっきらぼうにつぶやき、どかっと音を立て、ソファに座り直した。

私たちもソファに腰を掛ける。

しばらく経った頃、お店のドアが開く音が聞こえた。ドアの方を見ると、キルケゴールがおそるおそるドアを開き、中を確認していた。

「ああ、ちょっと道に迷いました。God dag《ゴデー》、みなさん」

「来てくれたんだね。こっちだよ」

「はい、ショーペンハウアーさん、お邪魔いたします」

キルケゴールは帽子を胸のあたりまで下げ、ショーペンハウアーにお辞儀すると、私たちの席の近くのソファに座った。

「いま、七時五十分ですか、そろそろ点火ですね」

「うん、八時すぎだよね」

私はニーチェとキルケゴール、そしてショーペンハウアーのいるこの風景を目に焼きつけるように眺めながら、残り少ない、この時を心に刻みつけていた。

明日には他人になってしまう、私に生きるということの意味を教えてくれたそれぞれの顔を焼きつけながら、点火の瞬間を待った。


二十時を過ぎた頃、すっかり日が落ちた窓の外の暗がりの先に、ぼんやりと見える大文字山にぽつんと真っ赤な一点の火が灯った。

一点の火が灯ると同時に、外から「おおー」という驚嘆《きょうたん》するざわめきが聞こえてきた。

一点の真っ赤な火は、点から線へと移りゆくように徐々に広がりを見せ、火の灯りがまばら〝大〟の字から、徐々に鮮明に文字を完成させていく。

火の灯りはゆらゆら揺れながら、燃え上がる勢いを増し、ひとつひとつの灯りがまるで生きているかのように、それぞれが空に向かって伸びていた。

ライトの灯りとはまた違う、憂いある明るさを放つ、ため息の出るような美しさに、私たちはそれぞれに見とれていた。

「美しい……」

キルケゴールは心から声が漏れてしまった、といわんばかりにぼそっと呟いた。

「うん、綺麗だね」

「そうだな、なかなか風情があるな」

「……崇高だ」

私たちはそれぞれ、ばらばらの視界からいま送り火を眺めていた。

私たちの目に映っている送り火は、それぞれに違うだろう。

けれども、誰かと同じものを見て、綺麗だねと感動を共有しあうことに私たちは喜びを感じる。

まるで、心に温かいオイルが垂れてくるかのように、じんわりと温かさが広がっていくのだ。母に優しい言葉をかけられた時に感じた温かさとも一緒だ。どうしてかはわからないけれど、人と心を通い合わすことは、なぜこんなに胸が温かくなるのだろうか。

私は自分が思っているよりもずっと、世の中のこと他人のこと、私のことも何も知らないのかもしれない。当たり前のように思えることでも、深く考えつめていくと、どうしてだろう？　と答えが導き出せない疑問が浮かび上がってくる。

いまこの世界も、存在しているということも、生まれてきたということも。

不思議だらけの世界で、自分に残されているであろう時間は数十年。

その時間の中で、どのような自分になっていくのか、どのような人生を生きていくかは、何もまだ決まっていなくて、いまという時間は、つねにスタートラインなのだ。


「あの、みなさん……あらためて、今日までありがとうございました」

私は、三人にお礼を伝えた。

「みなさんにいろいろ教わったことを胸に、人生と真剣に向き合っていこうと思います。ショーペンハウアーさんみたいに人生は苦悩の連続だと考えつくかもしれませんし、キルケゴール君のように、美徳《びとく》を追求して生きるべきだと考えつくかもしれませんし、ニーチェのように、いろんなものの無価値を受け入れた上で、強く生きていくべきだと考えつくかもしれないし、もしかすると三人とまったく違う考えにいきつくかもしれないですけど……自分なりに人生とは何かということを、真剣に考えて生きていこうと思えました。こう思えたのは、みなさんが教えてくれたことがきっかけです。

今日まで、ありがとうございました」

三人は顔を見合わせて驚いているようだった。

「そんな、たいそうなものでもないよ。ただ、アリサさんの人生がうまくいきますように、僕も祈っているよ。

『幸せの扉は外に向かって開くので、突進しても開かない』。人は、〝自分は幸せだ〟と思える根拠があれば幸せになれたりするんだ。

〝幸せの根拠〟は外部ではなく、意外と自分の内側にひそんでいたりするもんだよ。しっかりね」

キルケゴールは少し恥ずかしそうに、そう答えた。

「そうだ、アリサ。超人を目指すならば、どんな悲しみや苦悩も、受け入れることだ」

ニーチェはいつもどおり、飄々《ひょうひょう》として答える。

「トランプ、ということを覚えておけ……」

ショーペンハウアーは厳しい口調で吐き捨てるようにそう言った。

「トランプ、ですか？」

「そうだ『運命がトランプのカードをシャッフルし、我々が勝負する』。人は平等ではない。生まれた環境、才能さまざまなものが違う。そういったものを運命とするならば、運命、つまり手持ちのカードは変えられないが、どのように戦略を立てて勝負するかは当人にかかっている。自分の運命を嘆くな、勝負の仕方を考えることが出来るのだからな」

「運命を嘆くのではなく、勝負の仕方を考える……そうですね、そう考えてみます。ありがとうございます」

「フフ、ショーペンハウアーさん、よいこと言いますね……」

「そうだな、いかにも彼らしい言葉だ。厳しさもある。ハハハ」

遠くに灯る送り火の炎は、徐々に勢いを失速させていき、送り火の点火時間もまもなく終焉を迎えようとしていた。

線で繋がった〝大〟の文字が、再び点と点に戻っていく。私たちはじっと送り火の終焉を見守る。

「美しいですね〝大〟の文字が、また点と点へと還《かえ》っていってますね。アリサさん、あれは、たいまつを燃やしているのですか?」

「うん、そうみたい。送り火で燃えた炭をね、拾いに行って持っていると一年間無病息災《むびょうそくさい》で過ごせるんだって。翌日に大文字山に登ると拾えるみたいだよ」

「そうですか、翌日ですか……」

キルケゴールはそう言うと、送り火の灯りが消えていく様子を眺めながら、しばらく黙りこんだ。

みんな考えていることは、おそらく同じだろう。私たちは、送り火の消えゆく様子を眺めながら、ただ沈黙に身を委ねた。点と点に分かれた灯りが、ひとつ、またひとつと消えていく。

「それでは、ありがとうございました。僕はもうそろそろ行きますね」

キルケゴールは再び帽子をかぶると、お辞儀をする。

「そうだな、もう店も閉めるか」

「ああ、風情があったな。では出るとしよう」

私たちは、お店を出ることにした。

お店を出るとキルケゴールは去り際に、一人ひとりにハグをすると「Farvel《ファヴェル》、みなさま」と言い去っていった。

ショーペンハウアーも「では」とだけ言うと、その場から離れ、どこかに去る。ついに別れの時が来たのだ。

「ニーチェ、ついにお別れだね……なんかいまだに信じられないけど」

「そうだな、私は哲学の道の方へ戻る」

「哲学の道か、懐かしいね、初めて会ったのそこだったよね」

「そうだな、あの頃は桜が散っていたな」

「哲学の道までさ、一緒に歩いてもいい？」

「ああ、かまわない」

「じゃあ、哲学の道までお見送りするよ」

私たちは、暗い山道を下り、大文字山のふもとにある、哲学の道まで歩くことにした。

あたりから、蝉と鈴虫が織り交ざった鳴き声が聞こえる。

「アリサ、超人になる道はひどくけわしい。この短期間でお前を超人に鍛え上げようと試みたが、お前はいま超人という生き方をどう受け止めてる？」

「そうだね、いろいろ教えてもらって理解は出来たけど、自分が超人だ！　とはまだ言えないかな。一生目指しつづけることになりそう」

「そうか。きっかけは与えられたかもしれないが、超人になるには、人に教えられたことを超えて、自分の道を行かねばならないからな。私の考えを否定するくらいに成長しなくてはならない」

「ニーチェの考えを否定するくらい？」

「そうだ。人に道を尋ねたり、人に従って歩くのではなく、自分の道を探すのだ。誰しもに当てはまるような〝道〟というものは存在しない、私の道は私の道。お前の道は、お前の道なのだ。

お前の道を歩いて行く中で、どんなに苦しいことがあったとしても、そしてその苦しみが繰り返されるとしても、他人を妬むことなく、新しい価値観を創造し、挫折を乗り越えていける存在こそ、超人なのだ」

「そっか、自分の道を歩きながら、乗り越えて行くんだね」

「誰かの教えを鵜呑みにしつづけるだけでは、自分の道は切り開けない。

教えをも疑い、超えて行くことだ。

私がアリサに何かを教えたからといって、アリサは私を目指すのではなく、まだ見ぬ自分自身を目指すのだ、それが自分の道を行くということだ」

「ニーチェの考えを超えるには、まだまだ長い時間がかかりそうだよ」

「まあ、簡単に超えられたなら、こちらもたまったもんじゃないからな」

「フフ、そうだよね、ニーチェは長年そんなことを考えているもんね」

「そうだな。

『お前はお前の偉大《いだい》を成し遂げる道を行く。お前の背後にすでに道が絶えたということが、いまお前の最高の勇気とならなければならない』

つまり、お前はつねにスタート地点に立っていて、後ろには何もないのだ。後ろにはなにもない、過去には戻れないということを、勇気と覚悟に変えて、前を見て進んで行くのだ」

「どんな時も、常に人はスタート地点にいるんだよね。そうだね、スタート地点にいるのに、ひるんでいたらだめだよね」

「そうだ、前にも話したように、もう一度そっくりそのまま、一秒たりとも不満なく、繰り返したいと思える人生を生きることだ、自分に妥協なく、な。そしてもう一点……」

ニーチェはいつものように人差し指に前髪をくるくると絡める。

「なんというか……その、時には、忘れっぽいということが、幸せにつながるぞ」

「え、それいま言うこと？　それは……絶対違うよ。それだけは断言出来るよ。私は、絶対、忘れないよ」

喉の奥に小石がつまるような違和感と、目頭が熱くなっていく感覚が私の体を伝う。こみ上げてきたものがこぼれないように、私は夜空を見上げた。星の輝きは、揺らぐように滲んで見えた。

「また、会えたらいいね」

「そうだな、お互いの道が、交差することがあれば、いつか会うこともあるかもしれないな」

「そうだね、交差したらいいね」

「そういえば、アリサが縁切り神社で願った時のこと、覚えているか？」

「うん、いまとなっては懐かしいね」

「あの時願った〝新しい自分〟に会えたのではないか？」

「新しい、自分？」

「そうだ、悪縁を切って、良縁を結ぶ。これまでの古い自分から、新しい自分に変わる。そうなりたくて、あの神社に行ったのだろう？」

「そういえば、そうだったね」

「お前は、哲学を知り、自分の人生と真摯に向かい合う、新しい自分へと脱皮《だっぴ》したのだ。『脱皮できない蛇は滅ぶ』からな。変化を恐れず、自信を持って自分の道を進むといい」

ニーチェは力強くそう言い切った。私は、涙をこらえ、今日まで考えてきた気持ちをニーチェに告げる。

「ニーチェ、あの時さ、神社でお願いする前に、実はもう一つ考えていたことがあるんだよ」

「そうなのか？　それはなんだ？」

「本音で話してくれる、友達が欲しいなって思っていたんだ」

「そうなのか」

「うんだから、もしまた会えることがあったらその時は友達として、会いに来てね」

ニーチェは小さく頷くと、こちらに右手を差し出した。私は両手でニーチェの右手を、握りしめた。目の前の坂を上がると、もう哲学の道だ。


「では、私はこの坂を上がって、右へ行く、アリサの道は？」

ニーチェはこちらをじっと見つめながらそう言った。

「私は、坂を上がって左かな。ニーチェとは同じ道だけど、違う方向だよ」

「そうか、では互いに自分の道を行くとしよう。道案内の看板は、あるようでないのだ。お前の道は、お前が見つけるしかないからな」

「うん、ありがとう」

私たちは坂を上り、ニーチェは右へ、私は左へとそれぞれの方向へと哲学の道を歩く。

哲学の道は、外灯がぼんやりとした灯りを落とし、生暖かい夜風が雲を勢いよく吹き流していた。

ニーチェと初めて会った夜のことを、思い出しながら、私は滲んだ夜空を見上げ、じゃり道をしっかりと踏みしめ歩く。

私はニーチェと初めて会った、あの日と同じ道を、いまこうして歩いているのだが、その頃とは違うのだ。風の暖かさも、ニーチェに対する思いも、そして私自身も。

私は心の中で繰り返す、いつの日かニーチェが言っていた言葉を。


「打ち勝つための道と方法はあまたある。それはお前が見つけなければならないのだ」


未来はまだ決まっていない。

人生の中で悲しみが何度も降りかかったとしても、それを受け入れて超えて行く。心からそう思えるようになるまでには時間がかかるかもしれないが、もう一度リピート再生したいと思えるような一生を送れるように、人生と誠実に向き合っていくためには、悲しみを悲しみのまま終わらすのではなく、乗り越えて生きていきたい。

人生の意味は、自分にしか見つけることができない。私はいつもスタート地点に立っているのだ。それはいまも、そしてこれからも。

もしまたニーチェに会えることがあったならば、今日のことも笑って話そうと胸に誓いながら、私は哲学の道を、前を向き、歩きつづけた。

エピローグ

―夏休みは残り一週間―

「お母さん、まだ一時間くらいあるからここ入ろう」

私は空港の到着ロビーにあるコーヒーショップを指さした。父が乗る便が着くまでにはまだ一時間ほど余裕がある。

店内は大きなキャリーバッグを持った旅行客や出迎えを待つ人々で賑わっていた。日本語から中国語、英語などさまざまな言語が飛び交う賑やかな店内は、さまざまな人種の人たちの姿があるというだけで、なんだかお洒落なように感じるから不思議だ。私たちはカラフルなファッションに身を包む外国人観光客が列をつくるカウンターに並び、注文するのを待った。

「じゃあ頼んでおくから、アリサは席を取っててくれる？　アリサは何にする？」

母はそう言って、混雑した店内に目を向けた。

「じゃあ、私はココア、あっやっぱり抹茶ラテにしようかな」

「はい、抹茶ラテね」

私は母に注文を頼み、店内の端の空いているテーブルに腰掛ける。

ニーチェがいなくなった三日後、私は久しぶりに実家に帰り、自分の気持ちを洗いざらい母に話した。

私と母の間に決定的な障害があったわけではない。私が高校生ながら親元を離れて暮らしているという状況は変わった環境かもしれないが、とりたててその距離が問題をこじらせていたわけではない。

私たちが抱えていた問題は、お互いを知ろうとする対話を避けていたことだ。私は家族というものに期待をしていなかった。

自分の抱えている悩みをすべて受け止めてくれないなら、私の抱える寂しさを解決してくれないならば、自分の気持ちをむき出しにしたところで、自分がまた傷つくだけだと、そう思って自分の気持ちを家族に伝えることを避けていた。

そして、それは話していて初めてわかったのだが、それは母も同じであった。離れて暮らす娘に対して、避けられているのだろうという思いから気持ちを伝える機会は減っていく一方であったのだ。

母と話していてわかったのは、母も、そして父も一人の人間であるということ。そして、それぞれの人生を歩んでいるということだ。

私たちの家族は住んでいる場所もバラバラだ。父はベトナム、母とおばあちゃんは実家、兄は東京、私は京都市内で一人暮らしと、物理的に離れている。

それぞれ生活する場所が違うのは、変わった家族のあり方かもしれないが、それぞれがそれぞれの人生を生きている以上、どのような生活を送るかは、個人個人の考えがあり、時として、仕方のないことなのかもしれない。

しかし、距離を理由に互いに歩み寄らないのは仕方のないことではない。人は自分の人生しか生きられない。誰しもが死を目の前にして、代わりのきかない存在だ。そんな孤独を背負った存在だからこそ、歩み寄り、お互いの孤独を癒し合うことが大切なのだ。

「アリサ、はい。こっちが抹茶ラテね」

ドリンクを両手に持った母は私にカップを手渡すと、正面の椅子に座った。

「ありがとう。あ、そうだお母さんこれプレゼント。今日、お誕生日でしょ」

私は母に、綺麗なクリーム色の包装紙でラッピングされたプレゼントを渡す。

「ええっ！　アリサ、わざわざありがとう。開けてもいい？」

母は心底驚いているのか、感激しているのか、子供のように目を丸くしてこちらを見た。

「うん、まあネタバレしちゃうと、口紅だよ、好みはわかんなかったけど、お店の人に聞いて選んだの」

「そう、わざわざ覚えててくれたのが嬉しいわ、ありがとう」

母は、プレゼントをじっと見つめながら、頷いた。

「でも、実はもうひとつあってね……これもプレゼント」

私は鞄の中からビニール袋を取り出し、母に手渡す。

「これは、本なんだけど読み終わったら、感想を話し合いたいなって思ってて。私もまだ途中までしか読めてないけど。ちなみにお父さんにも渡そうと思って、お父さんの分も買ってあるの」

「これは、なんの本なの？」

「ニーチェって知ってる？　哲学者の。『ツァラトゥストラ』っていうニーチェの作品なんだけど、傑作なんだって」

「へー、哲学？　アリサ、しばらく会わない間に、ずいぶん難しい本を読むようになったのね」

「お母さん、それは違うよ。哲学は、難しくないよ。哲学は、すでに知っていることに対してハッと覚醒させてくれるものだから」

そう言い切る私を、母は不思議そうに見つめた。

父が到着するまで、あと少し。

私は渋みと甘さが織り交ざった抹茶ラテを味わいながら人差し指で前髪をくるくると絡め考えた。いつかまたニーチェに会うことがあったらなんて感想を伝えようかな、ということを。

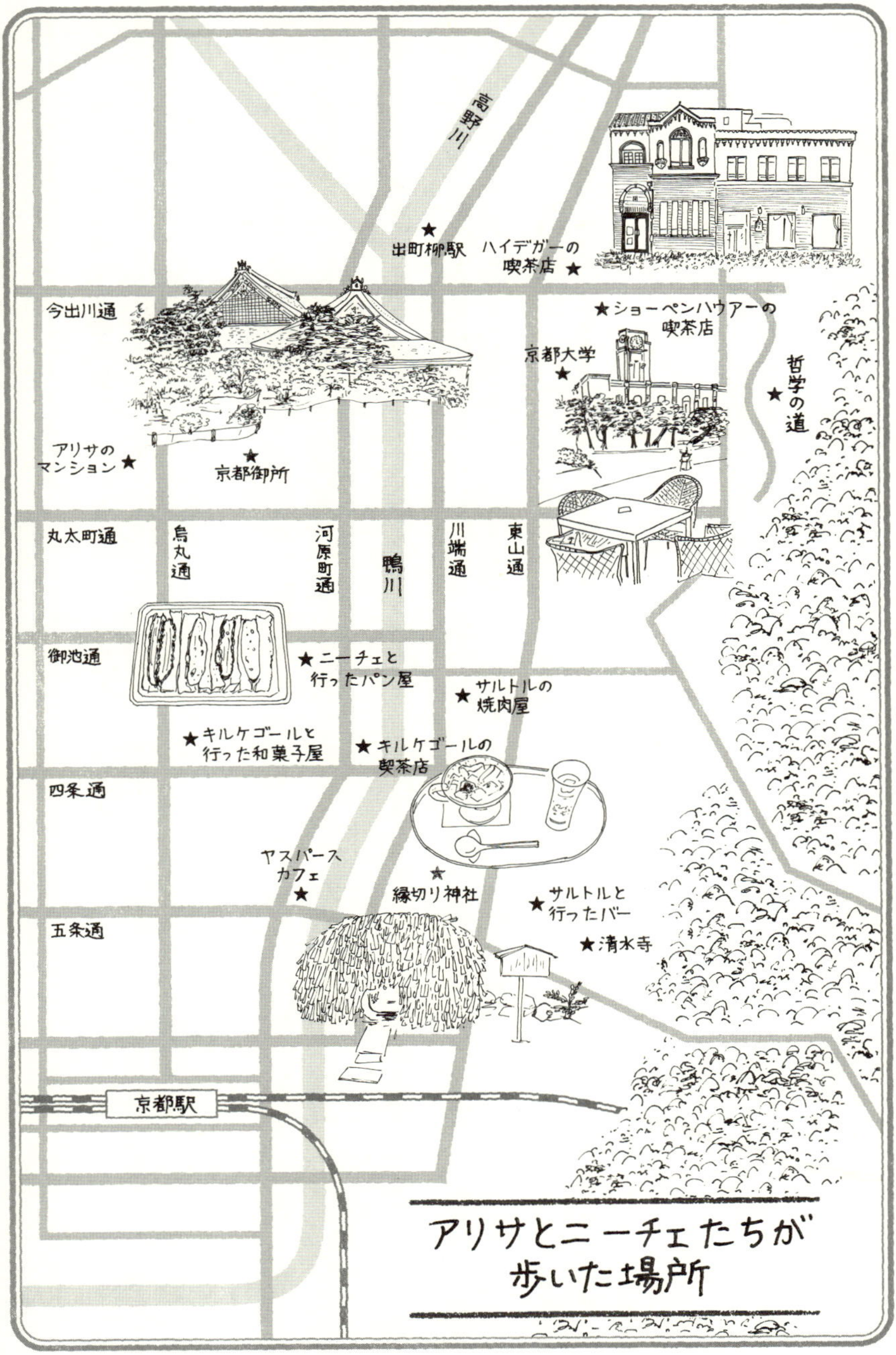

アリサとニーチェたちが歩いた場所

主な参考文献一覧

ニーチェ「道徳の系譜」木場深定　訳・岩波文庫
ニーチェ「喜ばしき知恵」村井則夫　訳・河出文庫
ニーチェ「ツァラトゥストラ」手塚富雄　訳・中公文庫
ニーチェ「善悪の彼岸」中山元　訳・光文社古典新訳文庫
ニーチェ「この人を見よ」手塚富雄　訳・岩波文庫
ニーチェ「ニーチェ全集　人間的、あまりに人間的Ⅰ・Ⅱ」池尾健一　訳・ちくま学芸文庫
ジル・ドゥルーズ「ニーチェ」湯浅博雄　訳・ちくま学芸文庫
中島義道「明るいニヒリズム」ＰＨＰ文庫
中島義道「ニーチェ　ニヒリズムを生きる」河出ブックス
貫成人「ニーチェ　すべてを思い切るために：力への意志」（入門・哲学者シリーズ１）青灯社
神崎繁「ニーチェ　どうして同情してはいけないのか」（シリーズ・哲学のエッセンス）ＮＨＫ出版

キェルケゴール「死に至る病」斎藤信治　訳・岩波文庫
キェルケゴール「不安の概念」斎藤信治　訳・岩波文庫
キルケゴール「現代の批判」桝田啓三郎　訳・岩波文庫
セーレン・キルケゴール「美しき人生観」飯島宗享　訳・未知谷
工藤綏夫「キルケゴール」（Century Books――人と思想19）清水書院

ショウペンハウエル「自殺について」斎藤信治　訳・岩波文庫
ショウペンハウエル「読書について」斎藤忍随　訳・岩波文庫
アルトゥール・ショーペンハウアー「孤独と人生」金森誠也　訳・白水Ｕブックス

ショーペンハウアー「存在と苦悩」金森誠也　訳・白水社
ショーペンハウアー「幸福について　人生論」橋本文夫　訳・新潮文庫
遠山義孝「ショーペンハウアー」（Century Books――人と思想77）清水書院

J－P・サルトル「実存主義とは何か」伊吹武彦　海老坂武　石崎晴己　訳・人文書院
J－P・サルトル「嘔吐」白井浩司　訳・人文書院
ドナルド・D・パルマー「サルトル」澤田直　訳・ちくま学芸文庫
村上嘉隆「サルトル」（Century Books――人と思想34）清水書院
海老坂武「サルトル『実存主義とは何か』」（ＮＨＫ　１００分de名著）ＮＨＫテレビテキスト

マルティン・ハイデッガー「存在と時間」（上・下）細谷貞雄　訳・ちくま学芸文庫
木田元「ハイデガーの思想」岩波新書
古東哲明「ハイデガー＝存在神秘の哲学」講談社現代新書
貫茂人「ハイデガー　すべてのものに贈られること：存在論」（入門・哲学者シリーズ４）青灯社
北川東子「ハイデガー　存在の謎について考える」（シリーズ・哲学のエッセンス）ＮＨＫ出版
セネカ「生の短さについて」大西英文　訳・岩波文庫

ヤスパース「哲学入門」草薙正夫　訳・新潮文庫
茅野良男「実存主義入門　新しい生き方を求めて」講談社現代新書
宇都宮芳明「ヤスパース」（Century Books――人と思想36）清水書院

田中正人「哲学用語図鑑」プレジデント社
竹田青嗣　監修「哲学書で読む最強の哲学入門」学研
小川仁志「人生が変わる哲学の教室」中経出版

[著者]
原田まりる（はらだ・まりる）
作家・コラムニスト・哲学ナビゲーター
1985年、京都府生まれ。哲学の道の側で育ち高校生時、哲学書に出会い感銘を受ける。
京都女子大学中退。
著書に、「私の体を鞭打つ言葉」（サンマーク出版）がある。

ニーチェが京都にやってきて
17歳の私に哲学のこと教えてくれた。

2016年 9 月29日　第 1 刷発行
2016年11月24日　第 4 刷発行

著　者――原田まりる
発行所――ダイヤモンド社
〒150-8409　東京都渋谷区神宮前 6-12-17
http://www.diamond.co.jp/
電話／03･5778･7227（編集）03･5778･7240（販売）
装丁――谷口博俊（next door design）
カバー・本文イラスト――杉基《すぎもと》イクラ
地図イラスト――溝川なつ美
製作進行――ダイヤモンド・グラフィック社
印刷――ベクトル印刷
製本――ブックアート
編集協力――落合恵
編集担当――土江英明

ISBN 978-4-478-06965-3